橘子树下的爱情

金 波 著

重庆出版集团 重庆出版社

图书在版编目（CIP）数据

橘子树下的爱情/金波著. — 重庆：重庆出版社，2015.8
ISBN 978-7-229-09962-6
Ⅰ.①橘… Ⅱ.①金… Ⅲ.①长篇小说—中国—当代 Ⅳ.①I247.5

中国版本图书馆CIP数据核字(2015)第113143号

橘子树下的爱情
JUZI SHU XIA DE AIQING
金波 著

出 版 人：罗小卫
责任编辑：陶志宏 曾 玉
责任校对：刘小燕
装帧设计：姚小丹

重庆出版集团
重庆出版社 出版

重庆市南岸区南滨路162号1幢　邮政编码：400061　http://www.cqph.com
重庆出版集团艺术设计有限公司制版
北京欣睿虹彩印刷有限公司印刷
重庆出版集团图书发行有限公司发行
E-MAIL:fxchu@cqph.com　邮购电话：023-61520646
全国新华书店经销

开本：700mm×1000mm　1/16　印张：17　字数：272千
2015年8月第1版　2015年8月第1次印刷
ISBN 978-7-229-09962-6
定价：28.80元

如有印装质量问题，请向本集团图书发行有限公司调换：023-61520678

版权所有　侵权必究

目 录

第一章
云居山下的少女 / 1

第二章
橘子树下的呻吟 / 25

第三章
幸福的小长工 / 51

第四章
爱情遭遇西北风 / 83

第五章
情断鄱阳湖 / 115

第六章
万念俱灰的日子 / 139

第七章
重返王家畈 / 163

第八章
爱火再次点燃 / 179

第九章
为了梦里的花果山 / 195

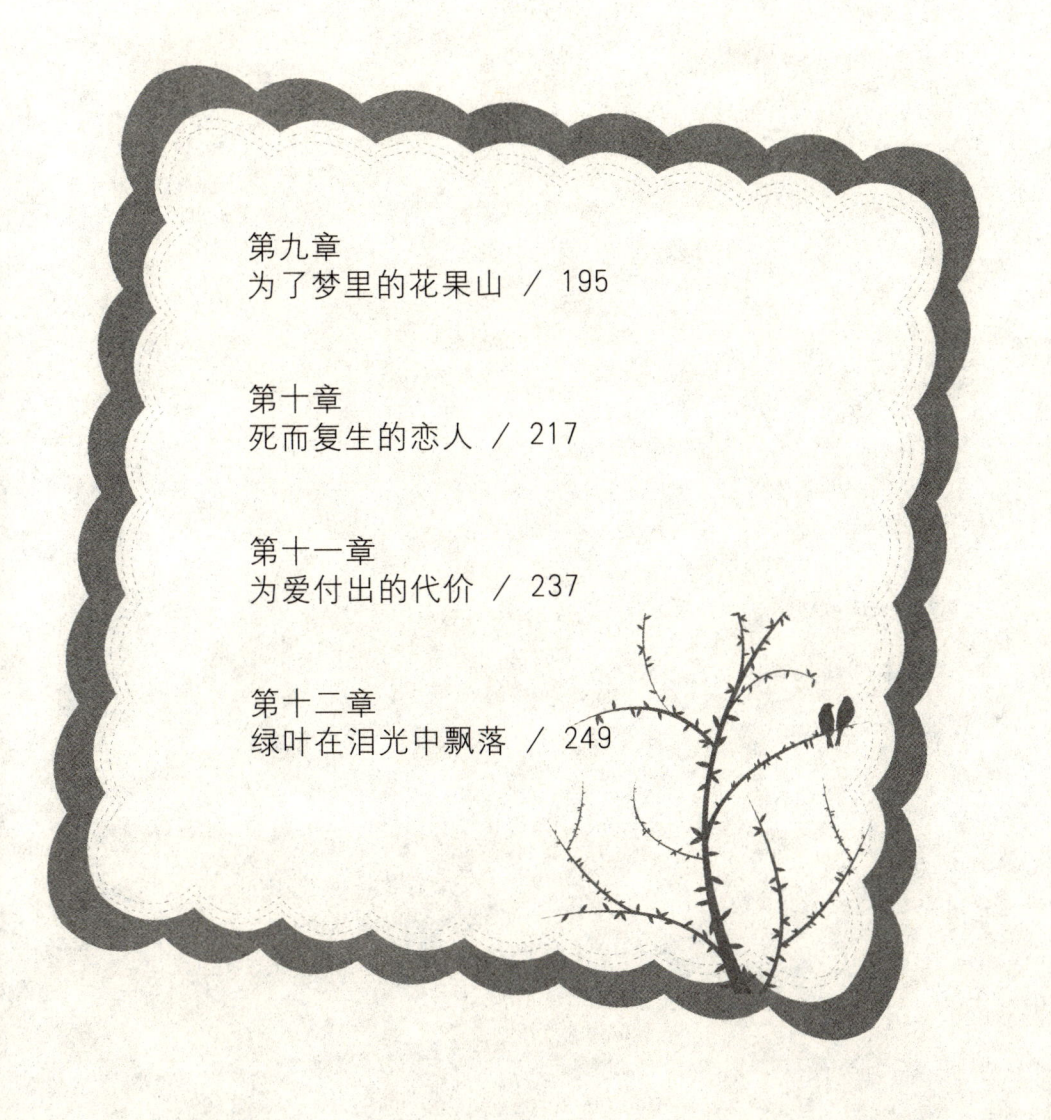

第十章
死而复生的恋人 / 217

第十一章
为爱付出的代价 / 237

第十二章
绿叶在泪光中飘落 / 249

第一章

云居山下的少女

1

那场令人一想起就伤感的爱情故事，发生在三十年前。多年来，我一直把它列为A级机密，深深地埋藏在心底。我知道，现在正是解密的时候了。

那时，我们老家的田地和荒山已经承包到户了，农民们除了赶农忙，还有很多清闲的日子。高中毕业的我，正在利用"三余"时间研究唐诗宋词，立志做一个文学家。每天，我都挤出时间，抱着单调的线装书，摇头晃脑地吟诗作对，两耳不闻身边事，一心只在书本中。为此，母亲常常对我絮絮叨叨，说我二十岁出头的男人了，连媳妇还没说上呢，光守几亩薄地，忙一辈子也翻不了身啊；大学都没有考上，还念这些劳什子有什么用呢？我不服气，回敬道："燕雀安知鸿鹄之志哉！"见我走火入魔了，母亲只好暗自落泪。

后来，母亲对我的抱怨一天天升级。她坚持认为，好男儿志在四方，孬儿子死守爹娘，就像一只水中的青蛙，围着池塘转来转去，只能吃到小虫、小蚊子；只有跳出池塘，冲向那无边无际的稻田，沿着水源寻找河流，扑向江湖，再游历大海，才能开阔视野，捕捉机会，吃到大鱼大虾，如果运气好，说不准还真能吃上天鹅肉呢。母亲说得苦口婆心，我听得心烦意躁，情绪一天比一天低落，文学梦也似乎越离越远，就觉得这日子没法过下去了。再后来，我和母亲发生了"冷战"，她不再理我，我也不再理她，母子俩很有默契地干活、吃饭，只是缺少任何语言交流。

造成这样的局面，是我始料未及的。后来我常想，如果不是因为这场"冷战"，也许就不会发生后来的故事。这样说来，母亲还是这场故事的推动者呢。

故事的转折点是这样的：一天，我从外面干活归来，母亲忽然对我露出了笑脸，主动对我说："心亮，我也是刚得到的消息！是这样的，我家几亩稻子，早就耪了三遍秧，人都闲得长草了。要不，你到江西去砍山吧。砍山是轻活儿，听说一天能挣十几块钱，有人想去都得不了空儿呢。"

江西？我一听，心头一亮。听老一辈人说，我们老金家的老祖宗，就出自江西。几百年前，老祖先们跟随一大群可怜的受难之人，在战乱中拖家带口，离乡背井，逃到大别山区。这样说来，江西还是我的老祖根呢，这可是寻根认祖的好机会啊。

母亲见我动了心，就赶紧趁热打铁："白树岗的刘老板刘有仁，托人到这里来找人，急得很，有好几个人要去呢。你想去，就快点报名，不然就赶不上趟儿。"

"刘有仁？这名字我怎么这样耳熟呢？"我问。

"对对，你肯定听说了。刘有仁都三十的人了，家里穷得丁当响，没有一样值钱的，一直说不上媳妇儿。前年去了江西，做了砍山的老板，当年就把一个江西妹子领回来了。白白净净的一个小媳妇儿，长得好，性情也温顺，谁不夸她？不到一年就抱了个胖儿子。心亮，你是刚毕业的高中生，难道还不如他？"母亲说得滔滔不绝，越发兴致勃勃了。

"妈，听说刘有仁这人不可靠，好吃好赌，到现在还欠着人家的血汗钱呢。"我有些顾虑。

"不怕！这次来带人的，是他的弟弟刘有义，刘有义比他哥哥的人品强多了。到时，我们只管找刘有义要钱去。再说了，只要能带个江西妹子回来，白干一年也值了，嘻嘻。是不是？"

"难道江西妹子是一堆刚下树的小甜橘，等你拿钱去称二斤？"我有点儿听不下去了，"妈，你不就是想打发我走吗？你什么都不用说了，我去就是了！反正啊，再待下去，我都要憋疯了！"

"唉！唉！"母亲长舒一口气，这才扭身去为我准备行李和路费。

这是一年最热的季节，为了摆脱母亲的唠叨，为了结束"冷战"，我只好去了江西。走时，除了行李，我还带着一本《唐宋诗词精选》，预备打发山里的空闲时光。我的初衷，就是出去散散心，见见异乡的田园风光，吸吸江南的清新空气，以免再看见母亲那冷板凳一样的面孔，至于什么江西妹子，我只当那是一个遥远的传说！

谁知，我这一去，竟真的与江西妹子结下了深缘，并且成为一场阴差阳错的爱情故事的主角之一。

2

我们一行十几人，先坐上了去武汉的汽车，又转乘去德安的长途，经过十几个小时的颠簸，途经永修地界时，便下了车。

因为打算在这里过冬，我们带的行李比较齐全，有夏装，也有冬装；有蚊帐，也有被盖，塞了满满的两只蛇皮袋子。中途换车时，我们每人肩扛一只袋子，手提一只袋子，然后由一个人攀上班车车顶，一个袋子一个袋子地接上去，捆在一张网里。下车后，又有几个人爬上车顶，忙碌了半天，才把这些东西卸下来，摆在马路边上。站在路边，朝四周望去，就知道这里也是无边无际的山，山与山之间也是无边无际的稻田，和大别山区相比，没有什么两样。唯一的感受是：这里的山比我们那里的山要矮得多，山上也见不到裸露的石头；再看看马路两边一直连接山底下的大片稻田，有的正在收早稻，有的正在栽晚稻，农田里聚集着一簇簇的农民，处处呈现一派忙碌的景象。

刘有义领着我们往一条山下小道上走，这时我们忽然发现了一个奇怪的现象：紧挨着山脚下的那片平坦部分，长满了像山上一样的丛林和木柴，有橡子林，有细皮条子，也有刺泡泡树，甚至还点缀着稀稀拉拉的小松树、小枫树，可是仔细一瞧，周围却被一块块田埂围着。天啦，这分明是一块块稻田呀！怎么不种上稻子，却让它们荒芜了呢？这在我们老家可是难以想象的！

刘有义就像我们肚子里的虫子，会意地说："你们看，这么一片一片的稻田，中间却没有几个村庄。江西人少地多，种不过来嘛。那些山田都是大集体时开垦的；现在承包到户了，谁再愿意累死累活地干呢？只得舍远留近了。"

顺着山冲小路一直往里走，走近了，发现眼前的山全剃了，从山顶一直到山脚下，全是光秃秃的。大家问："这山是不是刘老板带人砍的？"

刘有义说："这些山原来也是我哥包来的，可是我们的人手少，根本剃不过来，不仅山主催要剃山费，连砖窑里的老板也隔三岔五地来要柴火，确实没有办法，只好转让给四川人。如果我们今天不来，连我哥现在包的那些山，也留不住了。"

山柴这样抢手，我们早在意料之中。昨天我们就已经听刘有义介绍过，说这里的集镇发展很快，房子一栋接一栋地盖，就连许多农民都在翻盖新房，所以砖厂供不应求，遍地小砖窑也应运而生。小砖窑烧砖，用的都是土办法，人工和泥，人工制砖坯，人工装窑，然后用山上的木柴烧制。所以，山柴供不应求，有多少就有人来拉多少。山也是承包山下农民的荒山，他们一年四季忙自己的稻田，顾不了山上的事，就包给外乡人。有论亩定价的，也有论山论片定价的。对于当地农民而言，每年能够从刚刚分到的自留山上得到一定的砍山费，也算是额外的收入，价钱好说好商量。于是，就成全了来自河南、湖北和四川的剃山佬们，他们跟同样来自外乡的窑匠们建立了合作关系，成了江西的外来工。其中就包括刘有义的哥哥刘有仁。这刘有仁也算是捷足先登的人了，谁都知道他做得很成功。

走了四五里地，眼看就要到头了。这才看见一座大大的工棚，正搭在前方的一块平坦的山坳上。这时，从山坳那边迎出一个人来，正朝我们大步走来。

那人走近了，就有人认出来了，是刘有义的哥哥刘有仁，我们的老板。乍一看，就像是一位剪径的山大王，头发乱蓬蓬的，脸上黑不溜秋的，衣服穿得也不齐整，倒是挺干净的；说话也一冲一冲的，一听就不是一个善头儿。我倒不明白，这么一个人，三十多岁还搞了个江西妹子。而他的弟弟刘有义，长得光光溜溜的，人也和气，至今还打着光棍。这人啊，真难说！

刘老板老远就冲我们哈哈大笑，说："你们总算来了！我的眼睛都盼大了呢。"

我们就势把行李放下来，歇口气。刘有仁打量了我们一圈儿，说："都是远乡近邻的，大多数都认得，也晓得是哪个村的，就是叫不出名字。一看大家都是干活的好手啊。"

我坐在蛇皮袋子上休息，刘有仁偏一偏脑袋，才看清掉在后面的我，说："嚯，还有一个年轻的小白脸，刚毕业的学生吧？"

刘有义介绍说："他是金家湾的金心亮，还是高中毕业生呢，是去年才毕业的，差一点就考上了大学。"

"高中生！可是相当于过去的'秀才'啊。金心亮，在我们这里，你可是文化最高的。不过，我们这里可不是学校，也不是舞文弄墨的场所，更不是卖弄斯文的地方，而是汗珠子摔八瓣的地方，出力卖命的地方。你行不行？"

听了这话，我心里老大不痛快，就梗梗脖子说："你们行，我也能行！"

"好，我就喜欢听这话！"然后又对大家说，"现在我们不必回工棚了，直接去王大天家吧。王大天早就跟我打招呼了，他家的头季稻刚收完，紧赶着又要栽晚稻，累得够呛，让我无论如何带人去他家帮几天忙。不亏待

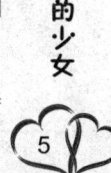

我们，除了管吃管住，栽一亩地另开四十元呢。好家伙！眼看天就黑了，我们就去他家先住下来，养养精神，明天一早起来干活！"

"天，栽一亩秧就给四十？乖乖！"有人觉得值。

"人家也是着急上火呗，季节不等人啊。"

刘有仁在头里带路，我们这些人又扛起行李，调转身子，朝来路走回去。多走了冤枉路，即使心里有怨言，也憋在心上。回到公路上，我们又顺着柏油路往东走了四五里，才见一个大村庄。村名叫王家畈，一块水泥板上写着呢。村庄也是一座普通村子，许多房子横七竖八地摆在那里，连树木也少得可怜。房子稀稀拉拉地盖着，多是土坯房——跟我们老家一样。所不同的，是每家每户门前留一大块空地，全用水泥"硬"上了，上面几乎都晾上了新收割的稻谷。眼见天黑了，农民们正把稻谷拢在一起，用苫布盖上，等来日再晾。

一进村口，就有一个四十多岁的庄稼汉子迎了过来，对前面的刘有仁说："你们总算来了，饭菜都给你们准备好了。我早就从田里回来了，刚才还急得不得了，担心这几天天气不好。"

刘有仁说："老王，有我们帮你，你就放一百二十个心。不过，我们可是要现钱的啊。"

王大天满面含笑向着我们，大声说："老乡，都是老乡啊，见到了你们，我就有一种回到豫南老家的感觉，就像见到了亲人一样。"一面说，一面给我们分烟。

难怪他的口音还保留着我们家乡的味道！听他说话，我们也有了回到家乡的感觉了。

"你也是从豫南迁过来的？"一个岁数大一点的工友接过香烟问。

"大跃进、人民公社那些年，豫南一连三年天干，收的粮食有限。我们老家一个村子一个村子的人都饿死光了，没饿死的就逃荒要饭。我奶奶、我爷爷，我大伯、我三叔，还有我姑姑，我母亲，我姐姐和妹妹，都饿死了。我大大（父亲）把我兄弟俩带到江西来，才留下了活口。"王大天一面说着，还一面揉了揉眼眶，声音有些颤颤的。

刚才在路上，刘有仁就替我们介绍过王大天，意思说得差不多，就是差王家父子三人一路要饭逃到赣北后,在山脚下搭了个草棚子,然后给集体拉板车,搞点粮食养家糊口。兄弟二人,老大是王大天,老二是王大地,有吃有喝的,一个个便出落成了帅小伙子,有个子有力气。长大后,又被本村两户人家分别招了坐堂(入赘)女婿,算是安家落户了。兄弟俩中,老二最聪明,读了几年书,喜欢动脑子,无师自通学会了果木嫁接,后来被县林业局看中,招为科研所干部。只是两家人丁不旺,兄弟俩各自只养了一个闺女来,老父亲也是近年才去世的。

刘有仁说:"老王,要说江西这地方,还真跟我们有缘。听说在很早的时候,我们那里的百家姓们都是从江西迁过去的。要说回家,江西才是我们的祖根呀。"

"是的是的,我也听说过,各有各的说法,就是不知道到底是什么时候迁过去的。"王大天又用袖子擦了擦眼角。

刘有仁答不上来,便咧嘴一笑,把"烫手山芋"扔给我,瞥了我一眼说:"这个叫金心亮,高中毕业生,秀才。让他告诉你。"

这个问题其实难不住我,因为我早就从金家家谱里了解过一些情况,便对王大天说:据说宋朝年间,有个叫李成的朝廷守将背叛朝廷,发动兵变,并率部攻入豫南地方,烧杀掳掠,原来住在豫南大别山区的土著人所存无几,城乡十室九空,一派荒芜景象。豫南盛产茶叶,茶叶是国家的重要商品资源。因无人采种,当时的江州,也就是现在的九江知府奏请朝廷,从江西强行迁入人口补充豫南,从事种茶贩茶生产活动。从此以后,江西人逐渐迁到大别山区,在这里繁衍生息,经历无数代了。

正说着,王家就到了。王大天冲着自己家里喊:"小快,告诉你妈,客人来了,摆桌子上饭!"

3

王家也是这样简陋,并不比我们老家的房屋强多少。整套房子只有四间,一间堂屋,一间仓库,两间卧房,外加一个小厨房;家具也是两张方桌,几张椅子,外加几条长板凳。在靠里的墙角上,还立着一只陈旧的小柜子,里面放着杂物。两张方桌正摆在厅堂里,刚好占住了大半个屋子。进门时，一个中年妇女和一个女孩子正从厨房里往桌子上端菜。我们依序进入堂屋两边的房间，把行李堆在里面，然后一齐抢占桌位。十几个人，加上此前刘有仁带来的五六人，一共二十多人，把两张桌子围得水泄不通。

我把行李放好后，又去了厨房，往瓷盆里舀了一瓢水，撩水把脸洗了一下，又漱了漱口，这才去了堂屋。可是，进去一看，桌子四周的板凳已挤满了人，根本插不进去，只好从矮个子的肩膀上伸进手，摸出一只碗，盛了一碗米饭。再去搛菜时，几盆好吃的豆腐和粉条，已见了底，只剩下几碗不同的青菜汤。正要伸手舀汤，一个家伙眼疾手快，把那碗菜汤一股脑儿倒进自己的碗里。看到他们狼吞虎咽的样子，我再也没有参与进去的兴头了，就端着碗，蹲在一边吃起白饭来。

刚吃了半碗，那个叫小快的女孩忽然在身后喊道："爸，爸爸，你过来。你瞧，他一口菜都没有吃上。"

王大天从外面进来，笑呵呵地对大家说："不像话啊，今天不知道你们到底来多少人，也没有准备什么好菜，亏待了你们。明天，明天就去集上一趟。"又指着我说："小快，你把这位秀才哥哥带到厨房里，看看还有什么菜，给他搛一点。"

小快"哎"了一声，朝厨房跑去。

刘有义对我说："心亮，你也太斯文了！这不比在学校里，见人讲究个礼让三先。在外面，吃喝拉撒睡，哪一样不靠自己？比的就是脚快、手快、脑子快。你不赶紧点，就什么都赶不上，别指望有人想着你。"

我没有理睬，起身去了厨房。厨房里只有咸菜，小快端着盘子，把咸菜狠狠地往我碗里按了一筷子。我说声"谢谢"，转身要走，小快又叫住了我，小声说："再给你一样东西。"

原来是一颗蛋黄，小快说："我刚吃完了蛋白，就剩下蛋黄了，也给你。"说着，又用筷子夹起来，往我碗里一按。

我再次说声"谢谢"，不由得抬头看了她一眼。这个操着半截豫南话、半截赣北话的女孩，长着一副白里泛红的脸，眼睛却清澈明亮，就像一眼山坳内的深井水，对着天空反射着幽幽的光；一头长发，乌黑锃亮，一直垂到脖子上，遮住了半后脸庞。只是那双手，一看就是干活人的手。不过，在农村女孩中间,有这样的模样,也算是美女了。见我看着她,便抿嘴一笑,我也还了一个笑脸,转身走出去了。

(这个平凡而热心的江西妹子,就这样第一次走进我的心扉,并在那里逗留片刻,以至于从此以后她再也没有走出来。——这是后话了。)

吃完了饭,大家都站在门口观风景,用豫南话说,就是"念念消食经儿"。其实,此时天已擦黑了,能看见的,只是天上的星星,和村子里家家户户的窗灯。远处的山影黑蒙蒙的,偶尔才见一辆汽车亮着灯光,从村头一侧的马路上飞驰而过。

刘有仁从远处走来,对大家说:"坐了一两天汽车,都累了吧。要不,你们赶快睡觉,明天天一亮就得起床栽秧,把精神养足点啊。我呢,今晚就不在这里歇了。"说完,转身走了。

有人喊:"刘老板,又去赌钱啊。"

刘有仁说:"我老丈人那个村子的人缠住了我,都是熟人、亲戚,我不对付对付他们也说不过去。你们别管我!"

说话间,天渐渐黑透了,大家便陆续回到堂屋两边的房间。这时,房间里的大床已被人占住了,吵吵嚷嚷地乱成一团。剩下的人只好把被子铺在地上。大家不洗脸,连身子也懒得擦一擦,就和衣睡下了。骂骂咧咧的声音一停,立即传出如雷的鼾声,此起彼伏,响成一片。

我的行动又慢了一拍。当我提起行李时,不仅是两个房间,就连堂房地下也铺满了被子。大热天的,也没有人愿意靠得太近,几拨人正吵吵嚷嚷嫌挤呢。我叹了口气,朝王家仓库跨过去,一看,仓库里已然堆满了新收的稻谷,门都让木板堵得严严实实的。我只好又跨回来,朝大门口走去。本想在屋檐下将就一夜,却发现了王家的小厨房还亮着灯。厨房开着边门,从边门走进去,勾着脑袋朝里瞅了瞅:灶台和水缸上堆满了不同颜色的锅碗瓢勺,还没来得及清洗。里面空间虽然小,但灶门前尚有一块空地,原是放木柴的地方,此时正空着呢。于是,我把灶前的草叶收拾了一下,铺上自己的被子,背对着门口,和着衣服躺在被子上,把另一只装满衣服的蛇皮袋子当枕头,靠在上面。然后,翻出那本《唐诗宋词精选》,打开折页,对着电灯泡认真地读起来。

这时，我忽然感觉背后有人走了进来。我也懒得理睬，只顾看自己的书，却明显感到一颗脑袋正往我身后靠，甚至还能听到那均匀而轻微的呼吸声，闻到一股异样的说不出的气味。我仍然不理睬。背后便响起轻轻的笑声，说："秀才，不睡觉，还读唐诗宋词呢？"

我一偏脑袋，看见了王小快，便严肃地说："喂，小妹妹，我不叫秀才，我叫金心亮。"

"别较真嘛，大家都这么叫的。"小快捂着嘴巴又笑起来，然后从桶里舀出一盆清水，把锅碗瓢勺放进盆里洗涮，丁丁当当地响起来。不久又听她嘟囔了一句："不是秀才就不是呗，这么凶！"

我揉了揉眼眶，感觉睡意袭来，便把书放下来，朝被子下面溜了溜，面朝墙壁躺下去。

4

不知睡了多久，村头的有线广播忽然奏起了开始曲，把我吵醒了。一睁眼，天已微明，便坐起身子，拉亮电灯。在家里，我已养成了五点钟起床早读的习惯，此时正是这个钟点了。我揉了揉眼眶，又把那本《唐诗宋词精选》拿过来，继续赏读。

不久，门外传来窸窸窣窣的脚步声，一个满嘴赣北口音的女孩正在和一个中年妇女对话，却一句也听不懂。但我知道，那是王小快和她母亲的声音。王小快第一个闯进厨房，然后惊叫一声："秀才，你一夜没睡呀？"

我眨眨眼睛，有点不满地说："王小快，我说过，我叫金心亮，不叫秀才！"

"嘻嘻，我就喜欢叫你秀才！"小快忙着打开锅盖，往里面舀水。我知道她们开始做早饭了。

小快妈也走了进来，朝我呜里哇啦地喊了一通。我没听明白。小快翻译道："我妈问你，怎么起这么早？"

"哦，刚醒，刚醒的！"我朝小快妈笑起来。

然后，我站起来，把被子拉过来卷好，重新塞进蛇皮袋子里。

这时，刘有仁也在门外喊："大家伙儿起床了，赶快趁凉快下田扯秧，早饭、午饭都在田里吃。大家伙儿抓点儿紧,尽量多干点儿啊!"

咳嗽声便在房间里响成一片。好在大家穿的衣服少,也没打算刷牙漱口,被子一卷就一齐出门,跟着刘有仁去了田间。走近育秧的田里,才发现王大天已经骑着"秧马",早在那里干上了。

走近了,王大天站起来说:"刘老板,还有一点秧苗没扯完,我看今天早上就扯秧,上午一齐运到田里,下午正式栽秧,怎么样?"

"你是东家,听你的。"刘有仁回答。然后吩咐大家下田。十几只"秧马"已摆在田里了,大家分头朝"秧马"走去,我也抓住了一只。还有几个人没赶上"秧马",就把扯好的秧苗提到田埂上,以便运送。王大天则陪着刘有仁蹲在田埂上聊天。

扯秧是手工活,比的是手指灵活,多是妇女干的。就说那密不透风的秧苗,根缠根地盘在泥里,一把扯多了,容易断苗,扯少了影响进度,既要比适度,也要比巧劲儿。扯完一把,还要迅速挑几根秧苗缠起来,这中间十个指头都要有分寸地动作,不全是下力气的活儿。这时,男人们的力气就用不上,可谓"笨手笨脚"了。所以,尽管我没有他们力气大,但比起扯秧来,并不落后于他们。当一块秧苗扯完之后,太阳已斜斜地照在我们头顶上了。刚好这时,小快妈领着小快把早点也送过来了,是两盆稀粥,一筐馒头,一捆油条,外加咸菜,送到一块平地上摆好。一声吆喝,我们便争先恐后地赶过去。在吃的方面,他们全是腿快、手快的。可惜,这次不用他们自己动手,小快妈盛粥,小快发馒头、油条,每人两个馒头、四根油条,咸菜自己随便用,人人平等。我虽然掉在最后,但小快没有亏待我,多给了一根油条,她还轻轻地告诉我:"不够,再给你!"我也轻声说:"够了,谢谢啊!"

吃了早点,抽烟的抽了支烟,大家面对着一望无际的稻田胡乱地侃了一通。估计刚吃的粮食已消化了一半,刘有仁说:"上午把秧苗全部送到田里,撒开摆匀了,啥时干完啥时吃饭啊。"

由于去王家稻田的路窄,不能用板车推送,只能一担一担地挑。挑秧用的担子、筐全准备妥当了。

同扯秧相比,挑秧可就是比力气的活了。大光棍们个个有卖力气的能力,早就憋足了劲头。湿湿的秧苗装满一挑子,足有二三百斤吧。瞧瞧他们，把扁担放在肩膀上，两腿一蹬，脖子一梗，扁担就开始晃悠起来，小道上也能走得稳稳当当的。而我只能挑半担，还压得两条腿不住地颤抖。送一趟不到一里路，中间歇了好几次。王大天见我挑秧不行，不让挑了，让我专门负责打秧苗，就是把送来的秧苗一把把扔到田里，均匀地分布开来，便于插栽。这样的活儿，虽然不是比腿劲儿，却是比手劲儿。一块稻田的四周倒不成问题，而扔到稻田中间可就不容易了。扔了一会儿，右手就酸起来，但我不能停下来，继续扔。扔不到的地方，就采取挑鸭棚的方式——先把秧苗扔在力所能及的地方，然后下田，再把秧苗往中间扔。

看到其他人站在埂上就能把秧苗打到田里，撒得又快又均匀，王大天的脸色凝重了，刘有仁的脸色也难看了，其他光棍汉们则嬉笑怒骂开了："心亮，我们替你挑秧，我们认了，但你连打秧的活儿也赶不上需要，你不会也让我们替你打秧苗吧？"

我擦了擦眼睛，气劲儿上来了，大声说："你们不必挑理，跟刘老板说说，我只要一半工钱就行了，剩下的全归你们了。"

"小子，这可是你说的！你也不必生气，你自己没能耐，就休怪人家说你。大家都是一个集体干活的，谁的力气都是吃饭吃出来的；同样的吃饭，我们干吗要多干啊。"

这真是哪壶不开提哪壶啊！我把手里的秧苗往脚下一摔，干脆站着不动了。

见我来了情绪，刘有仁走过来说："算了算了，谁干得多，谁干得少，我心里有数。你们只管干自己的，不偷懒就行。"

远处，王小快提着开水过来了。刘有仁又说："渴了，就喝口水，歇一歇，喝完了再干！"

大家依次过去拿小碗舀桶里的开水，问水里放的是不是茶叶，怎么这时候还有新鲜的青茶？又有人认出来了，是枣树叶，难怪水里有一股青气。我坐在田埂地上，两手搭在膝盖上，懒得喝水，我不想从他们面前走过去！小快替我舀了一碗，远远地端了过来，递给我，然后也坐在我身边。我低头喝了一口枣叶茶，一股清新别致的气息扑鼻而来，甜丝丝的，润人喉咙，虽然不是很香，却比开水更有味道。枣叶泡茶，据说能凉血降火，补充维生素呢。小快笑眯眯地看了我半天，说："生气了？肯定是他们又欺负你了吧？"

我说:"没有。就是没有他们力气大……"

"我知道,他们肯定欺负你了,嫌你力气小。不要怕,你是给我家干活的,只要我不嫌弃你,谁也说不上什么。我这就告诉我爸,让他一分不少地发给你工钱。好不好?"

我轻声说:"谢谢。"

"上午的活儿最累了,下午栽秧就不累了。到时,我帮你栽,一定要让他们看看,你一点也不比他们落后。"

我笑了笑,起身了。因为我看见大家都在往自己位置上走去,知道又得干活了。

5

十二点光景,我们的午饭也送来了。小快挑着一桶米饭和一桶稀粥;小快妈挑两桶菜肴,一桶是南瓜炖猪腿,一桶是豆腐、豆皮、腐竹和土豆大杂烩。依然是小快妈给我们用大碗盛饭,小快为我们分菜,每人一大块猪腿,一大勺豆腐杂烩,菜汤和稀粥随便舀。轮到我时,小快问:"心亮哥,我这样打菜,公平不公平?"

我笑了笑,说:"这样最公平,谁也多占不了。"

小快嘴巴一噘,哼了一声,说:"我看只有你最不公平,比谁都多!"一边说,一边给我的碗里按了两块猪腿皮。

"多了,让别人看见了。"我小声说。

"别理他们,到一边吃去。"小快朝我努努嘴巴。

我也不想和他们靠得太近,便在离他们远远的地方坐下来,埋头啃猪腿。他们似乎也不情愿同我靠近,也不屑理我了,言谈中倒是嘀嘀咕咕的,打听刘老板是不是大家都开一样的工资,一边说一边偷瞥我,看我的反应。我不傻,知道他们的意思。想起自己出门第一天干活,就遭这样的白眼,只恨自己缺少劳动锻炼,一门心思用在读书上,却没能考上大学,落得农不农、工不工的;又联想起在老家干活时,被人小看的情景,越发自卑,眼泪不由自主地淌下来,滴进碗里,又怕人看见,连忙埋下头,把饭菜塞进嘴里。

大约一点钟,我们又开始干活了。下午,刘有仁交代我们的任务,就是争取把这些打好的秧苗全部栽上。有人用眼光朝四周量了量，估摸着有三四十亩。没有人说话，但谁都知道下午的任务并不轻松，个个挽起袖子和裤腿，准备下田痛干一场。这时，刘有仁又交代说："别急，先把下午要栽的稻田分成二十几块，每人一块，自己干自己的，干得多有奖，干得少有罚，这样公平合理，谁也挑不出谁的毛病。"大家都说这主意好，早就应该这样干了，便一齐张罗着分片，然后每人选中一片，自己跳下田去。

我也知道这样做最好，干多干少一目了然，多干多得，少干少得，也不用担心别人说三道四，便默默地走进被他们选剩下的最后一块泥田。

栽秧也是手工活，比的也是心灵手巧。他们并不了解，这其实正是我的强项呢。在老家田里栽稻子时，我就比一般人快。先说这秧捆，你抓一把扎好的秧捆，打开捆秧，握在左手，左手一边握着，还要一边伸出两只指头分出一小束来，分得快，右手才接得快。关键是要分得均匀，不能忽大忽小，这就需要手指机灵。其次，分好了丛，右手的三个指头接住，撕开，快速点进泥里，用的也是手工的巧劲儿。这对于拿了十几年笔杆子的我来说，手指头早就练得挥洒自如了。栽秧的要点，就是行距、间距要把握住分寸，保持住均匀。这对于读书人来说也不是难事，因为我们从小就学会了裁纸做本子，在本子上打横竖线，早已达到只用眼一瞄就能下尺子的程度。有了这个基础，就能在稻田里做到眼到手到、手随眼走、秧随手立的程度。这可是那些文盲大老粗们无法想象的事。人一旦调好情绪，进入状态，左手指头机灵的分秧苗，右手指机灵地往泥里点插，两条腿忙不迭地往后退，就像蜻蜓点水，嚓嚓嚓，一丛丛秧苗"点"进泥里，齐齐整整地站立一片。刚才还裸露着泥水的泥田，转眼青乎乎的。秧苗们也似乎为自己安了新家而高兴，迎着轻风直跳舞呢。

我一口气栽下去，老半天才直起腰来，就感觉腰背是弯的，伸也伸不直了。抬眼一瞧，那些光棍汉们正在抱冤叫屈，嫌自己的腰杆儿痛得厉害。看那形势，都落在我的后面了。顿时一种自豪感涌上心头，自信心也洋溢起来。但我没有惊动他们，继续埋头苦干，直到送水的小快赶过来，高兴得在田埂上跳起来，大声叫喊道："金心亮，好样的！大家快来看，金心亮栽得最多，栽得也最齐整。金心亮赢了！"

光棍汉们这才把目光投到我的方向，临近的几位还爬上田埂来，要亲自检查，无不大惊失色，自叹不如。他们问道："心亮，是你一个人栽的？你有门啊，真是猪往前拱，鸡往后扒——各有各的道法。小看你了！"

我没理他们，又埋头干了一会儿。他们看了我半天，摇摇头，议论说："还真学不了他这个样子，他生成的女人相。"

小快趁着兴致，挽起裤腿下了田，踏着泥水来到我跟前，说："心亮哥，我俩比一赛。"

"比吧。"

这一比，我那沾沾自喜的心情立即崩溃了。小快的手指比我的手指还跳得机灵，一双白腿后退得更快。嚓嚓嚓，一丛丛小秧苗随着那双巧手的点动，斜斜地歪在泥里，就像刚从泥里钻出来的一般，没过多久就远远地把我落下一大截。见我露出狼狈的样子，她顽皮地笑了一下，加大了一厢秧的宽度，将我的地盘越挤越窄，从十几列，挤到七八列，再挤到三五列，我知道她是在使坏，由着她。可是，快要到头的时候，一列也没有了。

"你真想把我套进葫芦里呀？"我直起腰来，"我可没长翅膀，飞不出去。"

小快嘻嘻地笑，完成一厢后，便蹲在田埂上，等着我。突然，她尖叫一声，重新扑进田里，跳到我跟前，伸出巴掌，照我的腿肚子打了一下。我低头一看，一只蚂蟥已喝足了血，挺着一副大肚子，正在水里挣扎呢。

我说："我来捏死它。"

"不行，就是把它剁成两截也不行，它的生命力旺着呢。"小快抓起蚂蟥去了田埂，从草丛里折一枝草秆儿，顶着蚂蟥的嘴巴捅进去，往下一撸，蚂蟥整个儿翻了过来。"这样它才死定了。"

"小快，你可比我胆大呀。"我由衷地赞叹道。

"不早了，我要回去帮我妈做晚饭了，不陪你啦。"小快一转身，顺着田埂小道，一溜烟儿跑了。

6

当日落西山之后，光线已变得模糊不清了。这时，我们开始走上田埂，准备结束一天的劳动。刘有仁和王大天过来检查进度，除了我的任务超额完成之外，其他人都留下了尾巴。王大天来到我面前，拍了一下我的肩头。刘有仁则朝我笑了笑，对大家说："干不完也没有办法，明天再说吧。先吃饭去。"大家便找到一个有干净水源的地方，撩水把手和腿上的泥水洗下来，一边抽着烟一边朝村子里走去。快到王家时，大家加快了步伐，为的是抢占座位。当我换了一身干净的衣服，走进王家堂屋时，还像昨天一样，两张方桌的四周全挤满了人，他们正大口嚼着鸡肉、猪肉和豆腐。

见我姗姗来迟，他们也没有打招呼，只顾自己狼吞虎咽。我实在不知道该怎么办，只好朝厨房走去。忽听门外一个声音轻轻喊："金心亮，过来一下。"

是小快正在一边朝我招手呢，我便走了过去。小快说："跟我走，我带你去我婶婶家，给你留着好吃的呢。"

"吃什么呢？"我问。

"肯定好吃啦。我妹妹每次从学校回来，都要吃我包的饺子。下午我正包饺子时，忽然想起来了，得用饺子犒劳犒劳你金心亮，就多包了一份。怎么样，这回肯定饿不着你了吧？"

说着，就到了。两家其实相邻，只不过中间隔着一片空地。小快第一个冲进屋里喊："二婶，我把客人带来了。"

话音未落，一个比小快妈年轻漂亮许多的中年妇女便走了出来，对着我笑。我说了一句"您好"，她也回了一句，但没有听懂。小快说："二婶，你瞧人家，可是刚从学校毕业回来的，斯斯文文的，栽的秧可快啦。可那些人还是欺负他，不让他上桌子吃饭，可怜死了，我都过意不去。所以……"

二婶点点头，用并不标准的普通话对我说："进来吧，小快给你包着饺子呢，我和小聪的，早就吃过了，就剩你的还留着呢。"并对小快说："小快，你陪他吃吧，我进去涮碗了。"

进了堂屋，随意打量了一眼，便知这不是一般的农家：墙上刷着白灰，还贴着崭新的年画儿，干干净净的，就像没沾上一点儿尘土；堂屋正面放着一张长条桌，上面让油漆涂得花花绿绿的；连坐的椅子也是上过油漆的，好看。一张干干净净的方桌正摆在墙边，桌上果然放着一只海碗，碗里盛满了大馅饺子，面皮薄得透明，能清楚地看见馅的样子。坐下来，咬一口，全是素肉馅的，并加了味精和香料。

小快也坐在我对面，看着我吃，问："合口吗？"

"何止合口，我还是第一回吃这么香的饺子呢。"我一边嚼一边回答。

"那你告诉我，你在家里都什么时候吃饺子呢？"小快来兴致了。

"一年就吃两回，一回是大年初一，一回是正月十六。平常时间，别想！"

小快听得嘻嘻笑。

正埋头吃着，忽然听见卧室里面响起了口琴的声音，随着悠扬的旋律，一首《我们的家乡在橘子山下》的曲调在屋子里回荡开来：

我们的家乡在四季如春的橘子山下，
那里有看不尽的稻田，和稻田上的庄稼，
小河在美丽的村庄旁流淌，
到处是黄澄澄的稻谷无边无涯；
橘子树上结满无言的果实，
秋天属于辛勤的庄户人家。
我们世世代代在这里生活，
为了丰收，为了富裕，
为了不负青春的年华……

这首歌曲是后来王小聪教会我的，成为我最喜欢的乡土歌曲之一。但它的歌词是谁填的呢？至今不得而知。不过，那美好的愿望，轻快的旋律，激情的鼓励，让人心里暖暖的，每次唱起它，都让人满怀着进取的希望，使人情不自禁地想起另一首歌曲——《在希望的田野上》。我停止了咀嚼，竖起耳朵听起来。

一直看着我的小快，这时笑起来："秀才，你猜是谁吹的口琴？告诉你，是我妹妹王小聪！小聪人长得可漂亮啦，从小就比我聪明一截，读书也比我读得高，人家正在县里上重点高中呢。是二叔二婶的宝贝疙瘩，刚从学校放暑假。"

"不要光夸别人了，你长得也不赖，人也聪明，心眼儿也好。"我由衷地赞扬了一句。

"真的？你说的是心里话吗？"

"当然是心里话。"

"其实，小聪真的比我漂亮，也比我灵巧。就说吹口琴吧，小聪从小就喜欢吹，早上吹，晚上吹，没有人教就学会了，吹啥像啥；我小时候也喜欢吹口琴，缠着我爸买了一只，可吹了很久还跑调。一气之下，我把口琴扔了。我特别羡慕我妹妹，她的脑子怎么就那么好使呢？"

"你这是长他人志气，灭自己威风。再说了，尺有所短，寸有所长，你刚才还说，你比妹妹会包饺子呢。"

"嗯，这话我爱听！不过，一会儿我还是要让她来见见你，你们都是读过高中的人，说不准还真有共同语言呢。"

我把最后一只饺子消灭掉，将碗往前一推，叹口气说："我怎能跟你妹妹相比？我现在只是一个背井离乡搞家庭副业的流浪汉，干着大老粗们干的活儿。你不提高中文化则罢，你一提呀，我的脸都没有地方搁了。"

"你刚才还说我呢，什么尺有所短、寸有所长的，轮到你自己，就用不上了。别自卑嘛，也许你将来还能做大官呢？"

"是鸡冠吧？"我嘿嘿地笑。

"姐，你在和谁说话呢？"卧室房门被轻轻拉开了，门口正站着一个美丽俊俏的少女。那白白净净的脸蛋，那身银杏色的确良短袖上衣，那条红色百褶短裙，那双和白色尼龙袜相搭配的浅绿色凉鞋……那装束、那声音、那气韵，无不赫然透出一个城中少女的高雅气质，一看就不是一个普通女孩，更不像一个农村少女。

"小聪，他就是我给你提到过的金心亮，从我爸爸老家过来砍山的。人家也是高中生呢。"

"你好。"我正襟危坐起来。

"你好。你是我爸爸的故乡人，按理说，我们还应该是亲戚呢。"小聪拉来一张椅子坐在小快的身边，落落大方地说："金心亮，你的名字，让人想起了一首古诗。"

"是吗？"我抬起头来，兴致倍增。

"寒雨连江夜入吴，平明送客楚山孤。洛阳故友如相问，一片冰心在玉壶。——唐朝诗人王昌龄的诗。那所谓'冰心'，可不就是一颗亮晶晶的心吗？"

"把我的名字和这么深奥的典故联系在一起，我还是第一次听说呢。谢谢。"我有些佩服这位比我学历低两届的女学生了。

"大哥，听我姐说，你还在读唐诗宋词呢，连睡觉的时候都不放弃，可用功啦。你是不是想当诗人呢？"

"啊，见笑了，"我笑了笑，有些不好意思，"我呢，高中毕业时，没有考上大学，又复读了一年，仍然没有考上，就不考了。又觉得白读了一肚子书可惜，不死心，才立志做一个文学家，像李白、苏轼那样写一手好诗、好词。"

"你的理想还真不小嘛，了不起、了不起。我呢，可没有你这么大的志向。我的理想其实很简单，就是像我爸爸那样，做一名嫁接师。我小时候就特别崇拜我爸爸，我爸爸能在小栗子树上嫁接大板栗，能在野枣树上嫁接大枣树。过去我家门前的几棵橘子树、枣子树，全是我爸爸嫁接的，没几年就结出又甜又香的大橘子、又红又大的洋枣子，可让人眼红啦。所以，从那时我就告诉我爸爸，我长大了就跟他学嫁接。我爸爸说，等我高中毕业了，如果考不上大学，就跟他到县林科所去实习。我打算将来不仅要学习嫁接果树，还要学习嫁接蔬菜和鲜花。有时，一想起我嫁接的西红柿藤上长满甜泡泡、野玫瑰刺上开满红玫瑰，我就禁不住欢天喜地，心里可美啦。甚至，有一次我还做了一个美梦，梦见我把墙头上的野草都嫁接上了稻子，结了稻谷，让麻雀来食，以免它们偷吃我家仓库里的粮食。这个梦正好也提醒了我，我便异想天开，把山上的松树也嫁接成果树，把马路上的梧桐也嫁接成花树，开满一簇簇的映山红，把我家门前的柿子树，都嫁接成牡丹、荷花、桂花和梅花，一年四季都有花儿开着，多美呀。"

小聪一口气说下去，听得出来，她不仅口才好，声音也动听，语调平缓，用词文雅，比她母亲的普通话标准多了，一听就是一个知识青年；举止也落落大方、谈笑风生，是一个不认生、不胆怯的女孩。我不由得再次另眼相看了。

小快笑嘻嘻地接口说："受你的启示，我也有了。我打算把我家的猪嫁接两只羊角，省得偷猪贼惦记着它。我还打算把我家的鸡都嫁接成鹅，下鹅

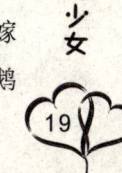

蛋那么大的鸡蛋……"

小聪撑不住哈哈大笑，使劲用手捂着嘴巴。我也禁不住嘿嘿笑起来。

笑过了，小聪接着说道："心亮大哥，你一定作过不少诗吧，正好我也喜欢唐诗宋词，要不你抄两首让我们欣赏欣赏？"

小快闻言，立即起身去了小聪的房间，拿出一支笔和几张稿纸，扔到我面前。

"我？是写过一些五言七律什么的，写了就誊在日记本上，一首也记不得了。"我有些难为情了。

"那你就现作一首嘛。"

小快伸手把稿纸铺在我面前，拧开圆珠笔，塞进我的右手里。

不写不行了。不过，现炒现卖，写一些不三不四、自我欣赏的所谓"古诗"，其实也难不倒我。我瞥了小聪一眼，低头凝思片刻，马上就在纸上写了四句话，然后有节奏地吟咏道：

王家有女初长（zhǎng）成，

小小嘴巴大眼眶；

聪明秀丽有文化，

美好理想胸中藏。

念完，小快便抓过去，惊叫道："你瞧，他的字写得这么漂亮，跟钢笔字帖上的字迹一样呃。"然后递给小聪看。

小聪点点头，将诗稿重读了一遍，品了又品，道："这首诗写得真好，无疑是对一位美丽姑娘的赞美了。但不知，诗人哥哥，这是写给谁的诗呢？可否透露一下？"

"是一首藏头诗，每句只取一字。"我有些得意地说。

小聪再看时，立即泛出满脸的红晕，不好意思地笑了笑，说道："谢谢，谢谢你的夸奖。不过，不过，来而不往非礼也，我也要写一首，请你多多指教。"

小聪站起来，在屋子里走来走去，把双手背在背上，一会儿抿嘴巴，一会儿扬脑袋，一会儿转眼球，一会儿又点点头。小快则将我的诗稿拿过去，认真地读了，知道那藏头诗是"王小聪美"的意思，就把嘴巴噘起来，嘟囔道:"拍马屁,诗歌都是拍马屁。什么'小小嘴巴',我刚才包的那么大饺子,她两口就吞下一个,还小呢。还'大眼眶'呢,大眼眶就好吗?再大就是巨眼妖了。哼,'美好理想'……女孩的理想,还不是找个好婆家,能有多大?全是马屁精!"

这边,小聪也满头大汗地把诗作好了,正趴在桌子上,往纸上写。写完了,改了改,然后大声吟咏道:

金家小子有志气,

心比天高命不济;

亮起一盏夜明灯,

帅哥读书不停息。

念毕,推到我面前,道:"献丑了!"

我接过来,略略看了一下,也是一首"藏头诗",便连声说:"有文采,谢谢!看来你的诗才不浅啊,离诗人不远了。"

"嘿嘿,这可是在你的启发下才作出来的呀,按理说你还是我的师父呢,要不我怎么知道'藏头诗''藏尾诗'什么的呀?不必夸奖!"

小快抢过去,慢慢默读了一遍,嘴巴噘得更高了,不服气地说:"又是拍马屁!什么'帅哥''有志气',你们除了相互吹牛,还会什么?有本事就作一首像'离离原上草,一岁一枯荣'那样的诗来,这样的歪诗,也配叫诗?"

小聪笑着说:"心亮哥,你也给我姐姐作一首吧,吹吹她。不然,她都气成沼气池了,浑身上下都冒着毒气,一不小心就把人熏死了。"

小快抿抿嘴巴,把纸和笔扔到我面前,也不说话。我一边铺好纸,一边思索,片刻工夫就想出来了,提笔沙沙地抄在纸上,念道:

王家有女初长(zhǎng)成,

小小年纪火气旺;

快乐调皮不让人,

好比红娘嘴一张。

然后,我笑眯眯地把诗稿送到小快面前。小聪看了,也咯咯大笑。小快看后,将桌子一拍,不满地说:"不行,写得不好,一点都不好!你们作诗,相互吹捧,就像商量好似的,而到了我这儿,又是'调皮',又是'不让人'

的,'火气'也旺,怎么就是我的不是了呢?金心亮,你偏心眼儿!"

我说:"因为你讨厌拍马屁呀,所以我就实话实说呗。"

"金心亮,你坏!你是一只喂不熟的白眼狼,我白、白怎么你了,良心早就喂了狗!"

"姐,别这样说话,心亮哥是客人!"小聪过来劝她。

"你也坏,我也白心疼你了!"

"小姑娘,真生气啦?要真生气,我再重新给你作一首,字字句句全是夸你的,怎么样?"我嘿嘿笑道。

小快眨巴眼睛想了想,忽然诡秘地笑了一下,说:"那倒也不必。不过呢,秀才,你得告诉我,什么是'红娘',红娘是谁呀?"

"红娘啊,就是古代一个戏剧家,叫王实甫的,写了一个剧本,叫《西厢记》。里面说,一个叫崔莺莺的小姐,要与书生张生谈恋爱,遭到了母亲的反对,丫头红娘巧嘴如簧,聪明伶俐,暗中撮合,才成就了这桩美好爱情。后来,人们就把那些给男女牵线的人,称做'红娘'。"我卖弄地说,却不知道已落入了小快的圈套。

"那么,今天晚上,如果我是红娘的话,你们俩又是谁跟谁呢?"小快眼睛朝上,不动声色地说。

"姐,你胡说八道!"小聪第一个反应过来,扑过来揪住了小快的衣服,往胳肢窝里哈痒痒。小快哈哈大笑,起身就往外跑,小聪也追出去,姐妹俩在门口狠狠闹了一顿,尖叫声和告饶声响起一片。

我也跟着她们出了家门,看着她们闹。闹够了,小快说:"不玩了,我要睡觉了,明儿又得早起呢。秀才,我不走了,就在二婶这里睡觉。你得赶回去,不然,怕是今天连厨房也捞不着睡呢。"

我"唉"了一声,马上去了小快家。我的同伙们果然都睡下了。于是,我悄悄拉开了厨房里的电灯……

7

第二天凌晨,刘有仁又将我们叫醒,并特意嘱咐说:"被子和衣服都要卷好、装好,一起带走。"有人问:"再不栽秧了吗?"刘有仁说:"不是不栽，换了一家。"

当我们一齐聚拢在门口时，王大天从田里赶回来了，拉住刘有仁说："兄弟，你们今日不能走哇。你们再坚持一天，就能收尾了。你放心，钱不会少你们的。"

刘有仁点了一支烟，吸了一口说："不是钱不钱的事儿。老王，是我老丈人那个村子的，一个亲戚非让我们给他家干，一亩都涨到四十五了。我也是没办法。"

"我也给你们涨到四十五。"王大天说。

"王哥，你说晚了，都给人家答应了，今天是非去不可的。都给你干了一天了，剩下的，还是你们自己想办法干吧。"又对我们说："你们都走啊，别再磨蹭了。"

王大天见事已至此，又改口说："刘老板，要不你给我留几个人吧，少留几个也行啊。就算大哥求你们这些老乡好吗？看在老乡的面上行不行？关键是季节不等人啊！"

刘有仁的脸色也很难看，想了想，朝我们注视一圈，最后把目光落在我身上，说："那就把心亮一个人留下来吧。对不起王哥，其他人绝对不行。"

王大天捶了一下自己的腿，蹲在地上光叹气。我知道他们都嫌弃我，脸一下子就红起来，赶忙把头低下来。小快拉住她爸说："爸爸，你就让心亮哥干吧，他栽秧可快啦。一会儿，我们全家都上阵，连小聪和二婶，我也让她们下田，坚持几天，肯定能拿得下来的，不耽误事的。"

王大天狠狠地抽着烟，说："这刘有仁，太不够意思了，是个翻脸不认人的家伙，我算看透他了！"

"爸爸，也许人家的活儿真比我们的急呢？"

"急什么？我都听说了，那刘有仁昨夜赌输了钱，不是小数目，人家就让他带人去干活，以工抵赌，他敢不去吗？这小子，就是我说的，成不了气候！"

"心亮哥，我带你干活去。"小快又冲我笑，"你可要感谢我，要不然，没有一个人要你呢，看你的脸皮往哪里搁！嘻嘻。"

我更无地自容了。

此后的几天，我一直和王家人一起栽秧，担当小短工的角色。这时，我才知道这些稻田是他们两家合在一起的，因为老二王大地在县里工作，只有妻子和女儿两人的田地，又因为他不经常回来，便交给哥哥王大天帮忙耕种，总共就是五个人的田了。在这几天里，我们一共六口人起早摸黑地干活，只有小快和小聪中途回去做饭、送饭，还送水。又干了四五天，当我们的腰个个累得直不起来时，王家的农活才算彻底收了尾。恰巧这时，刘有仁也来了口信，他们在那边帮工的稻田也栽完了，让我准备和他们一起上山。

临行时，小快问我："心亮哥，在我家干活，累不累？"

"嗯，不累。"我违心地说。

"傻子才不累呢！我知道你累，我爸爸说了，等我家稻谷卖完了，专门拨出一百块钱，单独送给你，或者给你买一套牛仔服，让你在山上干活好穿。好不好？"

"这是你的主意吧？"我问。

"嗯，就算是吧。"小快并不否认，"我爸爸也知道，你这几天干活可用功啦，一点儿都没有偷懒。"

"谢谢啦。"我心怀感激地看了她一眼。

"那你告诉我，等二季稻收割时，你还来不来我家帮忙呢？"

"那就要看刘老板的意思了，他让来，我肯定求之不得呢。"

"不行，不能听他的。到时你要是不来，我就到山上去请你，你可得给我面子哟。"

"好吧，你们家对我这么好，我能不来吗？"

"就是，这还差不多！"

第二天，我们这些剃山佬一大早就集合出发了。是刘有仁带队经过王家，把我带走的。刘有仁从王大天手里接过我们的工钱后，去集上买菜去。我们只跟着刘有义上山，依然是一人扛着一只袋子、提着一只袋子。不过，我们今天的脚步再也没有来时那样轻松了，甚至连说话的兴致也没有了。因为我们的力气，真的差不多都用光了！

第二章

橘子树下的呻吟

1

见到工棚的时候,前面的剃山佬们很兴奋,个个加快了步伐,一边嚷嚷着,一边朝工棚跑去。我知道他们是为了占住一个好床位。反正我也抢不过他们,生性也懒得与人争抢东西,所以仍然保持固有的步调,默默地走去。

走近了,才看清那是一座新搭的草棚,坐北朝南,靠着山坡。草棚由两排高高的松木支起来,棚顶上按间距也排着许多细直的松木,上面压满了稻草;四面则由一捆捆的山柴围着,权当挡风的墙;床板也是由许多树木排成的,绑在横木上,由七八对立桩顶着,"床板"上面也铺着稻草。

工棚前面是一块平地,平地尽头是一条潺潺流过的小河沟,河沟旁边挖着一眼小水井。从草棚向河沟走去,过了河沟,就得爬上一道山坎,山坎又连着山。山坡下面是一条窄窄的山路,通向更远的山。我们刚才走过的,就是这条山路。

这时,我忽然发现离草棚不远的山路旁边,有一块天然的洼地,洼地上竟长着一棵没有经过修剪的橘子树,又高又阔,树上的枝丫沉沉地压了下去。听见工棚里吵吵嚷嚷的,我没有直接下山去工棚,而是径直走向了那块洼地,来到橘子树下,把行李放下来,仔细地观赏了半天。橘子倒是吃过,见到橘子树还是第一回,不免充满着好奇。这棵树叶浓密的橘子树,在枝丫之间密密长满着青涩的小橘果,个个藏在树叶之间,像一个个年幼的婴儿藏在母亲的怀抱里,不注意,还真的发现不了呢。

橘子树,四季如春,春季开花,秋季收果,果实一身是宝。——这些,我早就在一本书里了解过。我围着它慢慢转了两圈,多日沉寂的诗性忽然苏醒过来,大大地膨胀了一番。随之,一首四句诗,便从口里吟出,名为《橘树吟》:

耐热犹似田中稻,
抗寒好比四季青;
一伞深翠藏不住,
几枚青果寄人生。

"几枚青果寄人生。"吟到这里，我不由得哑然失笑。都说"少年不知愁滋味，为赋新词强说愁"，我这是不是"强说愁"呢？这时，我的耳边忽然响起了一曲旋律，一曲口琴的旋律，以及那些令人精神焕发的歌词：《我们的家乡在橘子山下》。在这欢快旋律的回荡中，一个白净清纯的少女浮现了出来，端庄秀丽，聪明高雅，完全不是农家少女的样子，却是那样可爱而柔情——我料定她的将来决非一般农家女子可比。与此同时，另一个调皮快乐的典型农家少女的形象，也跃然再现于眼前，干净而美丽的面庞，总是对着我抿嘴发笑，并且全心全意地关照我。这一对堂姐妹，在我的人生旅程中，也许就是两个匆匆过客，我是作为一个小短工而出现在她们面前的，本应该随着我的离去而形同路人——这样说来，我更是她们人生旅程的匆匆过客了。然而，时隔不久，她们竟这样不请自来地浮现在我的脑海里——在这棵令人留恋的橘子树下，我不知道这是因为什么，难道这其中暗藏着什么玄机吗？难道她们还会在我的生命中再现吗？

"金心亮，你怎么还不过来？"

刘有义的叫喊声，立即把我带到了现实之中。我再次哑然失笑。——我不得不佩服自己的想象力，确实不同寻常，是当作家的料儿。回到现实，才知道自己不过是一个出门谋生的剃山佬而已，要什么没什么，唯一我有别人没有的是一点高中文化，然而它在这里又一文不值。等待我的将是一场没有希望的挣扎、没有翻身之日的辛劳。于是，我重新忘掉这一切幻想，应了刘有义一句，调头去了工棚，找了一个偏僻、没人看得上的位置，把被盖默默铺上去。

这时，刘有仁也从集市上赶回来了，匆匆忙忙地，背了一大麻袋东西，"哗啦"一声扔在地上，是一堆金属撞击的声音。刘有仁说："赊了不少'家伙'，价格不贱。一人拿一把吧，安个把儿，到水边磨一磨，下午就要干了。"

大家一齐来抢镰刀，镰刀也不是我们老家的钩镰刀，是直口镰刀。一人抢了一把，眯眼瞅了一下刀口，用手指轻轻刮一下，试试刀锋，便都骂开了："这刀子，像没开苞的新媳妇儿，是要好好磨一磨。"等他们都抢完了，我才随手捡起最后一把，也试试刀锋，跟在他们后面，上山去砍刀把儿。刀把儿需要硬木才好，像麻栎树、栗子树、枫树都可以。他们在山上转了一圈儿，终于找到几棵小枫树，一齐围过去哄抢分割。我在离他们远远的山坡上，砍了一棵粗大的荆条木，木质还好，就是上面疙疙瘩瘩的，只能慢慢削得光光溜溜的才能用。砍断木头，留一尺多长，接上镰刀，倒过来使劲往石头上磕，越磕越紧，估计没问题了，这才回到工棚的小河旁。

小河小得就像田沟的流水，却很清亮，几条小鱼秧子在水里游来游去。水边放了几块石头，是洗菜、洗衣用的，已有几个动作麻利的在那里磨镰刀了，他们撩起一掌水，把石头泼湿，然后一手捏着刀把，一手按着镰刀，撅着屁股往石头上磨，发出沉闷的沙沙声。磨了一阵子，抬起身子，试了试刀锋，然后在水里涮涮，骂一声，走了！我照着他们的样子，也找了一块石头，沙沙地磨着。我没有他们有劲儿，也没有他们有经验，等他们一一磨罢了，我才抬起头来，也伸手试了试刀锋，刮得手指沙沙响，笑笑，也回到了工棚。

刘有义已经将一锅米饭焖熟了，并炖了一盆青南瓜……

下午，临上山前，刘有仁把我们叫到近前，专门讲了一些忌口的话，说砍柴是力气活儿，也是危险活儿，动不动会伤到自己的手和腿，所以要忌口；砍柴也是买卖活儿，要图个吉利，所以要讨口彩。例如，砍山不能说砍山，要说"剃山"；镰刀不能说是镰刀，叫"家伙"；太阳不能说是红太阳，只叫太阳；流血不能说是流血，叫挂彩；点火不能说是点火，叫点烟；卸挑子不能说是卸挑子，叫搁挑子……

重复了一遍又一遍，又考了大家一回，确信过关了，刘有仁才带着我们上山分片，一人分一片山，自己剃自己的。大家都知道，同样是山，木柴的质量不一样，山坡山垭里的容易汲取腐烂树叶的营养，墒情又好，所以长得又深又密，剃得顺手，也快，分量也重，自然卖得好价钱；而山岭上的木柴则相反，所以长得又浅又稀，剃半天才够一捆，同样的一捆，分量差得远多了。只听他们一路吵吵嚷嚷的，又叫又骂，专抢好山坡子，讨价还价了半天，这才平息了愤怒，却仍旧骂骂咧咧的，一副自认倒霉的样子，在骂声中，窸窸窣窣的剃柴声也响成一片。最后只剩下一片山岭没有人要了，刘有仁看了看我，走近说："心亮，剩下的就归你了。谁让你不抢呢？不过，你也不要有怨言，等下一片分山的时候，优先考虑你。"我说："没关系，大不了不如他们挣得多，我有思想准备。"

刘有仁对我的回答大出所料，便拍了拍我的肩，笑了笑，打了个哈欠下山了。

2

大热天剃山，可不是轻松活儿，跟割稻子是一个理儿。因为要防止树枝树叶对人体的伤害，所以不能光着膀子。还要防止小毛虫和小蜜蜂的伤害，也不能光着腿。就是说，必须穿全衣服，纵使你不愿意穿袜子，鞋是绝对要合格的，也必须做好脚脖子被划伤的思想准备。鞋最好是手工布鞋，因为布鞋底子是千层布，由密密的针线缀成，结实，硬朗，铁钉都钉不透。最可怕的是胶鞋，最易被小树桩穿透，一直伤到脚板上。不久，山那边就传来叫骂声，一个工友说他的一只脚被小细桩子钉穿了，鞋帮子都被血染红了，还一边爹呀娘呀地叫唤，却因为忘了忌口，说了"血"和"红"字，又被其他人呵斥了一顿。

大热天让我们戴着手套剃山也不太现实，尽管应该这样做。光着手干活，手上被细条子抽伤、划伤、挂伤的情况是断断避免不了的。就说我吧，剃山动作并不快，手背上却很快就伤痕累累了，几乎全是小刺划破的，被汗水一渍，蜇得生痛，不过很快就麻木了。我们的心中只有进度，进度就是业绩，业绩就是金钱。其他的，什么都顾不得了。此刻，虽然山和树挡住了头顶上的太阳，但闷热的天气一点也不显凉。汗水一个劲儿从脸上流过，经过前胸后背，又与前胸后背的汗水一起汇合，变成小流，流过肚皮，滴过内裤，最后停留在裤裆里。内裤很快就湿透了，散发着蒸气，散发着热量——这就是所谓"烧裆"。一旦"烧裆"了，就得把内裤脱下来，使劲拧一把，滴尽了汗水，晾在树上。

这里的山，多是黄土山，地面也平展，所以，剃山时可以大胆放手，只要做到手快、眼快、动作快，就能提高进度，也不至于伤到"家伙"。手长的话，剃上满满的两抱柴木，就够一捆了。然后，挑两根长皮条子，接在一起，一端拧个扣儿，就可以当绳子，将木柴捆起来。

整整熬了一个下午，当太阳落山时，大家开始吆喝着收工下山了，一个个抱着衣服，提着"家伙"，嘴里叼着烟，叫苦连天地到山下小路上集中，有的满脸灰土，被汗水和成泥；有的弯着腰、捶着背；有的瘸着一条腿。大家抬头朝山上望去，看着自己的成绩，比较他人的进度，剃得多的，谦虚一番，心里沾沾自喜；剃得少的，骂一声自己的山不好剃，寻找客观原因。然后，大家一齐往河沟里走去，洗手洗脸。

回到工棚时，刘有义刚把一大锅米饭蒸熟，也滗了一大盆米汤。大家先摸出自己的碗，舀一碗米汤喝下去，紧接着又盛饭。菜是一盆青萝卜，炖了一点肉，每人往自己碗里狠狠地按了一勺菜，各找一个位子坐下来，甩开嘴片子就吃。有人问刘老板呢，刘有义说："上他老丈人家去了。"不用说，又去打长牌了。许久，有人又问了一声："刘老板上回输的钱，捞回来了吗？"大家停止了嚼饭，一齐看过来。但没有人回答，却有人朝他瞪了一眼。

大家便只顾埋头吃饭。吃饱了，便站在工棚门前，一边摸自己的肚子，一边看远处朦胧的山，和天上的星星。这时，蚊子像约好了似的，从四面八方扑过来，直往人的皮肤上叮，噼噼啪啪的拍打声响起一片。有人熬不住，便在工棚前点起一捆草，冒着浓浓的黑烟，直往工棚里灌，咳嗽声又响起一片。大家干脆把蚊帐都支起来，钻在帐子里，坐在被子上抽烟、闲聊，谈古论今，全是荤话。不久，鼾声四起，应着远处无数的蛙鸣，整个黑夜都被这两类动物的声音占领了。月光正清晰而温柔地守望着这个被人遗忘的角落……

刘老板已经多日没有打照面了，也是在上午，大家都上山的时候，才溜了回来，扛着蔬菜和粮食，交给他的弟弟刘有义，然后又下山了，好像不愿意见到我们。大家都知道他好赌，出手大，大输大赢的。一看他带回的菜，就知道他最近的手气怎么样了。然而，最近吃的蔬菜真的不怎么样，要么是一筐烂土豆，要么是一筐老豇豆，要么是一筐卖不掉的老黄瓜，没有什么新鲜可口的。有时，是山下村里的妇女直接将吃不完的蔬菜送到工棚里来，也是一筐筐的老菜，不是藕，就是南瓜，顶好的是一筐苋菜、空心菜，反正没有副食品。已经多日没见荤了，偶尔刘有仁送回一块猪肉，炖熟了，大家张口一吃，上面竟结着一粒粒肉豆豆，又被大家挑出来，全扔了。想骂人，又瞥了一眼刘有义，不好发作，只得忍着。众人只在背后捣鼓，说这样吃下去，皮都脱了三层，脸也小了三圈，不累死就不错，还怎么干活呀！

刘有义看出来了，有些不好意思，便自己利用饭前时间去了河边和稻田，摸了一筐田螺回来，在河沟旁砸碎，挑出肉，用热火和滚油爆炒，竟也吃出肉香来。往后，辣椒炒田螺就成了我们改善生活的美餐，偶尔也有一些小鱼、小泥鳅，让大家吃得"油嘴滑舌"，瘦下去的脸庞似乎也慢慢恢复了过来。

我天生对田螺不感兴趣，闻不得那股腥味儿，加上从书里听说，田螺肉不可乱吃，里面有许多寄生虫，弄不好会传染疾病，所以一口不吃。也没有人过问，反正你不吃我吃。时间久了，便也觉得扛不住了，想念起母亲给我做的荷包蛋来，眼眶就有些发潮。

一天下山，进工棚讨米汤喝，刘有义忽然递给我一双布鞋和一枚煮熟的鸡蛋，说："刚才，王大天的闺女送菜来，说你订购了一双布鞋，和十颗鸡蛋，让我交给你。"

"王小快？"我惊喜地叫了一声。

"就是她，"刘有义笑起来，"你小子真有能耐啊，学会了订购东西了。这双布鞋我看了，纳得真结实，鞋底硬邦，鞋帮子也经划。多少钱一双呀？"

"我的十颗鸡蛋呢？怎么就剩下一颗了？"我顾不得理会这个问题，把注意力放在鸡蛋上。

"都是王秃子、二得子他们！刚才他们下山来了，见了鸡蛋就吃，也不问问是谁的。我一把抢回来，就只剩下一颗了。我生气地说：'那是金心亮买的鸡蛋，你们怎么说吃就吃了？'他们还满不在乎，说：'谁的鸡蛋不都是吃吗？'抹抹嘴巴走了。"

我抱着鞋和仅有的一颗鸡蛋，兴奋地上了山。坐在一捆木柴上面，我仔细地品着鸡蛋，香香的、滑滑的，嚼在嘴里，半天不忍吞下去。我还想起了在小快家里吃到的那枚蛋黄，那是从她嘴里省下来的呀！我什么时候跟她订购过鸡蛋了？这分明是她的马虎眼嘛，她这是在惦念我、犒劳我。我心里热

第二章　橘子树下的呻吟

31

乎乎的，为能遇到这样的女孩、这样的待遇而感动。可是，我还不敢往深里想，我知道她是一个善良而又年轻的小女孩，想问题也许不那么周到，或者这只是她父母的意思，我只能当这是他们对一个曾为他们家里出过力的一个小短工的报偿吧。这是一份朴素的真情，如果有非分之想，岂不玷污了它。

我又将那双布鞋掏出来，抚摸了半天，穿在自己的脚下，非常合适。虽然有点紧，但新布鞋必须这样，否则穿了几天就会嫌大了。我确信这也是出自小快的双手。在她家里的时候，我听王大天说过，他脚下的布鞋就是小快做的，比她母亲做得好，实际上她母亲根本就做不了针线活儿！我想起临走的时候，小快告诉我的，她家要给我一百块钱的奖励，或奖现金，或奖衣服。我想，这些也许就是奖励我的东西吧。离开了母亲和家乡，却在异乡遇到这样的家庭照顾，就像回到自己的家里一样，也算是千幸万幸了，这么多人，谁会有我的运气好呢？这样一想，多日来的劳顿顿时一扫而光了，我重新打起精神，投入到新一轮的剃山争夺中。

3

在一天又一天的机械"操作"中，我的头脑不停地联想这些情事，眼前总是断不了王小快的身影，和她笑嘻嘻的形象。这是一个心灵手巧的农家少女，唯一的缺憾就是文化稍低一些。时而又联想到她的堂妹王小聪，她的确又聪明又有文化，长得也比小快白净，像一个富贵人家里的大小姐。从心里来说，如果把她们放在一起做比较的话，我更看好小聪，文化是她的最大品牌，大概这是文化人青睐文化人的缘故吧。但我又知道，她们不仅年龄小，也还都不成熟，她们就像我家的姐妹，又像是天上的仙女，是人间纯洁的情种，我不能对她们有半点亵渎，只能对她们心存感激。

一天，在山腰上，我正往手心上吐唾沫，准备埋头干活，忽然头顶上有人喊："金心亮。"

是小快的声音！就觉得浑身像注入了一股营养液，立即产生神奇的力量。我直起身子，高兴地回答道："是你？小快你怎么来了？"

小快跑到我跟前，坐在一捆木柴上面，递我一个小布袋，说："给，你订购的熟鸡蛋！不过，今天只有五颗啊。"

我双手接过来，笑嘻嘻地说："小快，就我们两人，你还装呢？什么时候我跟你订购的鸡蛋？"

"知、道、就、好！"小快一字一顿地说。

"小快，你是怎么找到这儿来的呢？"我掏出一颗鸡蛋，送到鼻孔前闻了闻。

"刚才，听说上次给你的十颗熟鸡蛋，让人偷吃了九颗，把我气得那个跳呀，我就直接送到山上来了。这个账，我一定要找刘有仁算！"小快发狠说。

"谢谢你呀，小快妹妹！也要多谢你家的王大叔和王大婶。"我把鸡蛋捧在手里搓了搓，想把它剥开。

"跟他们有什么关系？"小快不满地说，"这可是我自己的主意，我爸我妈都还不知情呢。你可知道，为了省下这些鸡蛋，我一个多月没有吃上呢，都偷偷藏起来了。哎，这个不许你告诉他们啊！"

"这么说，我只能领你一个人的情喽。"我调皮地笑了一笑。

"馋了吧？来，让我给你剥开吧！"小快接过我手里的鸡蛋，右手的食指撑在拇指上，用力弹了一下，将鸡蛋敲破，然后捧起来揉了几圈，蛋壳就变成了一只"破网"，一撕，整个儿连皮一起掉了下来。"煮鸡蛋可有讲究啦，熟了，用凉水浸一下，蛋壳就和蛋白分离了，这样才好剥。这个窍门，我妈都不知道，嘻嘻。"

"聪明！"我由衷地赞叹了一声，刚要伸手接住，小快说："你手脏，别动。"将鸡蛋掰成均匀的两半，亲手塞一半到我的嘴里。

"那一半归你了。"我一边吞着鸡蛋，一边说。

"嘻嘻，瞧你的一副馋猫样儿，比我还馋。算了吧，这鸡蛋已经都归你了，我可不想霸占别人的东西。"说着，又把另一半塞进我的嘴里。

"剩下的四颗，留着明天慢慢吃吧。"我抹了一下嘴，"你的好意，我得慢慢领，慢慢品，慢慢感谢。否则，我明天就会把你忘了。"

"白眼狼！我净跟白眼狼打交道！吃我的东西才会想起我！是不是鸡蛋吃没了，就想不起我啦？"

"哪能呢，还有这双鞋啊。这双鞋天天穿，也得穿个一年两年吧？只要一穿上这双鞋，不就想起你王小快了吗？"

第二章　橘子树下的呻吟

"要是这样,我还不如天天给你做布鞋呢。"小快将嘴巴鼓起来,"一双鞋能记住我一年两年,一颗鸡蛋只能记住我眨眼工夫。"

"小快,送我这双鞋,不是你一个人的主意吧?"我想起了什么。

"当然是我一个人的主意了。不然的话,一个女孩能随便给一个男人送鞋吗?我俩是什么关系呀?传出去了,我还嫁得出去吗?我妈还不把我打死了?告诉你,是给我爸爸做的鞋,我知道你的脚比我爸爸的脚小,就故意做得小一些。爸爸穿得不合适,我就说:那我就送人吧。就这样,送给你了。我知道你没有布鞋,剃山必须穿布鞋,所以就想起这么一招儿。怎么样,穿得还行吗?"

我坐在她对面的木柴上,脱下一只给她看,说:"瞧,姓何的嫁给姓郑的——正合适。多亏了你这双鞋,自从有了它,我的脚再也不挨钉了,也不捂汗了。不然的话,我的脚板还不知道被多少桩子钉破呢。"

"嘻嘻。"小快快乐地笑起来,然后招招手,让我的身子离她近一些,盯着我的脸说:"秀才,这段时间没有少受罪吧?瞧你的脸,又黑又瘦,气色比那些天差多了。知道这活儿不是读书人干的了吧?"

"还好,锻炼锻炼吧。小快妹妹,谢谢你给我的奖励啊。远在他乡,能得到你的关照和挂念,比奖励我任何东西都中用。"

"奖励?我凭什么要奖励你啊。"小快又不高兴了。

"不是说……上次临离开你家的时候,你告诉我,说你们准备奖励我。"我小心翼翼地说。

"喂,我可告诉你,这可是两码事啊。上次说的奖励,是要等我家稻谷卖完以后,现在还没有兑现呢。再说了,那是我爸我妈的奖励,这次可是我白送给你的啊。"

"是是是,小快说得对,这完全是你一个人的情,我只能报答你一个人。我的意思是说,我不知道该怎么回报你。要不,等我的木柴卖了,赚了钱,我给你买……"

"给我买礼物是吧?告诉你,不稀罕!我可不是为了得到你的什么礼物啊。"

"那我就更不知道拿什么东西报答你了。"我不知所措了。

小快"哼"了一声，脸上忽然红通通的，许久才像突然想起来似的，说："哎，秀才，赶明儿双季稻收割了，你还去我家帮忙不？"

"去，一定去！就冲你王小快，我也要分文不取地给你家干活，累死了不让你赔。"

"嘻嘻，不会累死你的，只要用力就行了。"小快又快乐地笑起来，然后站起身子说："这个鬼地方不宜久留，让人看见了，会说闲话的。心亮哥，等下次我攒了鸡蛋，还让你'订购'，你等着吧。"

没等我说话，小快就一溜烟儿跑下了山，剩下我坐在那里"美滋滋"回味了半天。

4

江南的雷阵雨，比江北更猛烈、更疯狂，雷声、闪电、狂风、暴雨搅在一起，把山上的松树摇晃得站立不住，有的被连根拔起。当正在剃山穿着单薄的我们，一看架势不妙，赶紧往回撤的时候，整个身子就已淋成了落水狗，一股股冷气直往身上扑来，冻得人打起了哆嗦。顶着没有方向的旋风跑回工棚的时候，刘有义也水淋淋地迎着我们跑来，说我们的草棚被大风掀翻了，没地方躲雨了。有人喊："赶快修，反正也没地方去。"大家跑回去，果然见到草棚子整个儿坍了下来，幸亏草苫子没有完全散开，一半罩在我们的床上，把我们的衣被盖住，这也算是不幸中的万幸了。大家的第一个念头，就是把自己的衣服被保护起来，于是，纷纷抱着衣被往床底下钻。

刚把大气喘定，忽然又感到外面风平浪静，什么声响也没有了。有人把脑袋伸出来一看，天啦，红日高照，万里无云，热浪一阵阵从远处涌来了，似乎刚才什么事也没有发生。大家哭笑不得，骂了一阵老天爷，钻出床底，把自己的衣被抽出来，挂在外面的树桩上晾晒。然后不知谁下了一道命令：搭棚子！棚子就是我们的家，不管怎样不能没有了家，我们都知道这个理儿，所以没有谁讨价还价，伸手就干。先把草苫子抱出来晒一晒，好在整个棚架子完整无缺，只是绑得不牢。有几个人就自告奋勇去山上砍藤条，也有的要去山上砍松树。剩下的留在家里挖坑，把原来埋树桩的坑挖深一些，这样就能埋得牢固一些。等去的人全回来了，大家又一齐上阵，上架子的上架子,递东西的递东西,把棚架子一一绑牢。棚顶上又加了横木和纵木,再铺上草苦子;草苦子上面又加了密密麻麻的横木和纵木,一一绑牢,确信能挡住八级强风了,这才跳下草棚,拍拍巴掌。一看天,星星已经露出了小眼睛,正是下班的时间了。大家又忙去河边洗手洗脸……

老天爷似乎跟地球有仇似的,发了一阵雷霆之怒还不解气,紧接着又泼洒起连阴雨,哗哗地下着,不急不缓,不多不少,不停不歇,没完没了,似乎非要把地球人困死、饿死、淹死。望着哗哗下的雨点,剃山佬们只能清闲无事,成天躲在草棚里打长牌。老板刘有仁也从村子里回来了,加入了打长牌的行列。这家伙在村子里跟"江西佬"通宵开战,据说输多赢少,到处欠账。一进了草棚,手气却出奇的好,只赢不输,便嫌小打小闹不过瘾,要打大牌。好在剃山佬们知道自己的底细,不敢大来。刘有仁说:"没有现钱也没关系,将来从木柴钱里扣。"大家瞪眼说:"木柴钱就不是钱啦?"

我不会打牌,也跟他们没有共同语言,唯一的消遣方式,就是摸出那本《唐诗宋词精选》,在离他们远一些的地方坐下来,摇头晃脑地吟诵,从早到晚地沉浸在古人为我们营造的诗情画意之中,时而咂咂嘴巴,就像尝到了肉香的滋味。

赢了大家的钱还不过瘾,刘有仁很快就盯上了我,说:"金心亮,大家都轮班来了,你怎么不来?你也来!"

我说:"不会,不认得牌,天生不是打牌的料儿。"

"不会可以学嘛,你是一个高中生,脑子比谁都好使,怎么就不学打牌呢?快学,这是任务,不学也得学!我负责教你!"

"我不想学,真的不想学!"我坚定地拒绝了。

刘有仁生气了,对刘有义说:"把账本拿来,我看看这一个多月,大家都剃了多少山。"

刘有义递来账本,刘有仁直接翻到了最后,那样子无疑是冲我来的了。刘有仁看了看,说:"金心亮,最多的一个人已剃了两千多捆木柴,你怎么还没有别人的一半多?这可不行,一个人蹲一个坑,马虎不得!"

我据理力争道:"刘老板,咱们不是多劳多得、计件付款吗?我没有别人干得多,我拿的也没别人多呀。"

"话不能这样说！"刘有仁理直气壮地说，"你多劳多得、少劳少得，这不假，但你一天三顿饭，没有少吃一顿吧？我有言在先，来的时候我就强调了，这里不是学校，不是吟风弄月的地方，是卖力气干活的地方。你们既然跟我来了，就要好好干，干得多了，你们有好处，我也有好处。如果你们都白吃饭不干活，你们一分不挣无所谓，我不能一分不挣呀。我一分不挣，剃山费用怎么交呀？伙食费从哪里来呀？是不是这个理儿？"

听了他的高谈阔论，我咽了咽唾沫，竟无言以对了。

"这么着吧，你不来打牌也没关系，但你也不能闲着。趁大家伙都歇着，你剃山去吧，剃一捆是一捆，把你和人家的差额尽量补齐，你也能多拿一些钱。你妈送你来，不是想让你多搞一些钱回去吗？"

听了这话，我吓了一跳，其他人也吓了一跳。我说："刘老板，下这么大的雨，你让我去剃山，能剃得了吗？还让人活吗？"

"怎么剃不了？怎么不让人活了？下大雨又怎么啦？下雨天正好凉快，挨不了晒，也出不了汗，不就是把衣服淋湿了呗。这样的天，湿了就湿了，摊开一晒，换一套衣服再干，有什么大不了的？要不，你把我的草帽戴上，把脑袋遮一下，还真能淋死了你的人？我就不信！"

这时，剃山佬们竟点点头，一齐附和道：

"对呀，我就喜欢下雨天干活，出点汗，有雨洗，口渴了，有雨喝，毛虫、蜈蚣、蝎子、蛇什么的，也躲起来了，不担心受伤，安全。"

"对呀，咱们来这儿，不就是为了剃山赚钱吗？要不是刘老板留着我打牌，我也去。"

他们的舆论一边倒，我再装熊就没法儿待下去了。于是我通红着脸，霍然起身，把书扔在床上。好在我曾用藤条编了一顶帽子，防晒用的，便把毛巾缠在上面，戴在头上遮雨，再摸出家伙就出门了。

5

雨点稠密而急速。没走过草棚前面的小水沟，我的身上就全淋湿了。我忍着，打算好好干它一场，体验冒雨干活儿的滋味。他们说的也对，下雨天干活，凉快，不出汗，偶尔也有凉风裹着雨水扑来，打在脸上凉飕飕的。不过，他们只说对了一半，下雨天，上山路滑，容易跌倒；湿柴分量重，水分高，不易砍；衣服湿透了，粘在皮肤上，一举一动受束缚，影响手脚的机动性，总之，要付出比晴天更大的力气。为了对付冰凉的湿气，我只有拼命地干，让身体发热发汗，这样才能驱散寒气。站在山坡上，往上一阵猛砍，不一会儿就累得喘大气，张着嘴巴，热气一出口就被冻成白烟冒出来。

　　天空慢慢暗下来，刚剃出来的木柴也一捆捆地躺成了一溜儿。抬头朝上一看，山坡陡陡的，望不见顶头；再低头通过大胯往下看，光秃秃的山坡也陡陡地立着。天啦，上不着天，下不巴地，我的脊背上立即炸出了冷汗。这是一堵陡坡山，不知不觉间竟爬到了半山腰，上不去，也下不来了。在雨天，黄土山上和成了泥巴，这双脚一直嵌进泥里，所以才稳稳地站在坡上，换了晴天，根本就没法上来。然而，一旦要动脚下山，一不小心就会滑下来，摔到山沟里。真是那样，在这荒山野岭里，连个知道的人都没有。想到这里，我不敢再恋战，立即把家伙扔到山下，看到它直直地插进泥里，再把帽子也扔到山上。然后，我一边寻找着大一点儿的树桩，用手拉脚蹬，一边慢慢往下滑动。滑了几十步，一棵小树桩经不住我的重量，被一只脚连根蹬下去，恰巧这时，我双手揪着的小树桩也经不起突然的加重，也一齐脱离了泥土。在毫无防备的情况下，我直溜溜地往下滑去，双手本能地乱抓着泥土，却什么也抓不到。这时，我下滑的速度越来越快，小树桩和小树枝挂起我的衣服，"嘶嘶"地撕着，肚皮、双手和双腿，也被挂得钻心地痛，血水染了一路。我忍着剧痛，快要滑到山沟时，却被一个大树桩绊了一下，整个身子便横过来，朝下面滚去，直到滚到沟底才停下来。

　　我趴在地上，好半天才缓过气来。当我忍着疼痛坐起来时，却感到一条腿的疼痛超过了其他任何部位，低头一看，原来左腿正好撞到"家伙"上了，拉开裤子，就见那块一寸多长的伤口正翻着白肉，黑血一下涌出来。我立即用手捂住，痛苦地闭上了眼睛，嘴里发出绝望的哀号声，声音就像狼嗥一样，在雨中沉闷地响过。不知哭了多久，我才慢慢清醒过来，立即撕一块布料把伤腿缠住，连"家伙"也顾不得要，冒着大雨，一瘸一拐地往草棚里跑去。

　　到了草棚，天空还有一丝微亮。刘有仁不见了，其他同伴们也都早早地吃罢了晚饭,正躺在被窝里谈天说地。刘有义把我的一份饭暖在锅里了,正在烧温水洗脚。见我浑身泥水地回来了,整个一个雨人,也不说什么,只管迅速替我打了一盆温水。我也一句不说,撕掉身上的所有衣服,光着身子,用温水从头到脚往下淋了几下,冲干了污泥,再用干毛巾擦干身子,穿上干净的衣服。

浑身都在疼痛。再看腿上的伤口时,血不再冒了,却比其他地方更痛,痛得钻心。我请刘有义再给我打一点儿温水,好洗伤口。刘有义见了,吓了一跳:"怎么搞的?裂得像小孩的嘴巴。"我没吱声,用温水好好冲了冲,撕了一块干布重新缠上。刘有义把我挂彩的事向大家说了,大家都伸出脑袋朝我看,说:"是不是今天没忌口?"

"是昨天晚上,手没老实吧?"

"以我说,你比我们强多了。伤点儿算什么?我们都他妈的输惨了,全给刘老板白干了!"

我仍然一句话不说,吃了一碗白米饭,钻进了自己的被窝,身子一动不动的,身上的伤口依然火烧火燎地痛着,让人久久难以入眠。

6

第二早上,我昏昏沉沉地起床时,剃山佬们全都赶了早活儿。这时,我身上的伤口大都结了痂,只有腿上的那块长伤口,似乎比昨天痛得更厉害了。我打开被血水污染的布条,轻轻一挤,伤口上便冒出了大量黄水。我重新包扎了一下,一瘸一拐地下了地,又觉得脑子里像搅了一盆糨糊,一动弹,眼睛里就冒金星。

看见刘有义正在滗米汤,我去要了一碗,吹吹气,一口口吞下去,感到舌头也没有一点儿味觉了。刘有义看我精神不振,建议说:"饭也快做熟了,你吃了再去干吧。"我"嗯"了一声,重新坐在床上,话也不想说了。

吃了半碗早饭,在他们还没下山之前,我慢慢去了属于我的那片山。在山沟里,我找到了我的那把"家伙",刀口经过雨水一夜的腐蚀,已生了黄澄澄的锈。这次,我不敢再爬坡了,上了一块比较平展的山岭。白白的太阳已高高地挂在东方的天际,阳光照处,寒气被逼退,火热的空气重新集结,身上又像火烤的一样了。所不同的是，空气的湿度却还像昨天一样，经过阳光的加温，让人胸口发闷，有点接不上气了。是典型的桑拿天——虽然那时还没有听说这个词语。

木柴上的水汽还没有散尽，大滴大滴的水珠还停留在叶子中间。伸手一抱，整个袖子全湿了，继而连双腿也打湿了。砍了几抱木柴，整个身子便湿透了，成了"湿人"。身上伤口，经过雨水的侵蚀，重新疼痛起来，特别是腿上的那块大伤口，又像刀剜的一样。我想趁凉快使劲儿剃几捆，却使不上劲儿，一使劲就头昏，只好干干停停、坐坐歇歇。整个上午，成绩没有往日一半多。

下午，我又上了山，刚举起镰刀，忽然觉得身上发冷，不敢站在背阴处了，只有站在有阳光的地方，才感觉暖和一些。不久，我的眼皮也抬不起了，昏昏欲睡，便扔掉镰刀，坐在木柴上，往腿上一趴，很快就睡着了。

一觉醒来，又打了个冷战。虽然太阳依然照在我身上，却感觉不到它的热度。一摸前额，烫手。这时，我才明白自己病了。想站起来，却动不了身，用一只手颤巍巍地撑起来，又感到身上没有一点力气，眼皮也睁不开了，也不敢面对太阳。我抱着身子，战战兢兢地下了山，走到背阴处，身上颤得越发厉害了。

回到草棚，我喘着大气，一头钻进被窝里，连脑袋也藏起来，却仍然感到冷。我只好伸出手，把相邻的被子也拉过来，盖在自己的被子上。躺在里面，却依然冷，五脏六腑就像浸在冰天雪地里，冷得瑟瑟发抖。但我的身子却分明在发烧，烧得像出笼的馒头，把被窝都烤得烫手了。睁开眼时，眼皮发涩、发沉，一旦合上，"看"到满世界都在旋转，眼前是无数的圆圈儿，由大及小，又由小及大，无边无际、没完没了。在这个乱哄哄的氛围里，身子似乎一会儿被托向遥远的天际，一会儿又被扔进万丈深渊……

不久，我就开始说胡话了，有一句没一句，含糊不清地念叨着，有时也大喊大叫。刘有义不断地过来看我，问我说什么，却没有任何回音。喊得吓人时，刘有义就过来推我，推来推去把我推醒，问我到底怎么样了。我一会儿清醒，一会儿迷糊，继续语无伦次地说着。刘有义在一边干着急，知道我发高烧、得重病了，却不知道怎么办才好。

天黑时，我的高烧突然全退了，不再胡言乱语了，却迷迷糊糊地睡着了，还发出了均匀的鼾声。这一觉，一直睡到次日红日高照。掀起被子，慢慢溜下地，却感到头晕得更厉害了，四肢没有一丝力气，瘸着一条腿坐在一块石头上，心里又恶心又难受，脑袋也抬不起来，眼里不断地闪着金星。

刘有义见我起床了，高兴地说："心亮，你昨天烧得可厉害，吓死我了。好多了吧？"

我没有力气回答，痛苦地抱着脑袋。刘有义去舀了半碗温米汤，递给我喝。我小心地喝了一口，一点味道也尝不出来，舔了舔舌头，只觉得发苦发涩。勉强喝下去，感觉肚子有热乎乎的东西了，又想去睡。就站起身，晃到草棚后面去，撒了几滴黄黄的尿，咳了一口浓痰，重新回到了被窝。

不知多久，有人喊我吃午饭。朦胧中，听到一伙人吧唧着嘴巴吃饭，还一边大吵大嚷着。直到他们吃了饭，磨了家伙，一一去了，我才坐起来。虽然身子依然发沉，眼皮依然发涩，但比上午强多了。我强撑下地，站在工棚门前，朝远山注视了良久。我看见了蓝蓝的天空下面那被薄雾笼罩的远山，也看见了青乎乎起伏不断的近山，再把目光收回到小河沟前面的山，那里有一些山坡已经剃了光头，只剩下一地难看的"毛荐子"，也有一些山坡还在草木茂盛地泛着绿光，像土地上长起的一厢厢庄稼。就在对面的山底下，那块洼地上，一棵仅有的野橘子树，我曾经为它吟诗的那棵橘子树，依然孤零零地站在那里，撑起一把绿伞，藏着无数的小"秘密"，旁边则是一片青草地。光顾剃山了，有快两个月没有光顾它了，上面的果实肯定长大了不少吧？我摇晃着身体，情不自禁地朝它走去。脚步沉沉的，上坡时，一用力，眼前又冒金星，只好停下来，缓一缓。好不容易走近了，才看清它的面目。树上面明显有被人糟蹋过的痕迹，朝树下一看，果然有被撕开扔掉的小橘果。馋鬼们，它还是青涩的啊，还不到时候呢！围着它转了一圈，发现更多的果实还在，的确长大了，光溜溜、青绿绿的藏在枝叶间，躲躲闪闪的，不细心还真发现不了它们呢。聪明的小东西，从小就知道自我保护！

"橘子树，你还好吗？"我心里默念了一声。我知道，如果它有灵性的话，它会感应到我的心动和问候。"是的，你看出来了，我这两天不太好，我也搞不清是什么病，反正是高烧，烧得人胡说八道，现在好一点。多谢问

第二章 橘子树下的呻吟

候啊。"我微笑地朝它打着招呼,用友好的声音告诉它,我不会伤害它的,不会把它的没有成年的儿女强行分开,甚至过早地剥夺它们的生命。

这时,我又不自觉地打了个冷战。是橘子树劝我离开它,天晚了,要回到草棚里去吗?"谢谢啊。"我赶紧离开树阴,去旁边的青草地,那里仍然阳光灿烂,让人身体热乎乎的。我慢慢坐下身子,面朝着西边的太阳,让它把热量冲着我,烧在我的脸上,传到我的五脏六腑。"橘子树,这里比草棚里强多了啊。这里的阳光像一团火,烤得人好舒坦啊。草棚里冷阴阴的,我不想回去。"但是,太阳的热量却在不可抗拒地慢慢失去它的力度,我的身体又开始麻冷起来,一摸脸,却发着高烧,脑袋也发胀,痛得厉害,跟昨天的症状一模一样。不好,病又犯了!是应该回到草棚里去!我想。可我实在懒得动弹,懒得离开这里的阳光。紧接着,脑袋又昏沉起来,眼皮也睁不开了,一股睡意袭来,我就势躺在了草地里,立刻就进入了梦乡……

7

此后,我一直处于一会儿清醒一会儿糊涂的状态。我抱着身体,侧身躺在草地上,一点儿也动弹不得。清醒时,我知道自己正处于一个危险的境地,随着太阳的下山,可能会冻死或烧死在这块草坪上,然而,张着大嘴却哭不出来,只有大声哼哼着。糊涂时,有一句没一句地念叨着,感觉身子不断地旋转起伏着,一会儿在天上飘来飘去,一会儿又驶向万丈深渊……

也不知道过了多久,在神志不清中,身边响起了一个操着满嘴赣北口语的喃喃自语的声音,轻轻的,动听的,满含着喜气,在这寂静的山上让人听得十分悦耳:"啊,小橘子还是这么小哇……一看就是没有经过嫁接的……不过,小橘子的颜色倒是蛮深的哦……天啦!"

最后的一声惊叫,显然是冲着我来的!这一声叫唤也把我从昏迷中唤醒,让我的身体注入一股生机和力量。这是我最愿意听到的声音,一个让我兴奋和激动的声音。然而,我却无力回答,只有用呻吟来回答她。

"金心亮!是心亮哥吗?"小聪的声音从惊异到奇怪,越喊越响,脚步也离我越来越近了。"心亮哥,你怎么躺在这里?你睡着啦,还是……"

"呜……"我用一声哭泣来回答她。

"姐！姐姐！"小聪快步离开我，跑向山路，冲我们的草棚方向喊："姐，先别卖菜啦，快过来呀，看看金心亮是怎么啦……他躺在这里，好像病啦！"

很快就听到奔跑的脚步声。一百多米的距离，也不知道小快是怎么跑的，瞬间我的身边就响起了她的声音："心亮哥，你真的病啦？"紧接着，我的脸上就被一只细嫩的巴掌抚摸了一下。小快惊叫道："天啦，烫手啊！小聪，怎么办啦，我从来也没有见过烧得这么烫的病人。"小快的声音都变了。

"姐，别着急。"还是小聪理智。她重新回到山路上，朝草棚里喊："刘叔叔，刘叔叔，过来帮助一下。金心亮病了，快来把他背回草棚去吧。"

刘有义快步跑来时，小快已经脱下了她的外衣，盖在我的身上。刘有义掀开外衣，把我拉起来，弯腰将我扛在肩上，迈开大腿跑回了草棚，放在我的床上，用被子紧紧捂住。

小快和小聪也跟了过来。她们仔细地观察了我的脸，已经烧得通红，向四周散发着热量。小快揪住刘有义问："他是怎么病的？他为什么要躺在那里？"

刘有义吞吞吐吐地说："谁知道啊！昨天下午就病了，躺了半天一宿，今天上午才好一点，下午就去那边遛了遛。谁知又病了，依然是高烧。"

"昨天就病了，你们为什么不给他看病？你们刘家兄弟怎么都这样黑心？他难道不是跟你们来干活儿的吗？"小快气得要哭。

"姐姐，别着急，心亮哥是周期性发病，看样子是打了脾寒，现在治还来得及。"小聪说话时，已经把一条毛巾用井水浸湿，拧干，捂在我的前额上。

"我们都不知道是什么病，"刘有义有些歉疚地说，"我们还以为是他前天让'家伙'砍伤了腿引起的呢。"

小快立即爬上床，掀起了半边被子，把我的裤腿挽起来，露出左腿上的伤痕，撕开缠布，"天啦"一声叫起来，"这么长的口子，都发红发肿了，还流着脓！"小快跳下床，又去揪刘有义的衣服问："说，到底是谁砍的？我揍他去！"

"没谁砍他,是他前天一个人去剃山,不小心摔倒了,让'家伙',就是镰刀砍伤了。"刘有义憨憨地笑了一声。

"前天?前天不是还在下雨吗?下雨你们还让他干活儿呀?下雨天干活儿,不摔倒才怪!不被雨水淋病才怪!你们为什么不干,偏偏让他干?你们怎么总是欺负他!我饶不了你们!我要告你们!"小快使劲地推着刘有义,气哭了。

"姐,先别理他们,现在治病救人要紧。"小聪不断换着湿毛巾,"你跑得快,最好去大队诊所弄点奎宁回来,还有治刀伤的药。越快越好呀!"

"行,那你可要看好他呀。"小快迈开步伐,朝山下奔去……

"心亮哥……"不知过了多久,我被一声呼唤叫醒,睁眼时,脑袋已经靠在蛇皮袋子上,小聪正坐在我的身边,一勺一勺地给我喂着米汤。

"心亮哥,感觉好一些了吗?"小聪欣喜地问。

"好一点儿,只是头痛头晕。多谢你啊,小聪!我们非亲非故的,你还这样照顾我。"我有些吃力地说。

"谁说我们非亲非故?你是我爸爸老家来的老乡,又给我们王家干过活儿,还吃过我家的饺子呢。"小聪调皮地笑道,"你大概忘了吧,你还是我的老师呢,让我知道了什么是藏头诗呢。"

"见笑了。怎么就你一个人?小快呢?"朦胧中,我记得小快好像也应该在这里。

"想我姐姐啦?放心,她不会闲着的!她肯定已经拿上了你需要的药品,正往山上赶呢。"小聪又往我嘴里喂了一勺米汤。

"你们姐妹俩,是世上最温柔、最善良、最美丽的女孩子,也是我的大贵人,我为能结识你们而自豪。"我由衷地说道。

"行了,别给我们戴高帽子了,我们没有那么高尚!再喝一口。"

说话间,小快的声音就从远处传来:"妹妹,我们回来了。他怎么样啊?"

"他呀,好得很,正盼着你来呢!"小聪说。不过,她似乎发现了什么,态度马上端正起来,"啊,大伯,你也来了?"

王大天?我脑子里闪了一下。紧接着,就听王大天说:"心亮还在发烧吗?"

"嗯，"小聪让到一边，让王大天过来。我喊了声"王叔"，他便点了一下头，摸摸我的脸，问："还冷不冷？"

"还麻冷。"我说。

"小快，把药拿来。"王大天伸出左手，"打脾寒不是玩的，我见得多了。有的天天发病，有的两天发病，不及时治好，折腾也把人折腾死了。"

小快早把几粒白药片和红药丸掏出来了，就轻轻地放在她爸爸的手上。王大天把药塞进我的嘴里，又接过小聪的勺子，舀了一勺米汤喂我喝下去。

"这药是治脾寒的特效药，免费发的，按时吃，一准儿好。"王大天说道，又喊了刘有义的名字，吩咐他把药拿好，按时给我喂下去，"现在正是给稻田薅秧除草的时候，我们忙得连放屁都没工夫，这会儿还没收工呢，该走了。"

"爸，"小快喊住他，"他的腿还伤着呢，伤口都化脓了，走都走不了。"

王大天只好又掀开我的被子，查看我腿上的伤，啧啧地叫唤了一声，说："这伤口没有及时处理，肉都烂了，有点麻烦。"

"爸，快给他上药。"小快又掏出了一个药包。

"得先给他的伤口洗一洗，消消毒啊。刘有义，能不能化点淡盐水？"

"爸，医生说了，得用他们的专门消毒液，还要去死肌，这里的条件根本达不到要求的。"小快说，"你答应过我的，得把他背回家去，好好调养。"

"你这丫头，越发没大没小了。"王大天生气了，"我在田里干活，你说心亮病得要死了，非把我拉来不可，我来了，你又让我把他背回去。村里人看了，这算怎么回事啊？"

"爸，他是你家乡的人，给我们家干过活儿的，他在这里没亲没故的，病了都没人管，你好意思见死不救吗？你心里过意得去吗？"小快撒着娇说。

"他不是还有这些老乡吗？"

"他们里头没有一个好人，商量好了，合伙欺负他！大雨天还让他干活儿！不然他也不会病，也不会伤着。他们肯定不会好好照顾他的！爸，你就让他在我们那里住几天吧。养好了，再打发他走，好不好？"

"你这个没心没肺的孩子！"王大天只好把我从被子里拉出来，"你让我说你什么好！"

"王叔,你还是把我放下来吧。"我轻轻地说。

"没见我家那位当家作主的小管家婆吗?人家给我下了命令啦,谁敢不听?"王大天笑道,"刚才呀,王叔也是想得多了点儿,不是不想管你。你可别放在心里!"

然后,他背着我迈开大步走出了草棚。

8

我们赶回村子里时,小快已抢先一步,把她的房间收拾过了,王大天便把我背到她的床上,让我躺下。不过,我不想再躺着,说身子骨睡疼了,小快便用她的枕头立在墙边,让我坐起来,靠在上面。

"好点儿了吗?"小快问。

"这药还真管用。"我笑起来。

小快赶紧摸了一下我的脸,也高兴地笑起来,然后跑了出去。

紧接着,小聪进来了,给我端来一杯温开水。她先打开药包,让我再吃两粒奎宁,加强一下,然后把水送到我的嘴边。见我顺从地做了,也高兴起来,问:"心亮哥,想不想听音乐?"

"想,可是……"

她从口袋里掏出口琴,咬在嘴里。我说:"还吹那首《我们的家乡在橘子山下》吧。"

"好吧。"她鼓起嘴巴,熟练地吹奏了一遍。那让人振奋的旋律再一次在耳边响起,抑扬顿挫、温婉悠扬,给人以美好的幻想、未来的希望和生活的勇气,并沉醉在一种莫名的享受中。

"小聪,这首歌你是从哪里学到的呢?"我问。

"是我的高中音乐老师自己编词谱曲的。"小聪自豪地说,"好听吗?"

"好听,就像一剂药,能给精神萎靡的人提神,我都忘了自己是一个病人了。"

"音乐本来就是可以治病的嘛,这叫音乐疗法。我再吹一首《在希望的田野上》吧。"

这是一首流行歌曲,村里的有线广播天天都在播放,而通过口琴吹奏出来，却还是第一次听到。一曲未完，小快就回来了，后面还跟着一个背药箱的老大夫。我知道，他们准备给我看腿伤了。

"心亮哥，把裤子挽起来吧。"小快说。

"最好把裤子脱下来，这样方便些。"大夫说。

小快替我翻译了。

我照做了。大夫看了看我的伤，又问："你的感觉怎么样？"

我说："不怎么痛了，就是很痒，还发着烧。"

"早点处理就好了。"大夫叹口气，打开药箱，夹起酒精棉给伤口表皮消毒，又把我的腿拉到床边，用化开的红药水冲洗伤口里面的脏物，之后，用一只锋利的小刀刮烂肉。虽然刮得很轻，每刮一下，我都痛得直咧嘴巴，又不好意思叫出来，咬着牙忍着，泪水和汗水却怎么也忍不住。小聪和小快守在一旁，眼神里流露出无限的同情。小快则忙不迭地给我擦脸上和脖子上的汗。忙了好半天，大夫才说差不多了，他收起刀，用冷开水给我的伤口冲洗了一遍，打算使用消炎药膏敷上。恰巧这时，王大天夫妻收工回来了。王大天进来看了一眼，问了一下情况，说："用云南白药吧，我家里有云南白药，多年没用过了。"

"云南白药最好。"大夫说，又忙着找纱布，"两天后再换一次药看看吧，估计可以了。"

术后，大夫让我躺下休息，然后背起药箱出去了。

我直挺挺地躺在床上，感觉伤口不再那么灼痛了。

晚饭是他们一家三口一齐做的，另熬了稀粥，炒了鸡蛋。这是专门为我准备的，鸡蛋里不敢放辣椒，也不敢放葱和蒜。我坐在床上吃了半碗粥，也吃了半片鸡蛋，虽然嘴里很苦，没有一点食欲，却吃得心里热乎乎的。

晚上，我没有一点儿睡意，起床坐在堂屋的椅子上。小聪也来了，姐妹俩又一起陪着我说话。

小聪提议说："我们每人讲一个故事吧，或讲一则笑话，或出一个谜面，活跃活跃气氛，怎么样？"

我说："你先讲讲吧。"

"也好，刚好今天我从书里读到一个'数字信'的故事，是关于汉朝司马相如和卓文君的。有一年,司马相如告别卓文君,去京城赶考。一晃多年过去了,他也不写一封家书回去。原来,他是想休掉卓文君,重新娶一个名门小姐。后来,为了刁难卓文君,他派人送一封信给卓文君,让卓文君立即回信,不得耽误片刻。卓文君展信一看,见是一张大白纸,写着'一二三四五六七八九十百千万万千百十九八七六五四三二一'。谁知,卓文君的文才并不亚于司马相如,立即含泪写了一首抒情诗,并把这些数字用在里边:一别之后,二地相思,只说是三四月,又谁知五六年,七弦琴无心弹,八行书无信传,九连环从中折断,十里长亭眼望穿,百里想,千里念,万般无奈叫丫环;万语千言把夫怨,百无聊赖,十依阑干,九九重阳看孤雁,八月中秋月圆人不圆,七月半烧香点烛祭祖问苍天,六月伏天人人摇扇我心寒,五月石榴如火偏遇阵阵冷雨浇花端,四月枇杷未黄我梳妆懒,三月桃花又被风吹散!夫呀夫,巴不得二一世你为女来我为男。司马相如读后,为卓文君的忠贞和文才深深感动了,亲自回老家把卓文君接到了京城。"

这个数字信,是我第一次听到,蛮有意思的,正想让小聪重述一遍,小快噘着嘴巴说:"什么数字书,臭长臭长的,一点儿也不好听。心亮哥,你也讲一个,难倒她。"

我搜肠刮肚地想了一通,也找不到一个像样的故事,便说:"讲一个谜语故事吧?"

"好。"她们都赞成。

"从前有个秀才,整日酸文假醋,到处卖弄自己的文才。他自以为作谜语有一手,所以经常出谜语让别人猜。可是,每次他都难不倒别人,人家一猜就中。一天,他闲得无事,出去逛荡,不觉走到郊外,见前面有个老农民正低头在田里锄地。秀才想,这下机会来了。老农整日摆弄铁锹锄把,能有什么学问?我难不住别人,还能难不住他?于是,秀才走到农夫跟前,说道:'老农,敝人有一小小谜语,请你猜一猜吧。谜面是:长脚小儿郎,嗡嗡入新房,欲饮朱砂酒,一拍见阎王。'老农听罢,不禁一笑,马上说道:'老夫这里也有一个谜面,请你也猜猜:信号一声响,红娘上跑道,一圈一圈跑完时,不见红娘不见道。'秀才一听,愣住了,抓耳挠腮,半天也想不上来。老农见他这副难堪样儿,就笑着说:'别着急,我提示一下,你的谜底见着我的谜底就会逃跑。'秀才满脸愧色,扭身逃走了。"

小快听了,拍巴掌笑道:"小聪,我看心亮哥是说你呐。你就是那个爱卖弄小聪明的穷酸秀才。有本事你就猜猜吧,可别羞得扭身逃走啊!"

小聪不服气,"哼"了一声,站起来走来走去,嘴里不停地念叨:"'长脚小儿郎,嗡嗡入新房,欲饮朱砂酒,一拍见阎王','长脚小儿郎','一拍见阎王','一拍'……'见阎王',对了,肯定是蚊子,不错,就是蚊子。蚊子见了烟就走,'一圈儿一圈儿',那就是蚊香了。谜底就是:蚊子和蚊香。对不对?"

看到小聪那个兴奋劲儿,我微笑地点了点头。

"姐姐,我比那个穷酸秀才强不强,没有羞得扭身就逃走吧?"小聪摇头晃脑起来。

小快的脸上有点挂不住了,拍了一下桌子,道:"那也没有什么了不起的,我出一个谜语,你也猜不出来。听着,'大姐用针不用线,二姐用线不用针,三姐点灯不干活,四姐干活不点灯'。猜四个动物!"

小聪又仰着头,眼珠转来转去,脸色由凝重慢慢变得轻松和喜气了,继而笑起来。我知道她有戏了,看了一眼小快,便抢在她的前面,说:"小聪,你别猜了,是蜜蜂、蜘蛛、萤火虫和纺织娘。"

"正确!这可是心亮哥猜出来的,还是心亮哥聪明喽!"小快高兴起来。

小聪也气得拍了一下桌子,不满地说:"心亮哥,你偏心眼儿,包庇我姐。我都猜出一半了,你不该全说出来。你做事不公平。"

"不服,我再出一个?"

"出!这回不许心亮哥再说出来。"小聪接招。

小快说:"听着,'大哥一声叫,二哥吓一跳,三哥拿刀砍,四哥点灯照。'还猜四只小动物!"

这四个谜底确实难猜些,小聪在堂屋里走来走去,脸色渐渐难看起来,眉头也越拧越紧,最后干脆一屁股坐在椅子上,鼓着嘴巴说:"不猜了!姐姐总是跟我作对,猜对了也得不到什么好处。我们不猜谜语了,还是作藏头诗。"

"作就作,你也难不住我。"小快站起来了。

一直坐在一边陪着我们的小快妈,这时说话了:"你们就是会闹。心亮不舒坦,怕吵。你们都去睡吧,让他也去睡睡。"

"走吧,姐姐。"小聪重新站起来,拉住小快,"去我那儿,你告诉我谜底是什么好不好?求求你了,好姐姐!"

"可以,不过你以后不要再看不起我,你知道我没有你的文化高,你就逗我玩儿。"小快噘着嘴巴。

"姐姐,我哪儿敢呢?你误会了,我并没有看不起你。"小聪紧紧地拉着小快出门了。

"瞧她们姐俩,到一块儿就闹!"小快妈笑起来,"心亮,你也睡吧。"

我"嗯"了一声,起身先去了门外的茅房。

第三章

幸福的小长工

1

　　两天后，小聪忽然跑来告诉我和小快，国庆假期就要结束了，得赶回县里去上课，爸爸已经骑车回来接她了，她马上就得走。然后，她把自己的口琴放在我床边，说："心亮哥，我的宝贝就交给你保管，你一个人要是闲得慌，就吹口琴吧。"

　　小快笑道："有我嘞，他闲不了。"

　　"姐姐，心亮哥就交给你了，替我好好照顾他呀。"小聪顽皮地说。

　　"呸，"小快不高兴了，"喂，我是替我自己照顾他，不是替你。没有你，我也会好好照顾他的。"

　　"行了行了，没人跟你抢。"小聪笑起来，"真是的，他还不是我的姐夫呢，要真是，还不知道你怎么吃了我！"

　　"臭丫头，我把你……"小快跳过去就要揪小聪。小聪哈哈大笑地跑了。不久，门外就响起了自行车的铃声，坐在自行车后座上的小聪，正和小快打着招呼："再见了。"

　　"不想见，赶快走吧，别回来！"小快没好气地回答。

　　小聪走了，小快也匆匆地去了田间。现在正是稻田除稗子等杂草的时候，眼看秧苗就要抽穗了，这也是农村最忙的日子，他们一家人都不敢懈怠，起早贪黑地干，连小快也不例外。我整天躺在床上，眼望着天花板发呆。我的脑子像过电影一样，回忆起这段日子的所经所历，感到自己一会儿像掉进了劳改场，一会儿像飞进了安乐窝，炼狱生活是有的，但幸运总是大于不幸。与此同时，脑子里又交替闪现着小快、小聪的身影，她们是那样善良和友好，又那样美丽和单纯，想起自己命运乖蹇，没有什么本领，也没有什么能力，不知今后如何报答她们，心里又难免十分失落，时时产生歉疚之心。身子骨躺酸了，我就爬起来，坐在门口，看小快借来的小说。一旦沉醉其中，倒也忘乎所以。

　　好在小快每天都早早地回家做午饭、做晚饭。这样，我们单独在一起的机会就多了，见到她，我的心情总是出奇的好，像阴暗的角落里照进了一缕阳光。不过，有很长一段时间，小快的精力却明显在口琴上。每天晚上，我看书，她就吹口琴，甚至当她睡在二婶家里时，还能听到从那里传来的口琴声，这让她的父母都感到吃惊。小快从小就对这东西不感兴趣，怎么突然爱好起这个东西来了呢？

然而，小快天生不是吹口琴的料儿，她不懂音律、音阶，也不知道怎样提气缩气，吹的不知道是什么名堂，除了呜哇呜哇地响，没有什么曲调和旋律。直到有一天，小快突然把口琴摔了，一个人默默流泪，我才知道真相。

那是一个中午，小快做着午饭，利用空闲的时间胡乱吹了一气，丝毫没有进步，一赌气，把口琴扔在灶台前。我刚好走到厨房，准备为她烧火，发现了这一幕。

我假装不知道是她扔的，说："小快，口琴怎么掉到地上了？"

小快擦了一下眼睛，说："不是掉的，是我摔的。"又厉声说："它活该，谁让它不听话了……"

"那你怎么又流起泪了？"

"熏的，烟熏的。"小快不好意思起来。

我低头笑，没有吱声。

"心亮哥，你说我为什么就不是吹口琴的料儿呢？"小快可怜巴巴地问。

"不是那块料儿，就别吹呗，做你最是那块料儿的事。"我安慰道。

"可是，为什么小聪吹得那么好？她有许多地方都比我强！是不是我真的比她笨？"小快急切地问。

"论吹琴，你是比不上她，"我为灶膛里塞了一把柴，"可是，论做饭、论干活，她却比不上你呀。还是那句话，尺有所短，寸有所长。你为什么要学一些为难自己的东西呢？"

"我知道你爱听口琴，每次小聪吹口琴，你都听得痴痴呆呆的，一句话不说，连眼睛都一动不动。每次看到这个情景，我都恨我不争气！"小快翘起了嘴巴，泪眼蒙眬地说，"我就是想让你也听听我吹的口琴，让你也着迷一回，我还想让小聪知道，离开了她，你照样也能听到口琴声。"

我明白了小快的意思后，情不自禁地看了一眼她，心里热乎乎的，便道："小快妹妹，谢谢你这样关照我。你完全不必这样，我是喜欢听口琴，可我还喜欢听其他的呀。"

"都有什么？"小快高兴起来。

"比如，流行歌曲、戏剧什么的。"

"花鼓戏呢？我爷爷活着的时候，可爱唱花鼓戏啦，是从豫南老家带来的，我们这里根本就没有。每次高兴的时候，爷爷就唱，可好听啦。爷爷还教过我，我也会唱几段。"小快嘻嘻地笑了。

"那你唱一段我听听？"

"好吧，"小快清了清嗓子，低声唱道，"清早起、打开那个后院门呀，有喜鹊、空中叫一声，小女子心一惊：莫不是有贵客呀，到呀到来临……"

这个曲调，我再也熟悉不过了，是豫南花鼓戏中《雷打薛光耀》中的唱词。我说："从前，有一个地痞无赖，叫薛光耀，他赌博输了钱，就想弑兄逼嫂，独吞家产，还想把侄女儿翠莲强卖抵债。他作恶多端，终于被老天爷打雷劈死。你唱的那支歌呀，就是薛翠莲唱的。"

"真的，你也会唱花鼓戏？"

"会一点儿。"

"那你也唱一段吧。"

"那我唱个《十杯酒》吧。"我说，然后张口就唱：

"一杯子酒来是新春，

朱洪武（那个）放牛坐南京，

领兵元帅胡大海，

一统（那个）天下刘伯温。

二杯子酒来龙抬头，

哪吒（那个）闹海闯龙宫，

打死龙王三太子，

老龙王（那个）发水淹城楼……"

"不错，我爷爷也唱过这一段，他经常一边喝酒一边唱，是这个调儿！还有什么《十爱》《十恨》《十想》什么的呢。赶明儿，你好好教教我，我再唱给你听。好不好？"

我哈哈大笑："小快，你想从我这里买去，又倒手卖给我？"

"心亮哥，你别笑，我是怕你一个人孤单嘛，就想让你高兴高兴。你到我家来养病，我可高兴啦，我怕你受不了孤单，又逃跑了。"

"怎么会呢，小快妹妹。是你和王叔救下了我，还让我吃住在家里。你们一家人就是我的恩人啦，我还没有报答，怎么能不辞而别呢？其实，你们不在家里的时候，我一个人可充实了，一点都不孤单。看着你给我借来的小说，沉醉在作家为我们描绘的五彩世界里，欣赏书中的人物对话，是一种享受。末了，品品嘴巴，余味未尽，你们就收工了。"

"真是这样吗？那我有一个要求，你得答应。"

"说吧。"

"就是，把口琴收起来，还给小聪她妈，也就是我二婶。"

"收嘛，反正我跟你一样，也不会吹。"

"还有，也不准你再想小聪。"

"她……"我犯糊涂了。

"就是不准你想！"小快大声说，"人家明年就考大学了，考上了，你们就是一个在天上一个在地上，考不上，她也会接我二叔的班，在县里工作，人家根本看不上你这个土老帽！"

"想偏了、想偏了，"我禁不住笑起来，"小快，我把你们都当成自己的小妹看待，我就是想她，也是希望她好。"

"嗯，这还差不多！今天上午，我给你炒鸡蛋吃。"小快拾起口琴，欢天喜地往堂屋里跑去。

2

晚上，我趴在堂屋里的方桌上读小说。小快忙完了她的家务，也收拾了一下自己的头发和衣服，然后坐在我的对面，两只手掌垫在桌子上，下巴颏儿压在手背上，痴痴地看着我读书的样子，时不时发出嘻嘻的笑声。

"笑什么？"我抬起头问。

"别问，读你的呗。"

"一个美丽可爱的小女孩，近距离坐在我对面，用乌黑的大眼珠盯着我，我还能安心读下去吗？"我索性把书合起来。

"我真的有那么美丽可爱吗？"小快坐得端正了。

"当然，要是画上一张美人图出来，一定会把西施、貂蝉、王昭君比下去，夺得头牌。"

小快忽然起身，到她父母的房间里忙了一阵儿，掏出一卷纸和一支铅笔，一齐放到我面前，然后又坐回对面："那就画呗。"

"说画就画呢？"我只好摊开一张纸，握起铅笔，仔细看着小快的脸，看了很久很久。这是一张黄里透白的脸，一张细嫩光溜的脸，虽然皮肤微微显得有些粗糙，两弯细眉下的一双水汪汪的活眼珠，不断转动着，整张脸又显得那么生动活泼、富于灵气。小快一动不动地让我看，直到她脸上泛起了淡淡的红晕，我才低下头，在纸上认真地画了一副脸蛋，又照着她的样子，添上眉毛、眼睛、嘴巴。然而画技有限，同原型对比了一下，似像不像的，不觉笑出声来。

"怎么样啊？"小快勾出脑袋看了看，"这是我吗？我的脸有这么圆吗？让我再看看。"

"稍等片刻，"我继续添笔，"荷花虽好，还要绿叶扶持。你的小脸蛋就好比那白里泛红的一朵水莲花，虽然夺人眼球，芳香无比，托在手上却显得有些单调孤僻，要是连荷叶一起托在手上嘛，那才是真正的一朵莲花，有红有绿，色彩分明，线条清晰。你的小脸蛋固然好看，如果没有一头秀发来衬托，也会失之整体，缺乏陪衬，没有立体感。你的秀发，就如同那托起水莲花的绿叶。"

小快嘻嘻地笑着，用双手捋了捋自己的披肩发。

我又在纸上忙了一阵，添上头发，让小快来看。小快站在我身边，说这幅画画得真好。然后喊母亲："妈，你看心亮哥画的画儿，像不像我？"

正在纳布鞋的小快妈便站起来，过来看了一眼画儿，又看了一眼小快，笑了，一语未发。

"这就是我吗？收藏了！将来呀，我要把它贴在我的床头上。"小快接过画儿，显得异常兴奋，"可是，你说小聪是'小小嘴巴大眼眶'，我的眼睛怎么也这么大、嘴巴怎么也这样小呢？"

"你呀，也是小嘴巴大眼眶，不比小聪长得差。"

小快抿着嘴巴，没有说什么，心里一定比吃蜜还甜。

"不过，你还说过，小聪'聪明秀丽有文化'，是不是我就是不聪明、不秀丽、没文化呢？"小快心里还是有只大疙瘩。

"你当然聪明，不聪明会做这么好的饭、纳这么好的布鞋、绣这么好的鞋垫吗？"

"那我有小聪'秀丽'吗？"

"有。秀丽，就是清秀、美丽的意思。你的漂亮，你的模样，哪一点不秀丽呢？"

"那文化呢？"小快忧郁地问。

"文化？如果文化是指学历，你的确没有小聪高，但人的文化不仅是指学历，也指人的文化素质和内涵呀。"

"我恨我爸，他为什么不让我读高中？"

小快妈接口说："哪能怪你爸，是你自己不愿意读的。"

"他要是打我，逼我去读，我能不去吗？"小快回嘴道。

"小快，别着急，初中文化也不简单。你读过《半夜鸡叫》吗？高玉宝都没有进学堂门呢，不也写出了作品吗？"

"真的吗？我就是不服小聪，除了嘴里比我多说几个词儿，其他未必能赶得上我呢。"

"就是嘛。"

小快又看了看墙上贴的年画，指着上面的一幅《日出扶桑图》说："心亮哥，你的画儿还缺一首诗呀。你瞧，那幅画儿上就有诗。"

我接回画儿，想起了上回给她写的藏头诗，便转转眼珠，稍加修改，写在画儿的空白处：

王家有女初长成，

小小年纪心善良；

快乐调皮肯帮人，

好比红娘热心肠。"

"'藏头诗'！"小快笑起来，坐回我的对面问："心亮哥，你猜我会不会作'藏头诗'？"

"你这么一个'快乐调皮肯帮人'的小姑娘，聪明又有志气，肯定会的。"我不知道她是什么意思。

"就是没有你们作得好。"小快从纸卷儿中抽出一张，摊在桌子上，"给我提提意见吧。"

"你也作诗啦？"我问，低头一看，真就是一首"藏头诗"，便小声念起来：

"金家小子真没治，

心高命薄不成器。

亮起明灯又如何，

坏了眼睛坏身体。"

"骂我呢？"我笑起来。

"不准生气！"小快一直盯着我的脸，"上回你和小聪都作了'藏头诗'，就我没有作。我不服气，就天天晚上读你们的'藏头诗'，读得多了，照葫芦画瓢，就写出来了。嘻嘻，不是现在写的，你可不要生气哦。"

"没有生气，我是想夸你写得好。小快，你真的不比我们差，可见你不是一个没有文化的人，可塑性很强的。"

"真的？是真心话吗？"小快又高兴起来。

"是真心话。不过，看了你的藏头诗，你好像反对我晚上读书是吗？"

"这个，我是在跟小聪斗气呢，谁让她那么奉承你。我也不是真正反对你晚上读书，而是反对你成天这么抱着书读，有点儿不务正业。"

"可你就忍心我把十年寒窗学到的一肚子文化都烂成肥料，甘心我天天和那些没读书的农民一起过艰苦和贫穷的日子吗？"

"不是这个意思。我的意思是，有文化当然是好事，如果你考上了大学，成了文化人，可以当教授、做文人，研究学问，成为国家栋梁之材，那是再好不过的了。可是，你没有考上呀，只能当农民，只能给人打工挣钱，再幻想着做学问就不现实了。其实，当农民也没有什么不好，只要你在土地上做文章，人家一亩地收一千斤稻谷，你收两千斤；人家一片山赚一千钱，你的一片山赚两千，甚至三千、四千；人家一辈子只能住三间瓦屋，而你却住上了三层洋楼，那就证明你的文化没有白学。你为什么不这样想想呢？"

"小快，你怎么跟我妈一样的口吻啦？她就是这么成天跟我唠叨的。"我笑起来。

"真的？你妈也是这个意思？反对你不务正业？"

"你们的意思我都懂，可是你让我怎样才能混得比人强呢？我有什么能耐呢？我现在是一个剃山佬，还受大字不识一个的刘有仁刘老板的管束，他还天天逼我们、克扣我们，自己却去赌钱。我连这样的人都不如，还怎么能比其他人强呢？"

"你也可以当老板呀，当一个有志气的老板，把刘有仁比下去。"

"嗯，这个想法倒是值得我考虑。"我笑起来。

"好，未来的金老板！"小快也笑起来。

3

一晃许多天过去了，我的病早已康复，腿上的伤也基本好转了，不再瘸着腿走路，脸蛋也养得白白胖胖的，恢复到从前的样子。稻田里也似乎不那么忙了，农民们都微笑地松了口气，忙着收拾稻场和粮仓。这时，我忽然想念起工棚来了。多日没有去山上干活了，那里的情况会怎么样呢？

这天早上，我起床收拾完毕，门外响起了自行车的铃声，紧接着小快也跑进了家里，去父母的房间里打扮了一番，出门后，身上散发着淡淡的清香，双手还在不停地擦着脸。

"心亮哥，我去了一趟镇里，好久都没有去了，买了几样东西，你猜猜是什么？"小快说。

"那还用问，一定是珍珠霜啰。"我嗅嗅鼻子，笑起来。

"嗯，我们村里的小卖部根本不卖这个东西，所以早上我就骑车去了镇里一趟，还给你买了一包男用护肤霜呢。"

"我也有吗？"我惊喜地叫起来。

"天儿说凉就凉了,皮肤容易粗糙。"小快把护肤霜递给我,"口已替你剪开了,快抹抹吧。"

我当着小快的面,挤出一点儿抹在脸上和手上,说:"行了吗?"

"真抠门!"小快笑起来,"哎,今天我闲得没事,你想去哪里?我们村子周边大着呢,吃了饭,我带你转一转?"

"我想去山上。"

"好咧,正好我想找刘有仁要菜钱,好久都不见他了。"

饭后,小快依然骑着那辆陈旧的二六式永久自行车,我跟在后面,上了公路时,小快才让我骑上去。我手扶后架,一蹬腿就跨上去了。小快却把摇摇晃晃的车子停下来,连声说:"不行不行,你不能这样坐,你只能侧面坐。"

"为什么,这样坐不是很方便吗?"我不解。

"如果我俩是男人,是可以这样坐的。我是女孩,你这样坐,万一我急刹车,你就会一把抱住我,成什么样子了呢?"小快还挺封建。

"哦,你怕我碰到你是吗?"我笑起来。

"对,你是男人,不能碰我,而我是可以碰到你的。"小快严肃地说。

"这样不公平。"我说。

"不公平就不公平吧,"小快等我重新坐好,一蹬车子朝前跑去,"谁让你是男的呢?"

到了山底下,不能再载人了。我们同时下了车,推着车走山路。去山上拉木柴的手扶拖拉机,把山路轧成两道深深的泥沟。走近工棚时,自行车的两轮和我们的双脚上都粘着厚厚的黄泥土。可是,到了工棚前面一看,草棚已经有些倾斜了,草棚前面的空场地上冒出了浅浅的新草芽儿。见到这种情景,我们的第一个反应就是:剃山佬们全搬走了!

"我的衣服和鞋呢?"我有点儿紧张。

"那还用问,一定是让他们给卷走了。"

"不行,我一定要把这些东西要回来。"

"可是,可是,你不知道他们去了哪里啊。"

正在这时,从草棚里钻出一个人来,我一看,认识,是一位四川籍的剃山佬,曾来过我们草棚。我打了声招呼,问:"干什么呀?"

"看看棚子里有什么东西落下来没有,"四川佬眯着眼睛笑,"谁知,比狗舔得还干净。"

"他们都搬到哪里去了呢?"

四川佬抬手朝远方一指:"刘有仁他们又在那里包了一大片山,都剃好多天了。"

我和小快对视了一眼,都笑了。小快说:"没想到白来了。"

"也不算白来,"我想起了那棵橘子树,"去看看橘子吧,想死它了。"

"嗯,正好我的嘴巴也馋了呢。"

"还是给它们准备一点儿悼词吧。没准儿树上的橘子全让他们给糟蹋了,一个不剩呢。"

我们跨过河沟,上了那道斜坡,去了那片洼地。那棵橘子树,郁郁葱葱的还在,可是尖着眼睛朝树叶间搜寻,果真一个橘子也没有剩下来。

"对不起啊,橘子树。我来晚了,见不到你的儿女了。"我轻轻地说。

"我替橘子树回答你:没关系,儿女长大了,都会远走高飞的,想留也留不住的。明年早点来啊!"小快抿着嘴巴笑。

"它是我见到的第一棵橘子树,你知道我多么喜欢它吗?"我说。

"你还没见过橘子花吧?要是见了,更喜欢它了。"小快说。

"只能等到明年春天了。"

"那你知道橘子为什么开花吗?"小快突然提出这个有点儿可笑的问题。

"这个还不简单?所有植物都是先开花后结果嘛。"

"不,你听说了吗,心亮哥?橘子树最先是不开花的。"小快正儿八经地说。

"为什么?"我有些不解了。

小快抿了抿嘴巴,慢慢讲道:"我从小就听说了,橘子树最初只结果,不开花。你可知道,橘果全身都是宝,橘皮、橘络、橘红、橘叶和橘核都能治病,橘肉不仅营养丰富,也可以美容,还可以减肥,作用可大啦。可是,橘皮是青色的,和树叶是一样的颜色,不易被人觉察,直到秋后才发黄,才引起人们的注意,就像一个人有天大的能力却默默无闻一样。有一年,王母娘娘为了减肥,听了太上老君的介绍,派弼马温孙悟空下界摘了一些橘子送上天,一连吃了七七四十九天,果然把体重减了下来。王母娘娘大为赞赏,专程下界来探望橘子树,知道橘子树只结果不开花后,便说道:'连山上那些不结果的野树都年年开花显摆自己,橘子树如此德高望重,才高志广,怎能让它默默无闻呢?必须让它也先开花后结果,用自己的色彩昭显天下。'

"从此,橘子树都要在春天开花,开的是一朵朵小白花,因为白花显眼,老远就能看见,等于是给橘子树做了广告宣传。老百姓看见橘子开花了,就知道自己一旦生病,就有救了,都欢欣鼓舞起来。"

"哇,普普通通的橘子树,没想到还有这么一段传奇经历呢?"我笑起来,"闻所未闻。"

"还不止这些呢。你知道橘子花为什么是香的吗?"

"植物的花,大都是香的呀。"我回答。

"不,橘子花最初不是香的,它最初是用来给橘子树扬名的,因为花儿没有与树根相连通,所以就没有生命,没有灵气,也不会发出香气。有一年,有一对恋人私奔,被家里的人发现了,四处追赶他们。他们东躲西藏,在山里跑了九九八十一天,最终逃到橘子树下,再也跑不动了。这时,追赶他们的人越来越近了,眼看他们只有死路一条,男的说:'我们不能全死在这里,要死就死我一个人吧,能活一个就活一个。我死了,你就说自己是上了我花言巧语的当,现在非常后悔,这样你的家族才有可能原谅你。咱们今生无缘,就等下辈子再说吧。'说完,一头撞死在橘子树上。女的一见,痛不欲生,也喊了一声'等等我',也一头撞死在橘子树下。

"当时,正是春季开花的季节,橘子树上的花朵儿亲眼目睹了这一幕,深受感动,花蕊里便滴出泪水来。橘子花从此和树根通了灵气,风一吹,发出淡淡的清香,那是橘子花在祭奠那对恋人的亡灵呢。"

"你的故事不仅具有传奇性,也富于感情色彩。"我吧咂了一下嘴巴,觉得余味无穷,"我回去后,一定把它记录下来。"

"心亮哥,并不是每一个人都能闻到花香的。你知道为什么吗?"

"难道这里又有一个传奇故事吗？"

"嗯。据说，因为有了这个故事，橘子花就成了检验夫妻感情的最好武器。一对真心相爱的恋人，如果春天站在橘子花下，就会闻到清香的气息；一对虚情假意的恋人站在橘子花下，就什么也闻不着。"

"好啊，等明天春天，我一定再来到这棵橘子树下，闻闻橘子花香不香。"

"不过，你一个人是很难闻到那种淡淡的清香气的，必须两个人。"

"那就太遗憾了。要是有相机的话，我一定要在这棵充满灵性的橘子树下留一张影，永远保存起来。"

"我给你请照相师傅吧，"小快说，"有个照相的师傅告诉我，我想到哪里去照相，他都可以一直跟着。"

"那你也在橘子花下留个影吧。"

"嗯。"

"然后我们再合个影，你站这里，我站那里。"我指了指树的周围说。

"好吧，我们一言为定。"

"那，要是我们俩站在橘子花下，它还香不香呢？"我突然冒出了这个问题。

小快却瞥了我一眼，脸上突然飞起一道红霞，抿了抿嘴巴，跑到橘子树的另一面去了。

4

小快仰着脑袋，一双眼珠朝树冠里转来转去，终于有了发现："呀，心亮哥，树顶上还有一个大橘子呢，不仔细看根本发现不了。"

我立即跑了过去，顺着她指的方向看去，果然有一个橘子藏在树冠上。我问："小快，你敢不敢摘？"

"敢！你蹲下来吧。"

我蹲在树根下，小快踩在我的肩膀上，爬到树杈上，然后脚踩树枝，一步一步高攀，伸手把橘子摘了下来，扔在我的脚下。一直等她跳下了树，我才把橘子捡起来，递给了她。

"我们在草地上坐一会儿吧，"小快跳到草地上坐下去，面向山坡，命我坐在她的脚边,面对着她。她剥开橘子,取出一瓣亲手塞进我嘴里,问:"尝尝好吃吗?"

"嗯,挺新鲜的,你也吃一瓣吧。"我双手撑在屁股下面。

"心亮哥,你会离开我家吗?"小快嚼着橘子,突然提出这个问题,脸上写满了担忧。

"会的。我只是一位在你家养伤的病号,是一个外来者。眼看伤就好了,我不能再麻烦你们了。多谢你们一家啊!"

"我不许你走!你一走,我会很失落、很空虚,就像掉了魂儿一样,没有人说话,干活儿都没劲。"小快的样子更加忧郁了。

"可是,小快,我赖着不走又算怎么回事呢?有些事必须面对呀,人生就像打台球,有的球迎面碰撞,有的球擦肩而过,有的球永远都碰不到一起的。"我试图解开她心中的郁结。

"心亮哥,你说将来我们俩还会在一起吗?"沉默了一会儿,小快又提出了这个严肃的问题。

"你是说……"我有些心跳了,立即端正自己的身体,仰望着她。

"我是说,我们在一起、永远不分开,就像我爸和我妈那样的。"小快抿着嘴巴,脸上飞满了红晕。

"小快,这是、一件、大事,你想好了吗?"尽管我以外来者的身份在王家住了那么久,尽管小快一直那么钟情于我,但我们的心思还从来没有涉及到这个终身大事的问题上,连想都没有想过。现在突然面临了这个问题,我还真的有些措手不及。

"嗯。可我不知道我爸我妈会不会反对。"

"你是你们家的独生子女,他们的后半生还要依靠你呢,会让你跟着我到遥远的豫南去安家吗?看来,这个问题你还没有解决好。"我认真替她分析道。

"心亮哥,那你的意思呢?你会跟我的想法一样吗?"小快热切地注视着我。

"你是一个好姑娘,真的。这些日子,一想到你对我的照顾,就知道你是我这一生中遇到的第一个值得托付和依赖的女孩子。如果这一辈子能和你在一起,那将是我的最大幸福。"我极力回答得婉转一些。

"那,要是我希望你到我家来安家呢?你会答应吗?你妈会同意吗?"小快把这个棘手的问题扔给了我。

"我也是我家唯一的儿子,我估计我妈那里的工作会有一些难度。"看了一眼有些失望的小快,我接着说道:"不过,好男儿志在四方,孬儿子死守爹娘,这是我妈说的,原话。如果我将来有事业的话,我一定带着我妈一起去打拼。"

"那,你的事业打算放在哪里呢?"小快的眼睛又明亮起来。

"我现在还没有想好。"

"那你想不想当刘有仁一样的老板呢?"小快似乎已替我想好了似的。

"想。"我坚定地说,"自从你上次告诉我,理想应该与自己的生活实际结合起来之后,我就想过这个问题。我明白,理想不是空想,而是建立在脚踏实地的基础上。眼下,我的基础就是这片土地,这片山林。他刘有仁能够在这里扎根赚钱,我也会带一帮人到这里来扎根赚钱,而且不会比他差。我有这个信心。"

"也就是说,你也打算在这里做一辈子剃山佬啰?"小快高兴起来。

"不,剃山只是第一步,那是文盲也能干的工作。如果我满足于剃山,那就跟刘有仁相差无几了。而且,随着煤砖窑的建立,靠烧柴做砖的小砖窑就会逐渐被淘汰,所以不是长久之计。我听大队的广播说,江西将来要大力推广橘子产业,发展林果经济。我想,如果有条件的话,我就把这里的荒山承包起来,全部种上橘子树。"

"你的理想越来越大了。"小快越发兴奋起来,"说,需要我做什么,我和我爸一定帮助你。"

"谢谢!这肯定需要你们的帮助。比如,承包荒山的事,需要你爸爸去通融,种植果树的事,也需要你二叔去解决。说不定,将来嫁接果树,还要请小聪来帮忙呢。"

"不许请小聪!"小快不高兴了,"她一来,你就忘了我。不如请我二叔吧,他可有经验了。"

"好吧,到时一切都听你的!不过,这些只是初步设想,八字还没有一撇呢。现在，我还是做好眼前的事吧，慢慢来。"我站起来说。

"好吧。不过，你必须答应我一个条件。"小快也站起来，拍拍自己的衣服。

"什么条件？"

"继续留在我家里。"

我笑道："我用什么理由才能留下来呢？"

"我有办法让你留下来。不过，你得配合我。"小快忽闪忽闪的眼睛注视着我，信心十足地说。

"嗯！"我刮了她的脸一下，点点头，然后一齐离去。

5

第二天是一个好天气，如果说晚间的气温还略显清凉的话，早上的太阳一照射，空气中的水汽就开始上升，地上的露水也蒸发了，加入了上升的水汽，天空上便弥漫着一层淡淡的白雾。火热的阳光重新温暖了人们的身体，光线刺疼了人们的脸和眼睛。

仓库里的响动声将我唤醒，从窗外射进来的几缕光线正好盘留在我的床头上。我在热辣辣的阳光中穿好衣服出了门，看见一家三口正在清理粮仓。他们是在为收割晚稻做准备。粮仓里的稻谷还有一部分没有出售，他们一齐把稻谷铲出来，送到门口的晒场上晾晒。我也顾不上洗漱，立即加入到了他们的工作中去。自从我的身体康复之后，我知道我不能再吃闲饭了，必须加入到他们的生活中，为他们分担劳动，这才是一个聪明人的做法。王大天一个人能扛起一麻袋稻谷，但小快和她的母亲只能两人合作，一人扯起一边麻袋角儿，一步一步地朝门外移去。于是我去替换了小快。小快则高兴地回到了仓库，把散落到地上的稻谷扫起来，重新装入麻袋中。等许多麻袋运到门口时，小快又去了厨房，我们三人则忙着把麻袋里的稻谷倒出来，铺在水泥地面上，再用木锨把一片稻谷划成波浪形，便于阳光的照射。等这一切结束了，小快的早饭也做出来了。

吃了早饭后，一家人坐在堂屋内休息。看到他们即将开始的忙碌，我觉得是应该做出决定的时候了，可是，我想起了小快的话，她希望我留下来。

所以，我又不敢开口。

王大天坐在椅子上，一边抽烟一边深思。许久，他抬起头，喊了我一声："心亮。"

"嗯。"我挪到他对面坐下来，我知道他有重要的话要跟我说。

"心亮，身体好得差不多了吧。"王大天一边说一边朝我微笑。

"全好了。"我也微笑。

"那你以后有什么打算呢？"

我知道这是打发我走的潜台词，脸上不由得热起来。我说："王叔，多谢你们全家的照料，这么久了，你们付出了很多。我不能再拖累你们了，该去山里头了。"

王大天抽了一口烟，说："你想好了就走吧，毕竟你是出门来挣钱的，不是来玩的。在我家里你也不要见外，就当是自己的家，有空常来玩儿。不过，听说刘有仁去了别的地方砍山了，具体我也不知道在哪里。你怎么才能找到他呢？"

"他总归逃不出这些山，我就边打听边找呗。"

"你不能走！"小快突然出现在我们面前，看了我一眼，然后对她爸爸说："爸，刘有仁可黑了，欠了许多人的钱不给。心亮砍的木柴，也让他偷偷卖了，连他的衣服都不知道扔到哪里去了，这哪是人待的地方啊！"

王大天点点头："刘有仁做事是不地道，我们这里的人都知道。听说跟他干的一帮人，有好几个和他闹掰了，都已经回老家去了。"

"爸，那你就把心亮哥留下来吧，天天给我们家干活儿。"小快急切地说道。

王大天白了一眼小快，扔掉烟头说："你这个丫头！人家心亮在我们家养病，我给人家说，他是我们老家来的亲戚，是你的表哥。现在他好了，再留在家里，人家怎么看啦？真是一个没心没肺的女孩子。再说了，人家是来江西挣钱的，不是到你家来干活的。"

"爸，你就让他给我家当长工呗，我们给他开工资，别人也说不出什么，好不好？"

王大天一听，"扑哧"一声笑了。小快妈也笑了。王大天说："人家心亮出门来挣钱，是想挣大钱的。你给他开工资，开多少呢？开少了，人家划不来，开多了，我们家拿什么给他呀。"

"心亮哥，要是你肯为我们家当长工的话，你想要多少钱？"小快转身问我。

"嗯，管吃管住，我分文不取。"我笑起来。

"爸，你听见了吗？心亮哥并不图我们家的钱，管吃管住就行，大不了再给他买几件衣服。"

"傻丫头，心亮这么说，你就真相信了？他不挣钱，怎么给他妈交代呀？"

"心亮哥，你告诉我爸，你到底想不想留在我家？如果想的话，你打算要多少钱一天？你说心里话嘛。"小快热切地注视着我。

"我愿意留下来，至于要多少钱，给我一点零花钱就中了。"我真诚地说，"这些日子住在你们家，你们像亲人一样对待我，我都无以报答呢，我就当是给你们王家报恩吧。"

"爸爸，你都听见了吗？你还有什么话可说的？"小快高兴地跳起来。

王大天又朝小快妈对视了一眼，两人全笑了。王大天重新点燃一支烟，低头抽一口，摇摇头，没有说话。

"爸——，"小快急了，"你们不会成心想把他赶走吧？他无路可走，回到刘有仁那里分明是自投狼窝。他们合伙欺负心亮哥，不给他一分钱，还不让他吃饱饭，把一片没有柴的山分给他，根本赚不了几个钱。你真忍心让心亮哥去活受罪？"

"我和你妈再考虑考虑。"王大天说。

"爸，你分明是不同意！"小快哭了，"就算你不肯帮助金心亮，也不心疼我吗？同样是你们王家的闺女，小聪从小就没怎么干累活儿，吃得比我好，干得也比我少，养得白白净净的，我就是天生受罪的命吗？眼看晚稻就要收割了，我还得跟你们一起没早没晚地干，腰压弯了，手磨厚了，脸也累花了，从来没有好好玩过、休息过。如今有人愿意给我们帮工，你又不答应，你分明是想累死我！"

"小快妹妹，不要哭，好好跟王叔王婶商量。"我碰了碰小快。

"好了，我的冤家宝贝！"王大天抬起头来，"从小到大，你总是说一不二。你要是这么愿意留下心亮，我也没有什么意见。至于给多少钱，再跟心亮商量一下吧。"

"王叔，我真的不需要你们家的钱。给刘有仁干是白干，给你干为什么就不能白干呢？我是真心实意为你们家白干的。"我说。

"可我不能像刘有仁那样啊。这样吧，心亮，你住在我家，吃住是没有问题的，买衣服也是没有问题的。至于工钱，等稻谷收割之后，根据收成情况，再给你一点钱寄回家去好不好？"

"好，我同意。"

"爸，你早这么说不就解决了。"小快还噘着嘴巴，却掩饰不住心中的欣喜。

"你呀，在别人面前就喊心亮'表哥'吧。"王大天站起来了，"真是女大心思多，气得爹妈打哆嗦。你可别给我们惹出麻烦来了。"

"表哥就表哥，有什么干不了的。"小快擦了擦眼睛，"我家的事碍别人的事吗？"

王大天不语，起身出去了。

6

自从明确了我的"长工"身份之后，我知道自己不能再懒散和随便了，必须以职工对待企业的形象和态度来对待这个家庭，对待这个家庭的所有工作。我也知道这是小快的心意，为了多情而善良的小快，我也要努力工作，拼命劳动，决不让他们对我失望。于是，我眼里只盯着王叔，他干什么，我就干什么，和他亦步亦趋地投入到家庭生产之中。

他们下一步的工作，就是清理仓库里的加温设施，以便稻谷在遇到雨天时，加温晾干。说白了，也就是一副土炕。我们一起挑水、担土、和泥，把土炕的破损之处重新砌一下，再用新泥抹缝。这样忙了半天。下午，王大天又把他的大木桶从库房顶棚上翻下来，抬到外面暴晒。这是收谷用的一种船形大桶，四周用铁丝箍紧箍住，平时还可以盛稻谷用。接着又把所有的麻袋清理在一起，一只一只地检查，发现有漏洞，立即用铁丝穿麻绳，当针线

——补上。

翻晒了两天的稻谷，在下午全部灌进了麻袋。次日，王大天请来的拖拉机，准时开到王家门口，大家一齐上阵，把稻谷抬到车斗内，拉到镇上的国家粮库去出售。排队、卸包、抽查、过磅、算账，一家人又忙了一整天。傍晚，口袋充实的小快妈到肉摊子上买了许多猪肉，还不知从哪里搞到了半袋子小鱼。小快则带我去了成衣店，给她和我分别买了两套秋装：一套外衣，一套内衣。然后，大家又欢天喜地乘坐拖拉机回了家。

在不知不觉的忙碌中，田里的晚稻也悄悄走过了它一生的尾声：抽穗、扬花到谷粒成熟。不久前，田里还是青莽莽的一片，如今已是金波滚滚、香气缭绕了。清风一吹，能听见谷穗和谷穗之间发出沙沙的碰撞声。

在稻谷七八成熟的时候，秋收的工作就全面展开了。这些日子，天一直是晴朗的，白天的阳光热辣辣地普照着大地，烤着人们发黑的皮肤。步子快的人家，已到自己的田头开始收割了。只要有一家带头，那就是无声的召唤，家家户户一下子绷紧了神经。休息多日的我们，早已跃跃欲试了。于是，一大早，在王大天的一声令下，我们踏着沾着露水的青草，赶到了田间。王大天一个人扛着木桶走到前头，小快妈担着一担塞满麻袋的箩筐紧随其后，我和小快抱着几把镰刀断后，每人都戴着草帽。小快早已替我们缝了袖套，除了王大天，每人都戴在袖子上。

稻田里的水，已经放干，地面是软中带硬。王大天把木桶放在田头，等我们到齐后，说："就从这里开始。老一辈人讲究拜秋神，割的第一把稻子要供起来，烧纸烧香，磕头拜神。现在没有这些讲究了，下田干就是了。"率先接过一把镰刀，低头弯腰沙沙割了一片，抱着稻束往木桶边上抽打了几下，翻个身子再抽打几下，稻谷便齐落在桶里。这种收稻法与我的老家迥然不同，那是先把收割的稻束排在田里，用日头暴晒，然后捆好大捆，挑到稻场上，用老牛驾着石磙碾。而这里的收割法，则省去了暴晒、打捆、挑担的程序，缺点是稻谷太湿，须马上担回家去晾晒，否则，湿稻谷堆在一起就会发烧变质的。

做了示范后，我们把木桶推进田里，脱掉鞋子，一齐下田割稻谷，割一抱，就到大桶里抽粒，再把稻草铺在已收割的田里。这种收割法又新鲜又能调节人的劳动姿势，不至于把腰弯疼了，也不至于把双手甩疼了，倒是很有兴趣。我们都把憋足了的劲头全使出来，不说话，一口气把稻田割倒了一大片，木桶里的稻谷也越积越多了，压得木桶沉进泥里，没法儿往前推动了。于是，王大天又一声令下，我们一齐动手，把木桶往路边推，就像一只木船划行在水中。到了路边，又把稻谷灌进麻袋里。后来，离路道远了，就直接在田里灌麻袋，再背到路边。收割了一上午，带来的麻袋全部充满了，王大天便朝远处喊了一嗓子，开手扶拖拉机的司机应了一声，朝这里驶来。拖拉机到后，我们又把稻谷扔在车斗里，拉回村去，倒进已准备好的晒场上。

下午，我们又收回了一拖拉机稻谷。此后，我们日复一日地忙着同样的工作，就像一匹超负荷的机器。为了补充失去的体力，小快和她的母亲轮班守在家里，一方面给我们烧水送饭，一方面照看晒场上的稻谷，还要把晒干了的稻谷收进箩筐里，挑回仓库堆放。每次小快做饭，我们的饭菜总是更多更香，总是少不了鱼、肉、鸡蛋三样。

一个星期后，天气突然阴沉起来，接着就下起了阵头雨。大家赶紧跑回自己的晒场，把稻谷收在一起，用薄膜盖起来。等到阵雨停歇了，又重新掀开。收割任务重，谁都不敢停工，但收回来的稻谷得直接送回炕上摊开，加温蒸发水分。这样，守在家里的人，任务就加重了。晚上，我们在休息前，还要把炕上炕干了的稻谷收进仓库里贮存起来。

因为是抢收，人人都在没日没夜地干，没有任何迟到早退的理由，更没有休息的理由。大家只有干的念头，没有其他杂念，一切动作都是围着秋收的节拍展开，机械而不停，呆板而不凌乱。虽然我从来没有这样连轴干过农活，也没有出过这么大的力气，但身处其中，我不能有任何退逃。连日的劳累，让我的双臂又酸又痛。特别是晚饭后，上臂整个都肿了。躺在床上，一摸双臂就火烧火燎地胀痛，整个身子处在极度疲劳状态。但是，为了多情的小快，我没有任何怨言，也不能有任何怨言。小快对我的关心是天天不变的。她每天给我换洗被汗水浸泡过的衣服，每当晚上她的父母睡后，她都会偷偷溜进我的房间，送给我一枚热乎乎的鸡蛋，亲手剥开塞到我的嘴里，用好言好语逗我欢笑。每次闻到那温香的少女气息，享受那至亲至爱的照料，我就浑身充斥着力量和激情，不仅疲劳一扫而乐，也从心底里产生一丝幸福感和知足感。她的笑脸不仅天天晃在我的眼里，也时时进入我的梦中。她对我关爱有加，我对她心存感激，大有累死也心甘情愿的意愿。在我们的心目中，彼此就是一对深深相爱的恋人。我觉得自己已离不开她了。

但是，在秋收的最后关头，王家稻田里突然来了一个青年人。这是一个瘦高个子，二十四五岁，头上略有些秃，喊王大天"表叔"，喊小快"表妹"。听他们不太好懂的对话，隐隐明白他是自己的稻谷已收完了，过来帮几天忙。王大天非常高兴，"天来""天来"地唤着。不过，他的确是一个干农活儿的好手，有一身力气，每一次抽稻谷，他抱的捆子大，抽得的劲儿也大，溅得谷粒四处蹦跳，别人抽五六下，他只要抽三四下，就把谷粒全部脱掉。多了他一个，收割的进度明显快多了，人们抢收的劲头也越来越大了。一直拧着眉头的王大天，脸上也渐渐多了一些笑容。

不过，这小子对我却表现得十分傲慢，似乎骨子里头就看不起我。在一起抽谷时，他总是大声吆喝我，让我离他远点儿，到木桶的另一边去。还有其他听不明白的话，也明显是冲着我的。而对小快，他却是万般殷勤，要是小快和我在一起抽谷，他赶紧插在我们中间干，然后把我挤到一边去。小快碍于情面，也懒得理他。

休息喝水时，马天来蹲到我面前，和我拉"家常"，问我为什么不去剃山，跑到这里瞎搅和。我说："我可是王家花钱请来的雇工啊。"

马天来"哼"了一声，笑道："就你这种干活的水平，倒贴钱也未必有人请。人家看你是从老家来的人，干活弱不禁风，可怜你，才让你来混一碗吃，你还真要钱了？"

"我压根儿也没有打算要钱。"我有点生气了。

"要不这样吧，我给你二百块钱，你还剃山去，离王家远远的，怎么样？"马天来眨眨眼睛。

"那好，我去跟王小快说说。"我抬腿就走。

"站住！"马天来拦住了我，咬了咬牙说，"走不走在于你，你要是敢和王家人说，我就敢收拾你！"

我不知道他为什么要赶我走,这似乎不是王家人的主意,也许他是怕我让王家人吃了亏?那也是为王家着想啊。所以,我咽了咽口水,把这件事藏在心里,一直没有说出来,整天只是闷头干活。

离最后的收尾时间越来越近了。在马天来帮完工的那个晚上,晚饭多加了几道菜,还准备了一瓶白酒,明显是为了犒劳马天来的。大家围在方桌上喝酒吃菜时,发生了一件不愉快的事。过去坐在桌子四边吃饭时,小快总是坐在我一边,但马天来却把我吆喝到他身边去了,他递给我一把椅子,让我坐下去。我不知是计,屁股一落座便歪下去了,脑袋"咚"的一声砸到墙头,疼得眼冒金星。原来这是一条三脚凳,本来新安了一条腿,但被马天来偷偷拔掉了。大家吃了一惊,一齐赶过来拉我。马天来哈哈大笑,一边拉一边说:"没想到没想到,怎么是一条三只腿的凳子呢?"

小快的脸色十分难看,将桌子一拍,道:"马天来,是你捣的鬼!"

"小快妹,这怎么能怪我呢?我是好意让他坐在宽敞的地方,谁知……"马天来一边偷笑一边辩解。

"我讨厌你!"小快眼冒凶光。

王大天打断小快的话说:"小快,别这样跟天来哥说话,人家为咱家忙了这么多天,多亏了他!天来呀,好好吃饭,别再逗心亮了。心亮,要不你还坐在小快那一边去吧。"

马天来无话可说了,要和我碰杯喝酒。我的酒兴全没了,说声"不想喝",埋头吃饭。喝了一杯闷酒后,马天来就去厨房盛饭,小快眼睛一亮,对王大天说:"爸,你快去厨房瞧瞧,别让天来哥找不到勺子啊。"王大天望了一眼小快,"唉"了一声,去了厨房。他们一走,小快立即将马天来的板凳撤走,换上那条三只腿的,然后朝我"嘘"了一声,我便埋下头,假装没有看见。

马天来一边吃着米饭,一边回到自己的位子上,屁股一落座,也"哎呀"的一声仰到后面去,脑袋砸到地上,一碗米饭整个儿扣在脸上,惹得小快哈哈大笑。马天来气急败坏,揉了揉脑袋,擦了一把脸,突然把碗砸到我面前,说:"是你捣的鬼!"

"是我!"小快收起了脸容,"不许你诬陷金心亮。只准你做初一,不准我做十五吗？"

"那也是他挑唆的。"见小快生气了，马天来的话也软了。

"跟他没关系！"小快大声说。

"小快，"王大天瞪着她说，"你这孩子，从小到大都这样顽皮，什么时候长得大？你看你把天来哥的脑袋碰得。"

"他还欺负了心亮哥呢，你怎么不说？"小快不服气。

"好好好，我自认倒霉，自认倒霉！"马天来摆摆手，重新盛了一碗米饭，默默地吃完，起身告辞了。

7

剩下的收尾工作，我们又干了三四天，才把王家的稻子全部收到家了。这时，王家的谷仓已堆积成山了。因为赶上了好天气，我们又重新把已晒过的稻谷翻出来，铺在太阳底下暴晒，装上麻袋，于次日送到粮店出售，一共卖了三四拖拉机。剩余的晒干后收藏起来，待价而沽。然后，我们去稻田里，把晒干了的稻草全捆起来，大部分送到造纸厂出售，留下很少的一部分堆在家门口，以作其他用途。

等这些工作忙完了，王大天对我说："心亮，这些天来，你也出了不少汗，没有好好洗个干净澡。趁今天的天气暖和，也没有事儿干，你去修水河上洗个澡吧，好好把身上的脏泥巴搓干净。"

话音未落，小快接口道："爸，他不知道怎么走，我带他去。"

王大天一听，哭笑不得地说："怎么老有你的事啊？你一个姑娘家，你带他去？你说话越来越没谱儿了！"

"爸，你想到哪里去了！"小快急了，"我只是给他带个路，我又不下河洗澡。"

"行行行，你给他指指路就回来。你们一个是十八九的大姑娘，一个是二十一二的小伙子，总该知道男女有别吧？"王大天心烦意躁地说。

又交代我道："心亮，到河里洗澡可要注意安全啊，找一个水浅的地方，离河心远点儿。"

"爸，我得看着他，看紧点儿，等他洗完了我才能回来。你放心，我懂得男女有别，我离他远远的，等着他就是了。"

"随你的便，别给我惹麻烦就是了！"王大天说完就出去了。

我抱着小快给我新买的一套衣服，出门了。刚到马路边，小快骑着自行车也赶来了。这次，是我骑车载着小快。跑了一段马路后，又往一条小路拐，路过许多堆满稻草的田间，才见一条宽宽的河流横在眼前，河边栽满一厢厢的河柳树。

"心亮哥，那就是修水河，往东走，就是鄱阳湖了。鄱阳湖可大了，是全国第二大湖呢，你知道吗？"小快介绍说。

"在地理课本里，倒是了解过。小快，你到河里洗过澡吗？"

"当然洗过。小时候，一到热天，我爸就经常带我到河里来洗澡。我爸还会游泳呢，一鼻子扎进水里，半天还没有出来，出来了，早已划到远远的地方去了。我爸还教过我游泳呢，我也会那么一点点。"小快自豪地说，"后来，我长大了，十三四了，爸爸再也不好意思带我来了，我也再没有下过河。"

"我可是旱鸭子啊，最多只会一点儿'狗刨'，划两下手，蹬两下腿，走两三步，接下来准会往水里沉了。"我笑起来。

"那我们找一个浅水滩吧，有一个地方水流很慢，也干净清亮，你老老实实在那里擦擦身子，千万不要往河心里划呀。"

走近了，才见修水河河面宽阔，中间水流湍急，搅起了无数水花，一眼见不到底。在太阳底下，河水闪着白光，反射在我们的眼里。在水一方，远远地响起突突的机器声，那是一艘艘小机动船在河心行走，上面码着货物。再往东望去，水面越来越宽，宽得像一坝水库。难道那就是小快说的鄱阳湖？在淡淡的云雾下，湖面泛着银光，一群群白色的鸟儿迎着点点移动的小船，在空中盘旋，发出一种从来没有听见过的鸣叫声。

下了车，我们把车停在树林里，走过柔软的沙滩，脱掉鞋子，沿着浅水河轻轻走动。小黄沙陷没了双脚，在脚背上轻轻摩过，痒痒的，就像无数的虫子在上面爬过一样。在平坦的浅滩上面，有无数被划的小沟痕，沟的一头浅浅的，一头则比较深，按沟寻去，小快便从大的一头里抠出了一个又一个的小蚌蚌，贝壳五彩缤纷，微微张开着，露出白色的肉，遭遇突袭后，它们又很快合闭起来，不动不弹。一口气，小快掏出了一大把这样的活蚌蚌。如法炮制，我也掏出了几只小蚌蚌。小快高兴地说："这些小蚌蚌可好玩了。河水正在往河心退，水沙滩越来越窄，它们离不开水，就只能从沙里钻出来，往有水的地方去，所以才会被人捉住。"

捉腻了小蚌蚌，我们又开始寻找合适的水域，终于停留在一处水洼旁边。河水干净透明，一眼见底，小黄沙上面躺着无数小鹅卵石，鹅卵石上面摆动着无数尾小黑鱼，就像一群群小蝌蚪在寻找妈妈。小快说："就是这个水潭了，你快脱衣服下水吧。"然后，她朝岸头走了几十步，背对着我坐下来。我快速脱下衣服，只留内裤，扑到水里。突然响起的水声，吓得小黑鱼们四处逃散。河水冷暖适宜，如同四季如一的温泉水。踩在石头上，脚底就有一种被按摩的舒服感。我用毛巾搓了搓背，把手上、腿上和肚皮上积存的污泥全部搓下来，搓得满手粘着一条条小黑棒，又把脖子和脚背也搓了。待浑身去污之后，温热而干净的河水勾得我再也不想上来了。抬眼看了看小快，她已经把面前的干沙滩扫开，露出湿沙，用双脚做架子，在那里搭起了"燕子窝"呢，一边拍脚背上的沙一边念着小儿歌："燕子窝，你别坍，我是燕子的好姐姐……"

我笑了，开始学起游泳来。我在齐肩深的水潭中心划来划去，后来又憋着气，钻进水里往前划，居然也能达到水潭的另一边。最后，胆子大了，我又学仰泳：仰在水面上，只露出脑袋，双手像桨一样转动，双腿则像蛤蟆一样，有节奏地蹬起来，推动身体往前漂移，虽然移动得很慢，至少不会沉进水里。

小快突然发现了，站起来喊道："心亮哥，你没事吧。"河水荡漾在我的脸上，时不时从嘴边掠过，我没顾得理睬。小快却飞跑过来，又喊了一声："心亮哥！"我仍然没有理她。"救命啦！"小快吓坏了，一嗓子没喊完，人整个儿跳进了水里，朝我扑来。我这才站立起来，用双手抹了一把脸上的水，嘿嘿笑起来。

"你吓死我了！"小快见我没事，又生气了，"你为什么不理我？我以为你、你、你……"

"没关系，你看我不是好好的吗？"我依然笑着。

"可你不会游泳！你为什么要仰在水中央？你知道这多危险吗？你知道我刚才多害怕吗？你要是有个三长两短，我、我该怎么向人交代啊？你不该给我惹祸你知道吗？"小快真的生气了。

"小快妹妹，对不起啊！"我知道事态严重了，"你罚我吧，罚我起来滚蛋，好让你自己也来洗一洗。"

"好吧，"小快转怒为喜，"那你快给我上去，穿好衣服离远些，不准待在这里啊。"

"唉！"我答应了一声。

"等一等，"小快忽然低叫起来，"有人来了。"我看见大河的前方，一条机械木船正"突突"地朝我们的方向开来，船上都坐着人。"你先别起来，藏在水里，露出半个脑袋，别让人看出是一男一女在洗澡。"

于是我又仰在水里，把脑袋藏住，只露出一副鼻孔呼吸，在水里漂来漂去。

8

漂了许久，待我站立时，小快已把外衣全脱了下来，扔到沙滩上，只穿着背心和内裤，白皙的大腿和双臂在水中划动着，像一只识水性的大青蛙。她甚至还把头发盘起来，缠在头上，往水里扎猛子。她的姿势分明是一个游泳的高手！

"小快，那我还要上去吗？"我恋恋不舍地问。

"你要是不想上去，就留在水里吧。"小快和我隔着十几米远的水域，面对面地站在深水里，"我就知道水妖把你的魂儿勾住了，不想走了。正好，我有话要对你说呢。"

"我洗耳恭听！"我学着小快的样子，踩着水，让自己的身体一上一下地浮动着。小快却低头沉思着，表情很严肃，半天没有开口。我还是第一次看见她这种迟疑不决、欲言又止的样子，我知道她真的有什么消息要宣布，我甚至联想到橘子树下的那个话题，心里竟有些紧张，不由得也严肃拘谨起来。

"心亮哥，你对马天来的印象怎么样？"小快的声音终于贴着水面飘来。

"你问他呀？这人怎么这样霸道呀，总是跟我过意不去，我又没招他、惹他。"我对此人实在没有什么好印象。

"你知道他是谁吗？"

"不是说，他是你真正的远房表哥吗？都喊你爸'叔'、喊你'妹'了。"

"你说的没错，可你并不知道，他还是你的情敌呢。"

"情敌？"我心里"咯噔"一下。

"他的爸爸跟我的爸爸很早就要好。他的兄弟有好几个，我爸就我一个女儿。所以，我爸和他爸很早就商量好了，要把马天来接到我家做养子。后来，由于他们家的其他人反对，这事就没有办成。再后来，我爸和他爸又商量，让他长大后倒插门来，也就是来我家做上门女婿。可是，没想到他家里的其他人还是反对，这事又没有定下来。直到几年前，马天来害了一场病，落得头发稀稀落落的，找了好几个对象，都嫌他，看样子要打光棍了，他爸这才又旧话重提，让他倒插门来。这回，他们家的其他人就再没有人反对了，可我爸又犹豫了。那马天来见了我就、就离不开似的，恨不得跪在我面前缠住我。你说，我家来了你这么一位小伙子，他能不眼气吗？巴不得把你赶走才好呢。"

"你的意思是说，"我渐渐听明白了，"小快，你准备嫁给他，让他倒插门来？"

"你会同意吗？"小快反问我。

"不同意！小快，他有力气、能干，这不假，可他这人太强势了，自以为是，不懂得尊重他人。按他的性格，他将来不会待你好的。"我愤怒不平地说，"你嫁谁也不能嫁他呀。"

"所以，我才征求你的意思，你看我应该怎么办？"小快火辣辣的眼睛看着我。

"小快，我们不是说好了吗？就在那棵橘子树下面。"我有点慌了，"难道你忘了？"

"那一次，你是让我们再考虑考虑。考虑是应该的，可是，如果现在我们不做决定，我敢肯定在不久的将来，就有人来给我提亲了。所以，我今天才想和你商量一下，是到了我们决定怎么办的时候了。"

"小快，你对我的好，我知道，心里非常清楚，我心里也非常喜欢你，尽管笨嘴拙舌没有表达出来。听了你的话，我也知道到了该做决定的时候了。今天，我只听你的意见，你说什么我都会答应，好吗？"我结结巴巴地说。

"心亮哥，这些天我一直在想这个问题。想来想去，我还是舍不得你，我已决定了，这一辈子就和你在一起，永远也不分开。"小快的眼睛闪着明亮的光辉，真诚地注视着我的眼睛。

"谢谢你，小快妹！"我松了口气，"你是第一个对我好的女孩，我非常感激，有这样的好缘分，是我上辈子修来的福分。我愿意发誓，这一辈子也和你在一起，永远不分开！"

"听了你的话，我就放心了。"小快忽然哽咽了一下，泪眼蒙眬地说："心亮哥，做出这样的决定，我是下了很大决心的。谢谢你答应我！"

"小快，你别激动，快把眼泪洗干净，"我本能地朝她走了走，"小快，今天是我们最激动人心和最值得纪念的时刻，我们应该高兴啊。"

"人家也是高兴的嘛。"小快又笑了。忽然她"哎哟"了一声，似乎脚下踏空了，身体一下子沉进水里去了。

"小快，没事吧！"我一蹬腿，奋力朝她扑去，将她抱住，两具半裸的身体一下子碰到一起了。等我们都站稳了，忽然发现彼此正在拥抱，那副美丽湿润的脸蛋就在我的嘴边，那具柔软温香的胴体正和我紧紧地贴在一起。小快也愣住了，痴情地盯着我的脸，竟没有任何反抗，她的沉默激发了我体内那一直沉睡的欲望，春潮骤然膨胀。于是，我加大了力度，将小快整个儿拥在自己的面前，甚至勾住她的双腿，疯狂地亲吻起来。我在大声喘息着，小快也大声喘息着。然而，刚做了一个扑倒的动作，我们的身体就整个儿倾斜在水里，沉没下去了。强烈的窒息使我们迅速分开，各自挣扎了几下，慢慢站住了。

"你、你、你坏！"小快的脸已经红透了，"你、你怎么能这样？你知道这是什么行为吗？这是偷尝禁果！"

"小快妹，对、对不起，我、我也不知道怎么搞的，实在控制不住了。"我非常内疚地说，如火的激情迅速冷却，从天而降的力量也即时崩溃无余了，"但决不是故意的，我发誓。"

"你知道吗，你那样差点也让我控制不住了。要真是那样，你可就害了我！"小快生气了。

"不管怎么说，都是我的不对！"我低下了头。

"倒也没什么，反正我已决定嫁给你了，迟早都会是你的人。"小快噘着嘴巴说。

"那，小快妹，时候不早了，我们起来吧。说不定王叔会找过来的呢。要不，我先上去了。"我寻找着退路。

"嗯，你先走吧。"

我上了岸，一直钻进树林里，把内裤换了下来，穿上新衣服。我忽然想起小快还没有衣服换呢，又重新把新衣服脱下来，穿起那身旧衣服。想起刚才的冲动，我感觉莫名其妙，也觉得有些后怕。

"心亮哥，把我的衣服拧干，晒在树上，一会儿我要穿呐。"小快在水里喊。听她的声音，倒像什么也没有发生一样。

我应了一声，立即把新衣服带过去，放在干净的沙滩上，说："小快妹，你就穿我的衣服吧，你的湿衣服怎么能穿呢？"

"也行，"小快把背对着我，笑了，"你想得周到，只是你得受点儿委屈啊。"

"没、没什么。"

小快继续泡在河水里。我学着她的样子，也坐在沙滩上，背对着她，用自己的脚做燕子窝。不知道玩了多久，小快忽然站在我的身后，嘻嘻地笑着。我扭头一看，她已穿好衣服，扎一束长头发，正看着我。清水出浴的她，显得越发清秀美丽，一个初熟少女那起伏分明的身段，完美地展现在我面前。

"心亮哥，我漂亮吗？"小快一边甩头发一边问，完全换了另一副心情。

"啊，你让我想起了仙女淋浴图上的画面，还有'清水出芙蓉'的美好诗句。你就是画中美人，美人入画，谁见了都动心的小可人儿。"我由衷地赞叹道。

"真的吗？讨厌！"小快瞪了我一眼，却掩饰不住心中的欣喜，"我怎么就没有见到你动过心呢？"

"我？"我脸红起来，"你是我心目中的圣女，哪敢对你随便动心。那是要触犯神灵的！"

"哼，撒谎！刚才还欺负过我，差点得逞了呢！"小快白了我一眼。

"我……"

"好啦，别'我'了，走吧。"

我穿上鞋子，和小快一起朝自行车走去，抢先把车子推走。小快却想起了一个问题，忽然说："心亮哥，你想过没有，你妈会反对我们在一起吗？"

"不知道。不过，如果她反对，我不会听她的。现在毕竟是新社会嘛，干涉婚姻自由是非法的。"

"我爸爸肯定会反对的，他不会让我跟你走的。"小快忧郁地说，"他连儿子都没有，只有我这么一个女儿。我一走，他们就更可怜了。"

"我妈虽然有儿子，也只有我一个，她可能也不会让我倒插门来的。"

"万一他们都反对，我们该怎么办呢？"

"我想，他们反对的理由，无非是怕我们不管他们了。小快，我想过了，最迟明年，我也要来当老板，到我们老家领一帮人过来，学刘有仁，当剃山佬，等时机成熟了，还要承包你们村子里的荒山，种果树。然后，我把我妈也接过来，这样，我们两家人就在一起了。这里地大物博，是创业的好机会。为了你，我愿意把根扎在这里。只要我们好好孝敬你的父母和我的母亲，他们就没有理由反对了。你说呢？"

"嗯，我们一言不定，钩指头吧！"

"好，一言为定！"

我们钩了钩指头，念了"一辈子不许变"的歌谣，然后对视了一眼，骑着自行车朝村里奔去。

第四章

爱情遭遇西北风

1

秋收之后，农民们出售了部分稻谷，购置了计划中的用品，再经过数日的休整，就开始耕地翻田，为过冬做准备了。

王家的秋田，过去是请机器翻一部分，自己驾牛犁一部分。在王大天驾牛犁田的几天里，我的任务是举着镰刀，砍掉田埂上的野草，堆在田里焚烧当肥料。之后，就是和王大天轮班驾牛了。然而，没干几天，一辆拖拉机挂着一排铁犁，"嘟嘟嘟"地开了过来。驾车的是马天来。马天来跳到王大天面前，说："表叔，我的稻田全部耕了一遍，怕你着急，不敢耽误，就赶来了。你不要再犁了，剩下的全包给我了。"王大天欢喜异常，拉他蹲在田埂上抽烟，好一阵子闲聊。

末了，王大天朝我招手，说："心亮，往后我们不用再犁了，你只管背着铁锹，在田里转着，天来的拖拉机有没有耕到的死角，你就用铁锹铲一下就行了。"我"唉"了一声，转身回去背来一把铁锹。

马天来犁了几圈，忽然停在我身边，朝我喊了一声，板着脸说道："我说姓金的，你怎么还不走哇。王家的农活儿都完了，你还赖着干什么？你到底是什么意思？"

我也没有好颜色，回敬道："我走不走，那是我跟王家的事，跟别人没有关系！"

"你说什么？"马天来跳下来，"我是别人吗？王大天是我表叔，又是你什么人？人家念你是同乡，不好赶你走，你却不知趣，继续赖着。我告诉你，他讲面子，我可没有讲面子的义务。我劝你马上滚蛋，不然没有好果子！"

我冷笑道："我是吓大的吗？你有话，为什么不当着王家人的面讲？鬼鬼祟祟是爷们儿干的事吗？"

"我揍你！"马天来刚要出手，就见王大天走了过来，只好回到驾驶室，继续操作。

我没有害怕他，是因为我心里有数！我知道他的目的，更知道小快不会理睬他的。如果闹大了，我相信对他更不利。

然而，晚饭后，王大天没有像往常那样，点燃一支烟就出去串门，而是一支接一支地抽烟。抽到第四支，他便喊了我一声，让我去房间里等着。

我忐忑不安地坐在床上，不知道王大天想干什么，但我知道肯定与我的去留有关。我心里有数，确实是到了"摊牌"的时候。但是，我和小快已有约定，为了和她能永远在一起，我就必须留在王家。

王大天进来时，把门带上，然后坐在一张椅子上，对着我笑，说："心亮，这段日子累了吧？"

我说："王叔，我不累。只是我的农活儿经验不足，没有干好，请你谅解。不过，我很快就会熟练的。"

王大天点点头，说："你是一个聪明的孩子，学什么都快。心亮，叔想同你聊聊家常，你不介意吧？"

"叔，不介意。"

"那好。叔想再问，你家里有几个兄弟姐妹呀？"

尽管这个问题早已回答过他，但我还是微笑地重复了一遍："我只有一个姐姐，已经出嫁了。"

"那就是说，你家就你一个儿子是吗？"

我说："是的。"

王大天抽了一口烟，低头想了很久，才说："心亮，如果有人让你倒插门，你妈肯定不会答应吧？"

"应该是这样，"我知道他在试探我，"不过，王叔，现在是新社会，《婚姻法》里规定，婚姻自由，任何人不得干涉。如果我遇到一个值得一生相伴的好姑娘，我会不惜任何代价同她在一起。"

"你们这些年轻人，总是打着婚姻自由的旗号，想怎么来就怎么来，只想着自己，从不考虑家庭，不考虑父母的感受。你想过没有，你妈就你一个儿子，你倒插了门，你妈怎么办？你们家的家业怎么办？你妈还不活活气死！"

"王叔，难道就没有一个万全之策，既能倒插门，又能顾及父母和家业吗？我想一定会有的！"我坚定地说。

"可是，你倒插了门，就意味一辈子是女方家里的人，为女方生儿育女，孩子也要随女方的姓啊。在中国，传宗接代是大事啊，心亮！"王大天对我的回答很不以为然，"也许你图一时心血来潮，当时答应了这件事，可等你到了一定年龄，也会后悔的。你相信吗？"

"这个，我会好好跟妈妈商量一下的。"我低下了头，"我会取得她的谅解。"

"你妈会谅解吗？肯定不会！我也是做父母的，换了我，也肯定不会。在农村，只有兄弟多、没饭吃的家庭，才允许一个儿子去倒插门，一个独生儿子，宁愿饿死、打一辈子光棍，也不会'嫁'在别人家啊！你说是不是？"

我无话可说了。在接下来的沉默中，王大天一个劲儿地抽烟，我则翻江倒海地思索着。我知道这是一个迫切的现实问题，是所有家庭都关心的问题，必须解决掉，否则王大天是不会答应我和小快好的。这时我唯一要做的，就是坚定地表达我的心思和决心。于是我说："王叔，我是一个说到做到的人！"

王大天朝我摆摆手，不让我说下去："心亮，你千里迢迢来江西的目的，不就是为你的母亲挣钱吗？现在你也看到了，我家的农活儿该结束了。我是这么考虑的，我现在就给你一定的劳动报酬，你呢，要么买一张车票回老家去，你有好几个月没见到你妈了吧？她肯定也在想念你呢。要么你还去刘有仁那里剃山，钱这个东西不怕多是不是？你看，我给你一千块可以吧？明天，明天你就收拾收拾东西，准备出发，好不好？"

王大天说完，就站起来，伸手往自己兜里掏东西。

"不！王叔，我是不会走的。我已经答应过的，我会永远留在王家。"我也站起来说。

"谁要你答应了，你都答应谁了！"王大天有些不满了，"心亮，你是一个聪明和通情达理的孩子，我刚才不是都说了吗？你留在我家无事可做，我也用不着你了，你还留在这里干什么呢？"

"王叔，你别生气。我想问问，小快妹知道这件事吗？"我使出了撒手锏。

王大天重新坐下来，叹口气说："心亮，你王叔不是傻子，我能看得出来，小快这丫头喜欢你，你也喜欢小快。可我王大天只有这么一个丫头，我和她妈，将来还都指望她呀，甚至我们王家的祖先也在指望她呀。在农村，无儿无女的人家，祖宗的香火那是断定了，如果有一个女儿，就还有救，那就是招个坐堂女婿进门，生个外孙当亲孙养着，这样也能传宗接代。我不是那种固执的人，如果我命中还有一个儿子，心亮啊，只要你和小快情投意合，她就是跟你到天涯海角去，我也没有二话说，决不拦着你，可是现在，她真的不能跟你走啊。你是一个读书的孩子，难道就不理解我的一番苦衷吗？"

"王叔，我理解，完全理解！我和小快商量过，我们没有打算不管你们，也没有打算不管我妈，也永远不会远走高飞。如果我和小快能走到一起，王叔，我们会尽自己最大的努力，让你们过上幸福生活，永远不会受委屈的。"

"可你避重就轻，还是没有回答我的问题呀。"王大天不耐烦了。

"王叔，我和小快商量过了，从明年开始，我也要做老板，回老家招兵买马，包山砍柴，还要在山上种上橘子树，让这一片荒山变成花果山。到那时，我就把我妈接过来，到这里安家落户，照顾你们二老一辈子。"

"心亮，你是一个有志气、有文化的高中生，这一点，我佩服你，佩服你的理想和精神。可是，你还是没有回答我关心的问题。你告诉我，你能同意倒插门吗？"

"我能！"我毅然决然地说。

"那你妈呢？她也同意吗？"

"我会给她做工作，直到她完全同意！"

"要是她根本不同意呢？"王大天苦笑了一下，"心亮，我不是说过吗？她肯定不会答应的，除了傻子，有一点正常思维能力的人，都不会答应这件事的，尤其是我们豫南老家的人，更不会答应。心亮啊，你有文化，又是家中的独子，比小快好一百倍的媳妇也不愁娶不到家呀，是不是？我劝你听叔的话，明天就离开吧，就算叔求你了，好不好？"

"叔，我想和小快商量一下，行吗？"我也开始求他了。

"不用了，我会找她谈的。小快从小就是一个心眼儿好、孝顺父母的孩子，她理解父母的想法，肯定会听我们话的。"

"叔，我想见小快一面总可以吧？道一个别也行。"

"明天吧！"王大天气愤地站了起来，把门"咚"的一声关上，出去了，并且留下了这样的一句话："赶都赶不走了！我这哪是请帮工，分明是引狼入室啊！"

听了这话，我"咚"的一声跌坐在床上，重重地叹了口气。

2

我竖起耳朵，小心地聆听着即将发生的一切。听王大天的脚步声，他是直奔了自己的那个房间，紧接着就有小快妈和小快的说话声。我忽然明白，他们也要同小快"摊牌"了。于是，我蹑手蹑脚地走出去，躲在一边偷听。

我听见小快央求说："爸，你不能赶走心亮哥。"

"闭嘴！"王大天轻轻吼了一声，"你气死我了，还不都是你惹出来的事吗？"

紧接着就是一阵沉默，静得能听见王大天"咝咝"的抽烟声。

"小快呀，"许久，王大天才和颜悦色地说话了，"你从小到大都听爸的话，你是爸的命根子。爸想跟你商量点事儿，爸相信你是一个懂事的好孩子。你愿意听吗？"

"爸，你说吧，我听着呢。"小快说。

"好。我和你妈命苦，命中注定就你一个闺女。我们好不容易把你养大了，将来你不会不管我们了吧？"

"爸，怎么会呢？我要是不管你们，我不就是猪狗不如的人了吗？你放心，我会好好疼你们的，疼一辈子。"小快说。

"我就说我的女儿是天下最好、最懂事的女孩子吧，这下子我就放心了。"王大天笑了，"可是小快呀，你爸和妈命中无儿呀，没有儿子，就把孙子也给耽误了。你想，为人一世，辛苦操劳，图的是什么呢？图的不就是儿孙兴旺、后继有人吗？连儿孙都没有，这一辈子不白活了吗？好在老天爷同情我，给了我一个女儿，所以要想有孙子也不难。是不是啊，我的好姑娘？"

"爸，我知道，你是想招个坐堂女婿进来。"小快轻声说。

"对，小快是个聪明人。不过，爸也知道你和心亮一见钟情、情投意合。心亮呢，这小伙子有文化，长得也不差，配我的姑娘也还说得过去。可是，他不符合条件呀，谁让他也是自己家里的唯一儿子呢。所以……"

"爸，我真的舍不得心亮哥，我好想和他在一起。"小快有些着急了。

"我知道，你现在心里只有心亮，要想把你们分开，你一时还接受不了。谁让你是一个知情重义的好姑娘呢？但俗话说得好，长痛不如短痛。虽然这一阵儿心里难受，过了这一阵儿，等我们再给你找一个合适的对象，你就会慢慢忘了他的。"

"爸，我不会和马天来在一起的，我讨厌他！"小快哭了。

"你为什么要讨厌他呢？"王大天问。

"我也说不好，就是感觉他不是我心目中的人。爸，我不会和我不喜欢的人在一起的。"小快哭得更响亮了。

"人家马天来长得是丑一点儿不假，无非是头发少一点儿嘛。但人家能干活，有力气，还会开拖拉机耕地翻田，这在我们农村也算是一个能人了。感情这个东西，是慢慢培养的，两人在一起久了，不就有感情了吗？就说我和你妈吧，结婚前，见一面都低着头。现在呢，谁说我和你妈感情不好了？"

小快妈接着说："小快呀，我跟你爸结婚前，就见了两次面，还一句话也不敢说，心里有点儿不愿意。可一结婚，我就发现你爸这人不错，现在我们不是过得好好的吗？从来没有红一次脸呢。谁和谁结婚，那是缘分和命运，由不得自己的性子来。"

"小快，你要是真的不喜欢马天来，也不要紧。等心亮走了，爸再托人给你介绍一个你又喜欢，又符合我家要求的小伙子，好不好？"王大天说。

"爸，妈，我决定了，我这辈子一定要和心亮哥在一起。我也知道你们的担心，容我和他再好好商量一下，争取满足你们的要求，还不好吗？"小快抽泣着说。

"那你能让心亮倒插门来吗？"王大天有些不满了，"小快，爸刚才还夸你呢，你怎么能只想着自己，不想着爸爸的感受呢？刚才爸爸苦口婆心的话，都白说了吗？"

"爸，我能让他倒插门。只要我提出来，他会同意的。"

"可他家里的人会同意吗？他就是暂时同意了，将来呢？将来不会变卦吗？还有，就算他在这里同意了，回到老家呢？他不会变心吗？爸是过来人，比你多吃了几十年饭，能不知道这个道理吗？"

"爸，难道就没有一个两全其美的方法吗？妈，你也想一想，肯定会有的。"小快开始哽咽了。

"主意也有。按政策，将来独生子弟家庭可以生二胎，如果将来你们生了两个儿子，一个姓金，一个姓王，也算是两全其美。"小快妈开口说道，"可是……"

"放屁！"王大天骂道，"这是什么馊主意？你怎么知道一定就生两个儿子？两家千里之遥，两个孩子能分开抚养吗？"

"爸，心亮哥不是说了，他明年就到我们这里来当老板，把他妈接过来，这样，我们两家就永远不分开了。"

"闭嘴！你怎么跟你妈一样，尽做黄粱美梦呢？万一他做不了老板呢？万一他妈不来这里呢？男人都是会变的，他一旦把你骗到手了，还会由得你说话吗？你以为男人个个都是好东西吗？"

"爸，我再和心亮哥谈一谈不行吗？"

"不许你再和他说话！"王大天气得大声喘息，"那小子是不是甜言蜜语把你哄得晕头转向了？滚回你二婶那里睡觉去！从明天起，你妈要一步一步跟紧你，给我盯紧点儿！小快妈，你把她送出去，晚上就睡在她那儿！"

听到这里，我赶紧回到自己的房间，把灯熄了。我听到小快和她妈的脚步声轻轻走了出去，从窗户外面经过时，还听到小快那急促的啜泣声。

我的心彻底凉透了。

3

第二天早上，我起得迟。我听到小快妈一直在厨房里忙碌的声音，也听到他们夫妻俩吃饭的声音，就是没有听见小快的声音。不久，小快妈进了我的房间，说："心亮，我们全家都去田里干活了，你不用再去了。饭给你留着的,你起来后,吃点儿,然后该去哪儿就去哪儿。啊?"

我"嗯"了一声,心里明白他们是正式解雇我了,浑身冰凉冰凉的,没有一点力气了。小快呢?她为什么不来呢?是被她父母软禁起来了?我了解,小快不会不见我的,肯定是被他们看起来了。无论如何,我也要想办法和她见一面。

我起床后,吃了一碗米饭,准备出去寻找小快。但马天来却突然闯了进来,径直去了我的房间,把我的衣服抱出来,塞进一只化肥袋子里。我问:"你干什么?"

"干什么?送客!"马天来哼了一声,"我就不相信,请神容易送神难,我今天就送送试试。说吧,你打算是滚回老家呢,还是上刘有仁那里剃山去?"

"谁让你来的?"我问道。

"这还用问吗,傻帽儿?"马天来梗了梗脖子,"王大天我表叔不发话,我敢送你这尊大神走吗?我说你小子,脸皮是不是太厚了点儿?哪有赖在别人家里,赶都不赶不走的?人家欠你什么了?"

"不见王小快,我决不走!"我也梗了梗脖子。

"哟,你小子是走火入魔了吗?人家一个大姑娘家,是你随便见的吗?你是她什么人啦?不错,你小子是喜欢人家,男人见美女,哪有不喜欢的。喜欢人家就一定要人家是吗?过去的皇帝老子也没有这么大的特权,你又算哪根葱!废话不多说了,赶快走人!"

"我说了,不见王小快,我决不走!"我横下一条心。

"笑话,人家凭什么要见你?你小子大概还不知道吧,人家已经想通了,幡然醒悟,答应了她父母的要求,不再受你的骗了。人家恨死了你,还想再见你吗?我说你小子,有模有样的,听说肚子里还装着几滴墨水,天下的女人多的是,干吗非盯着人家王小快?你傻不傻?"

我一屁股坐下来,干脆不再理睬他。

"不走是吗?你今天敢不走,老子今天就敢打人!老子早就看你小子不顺眼了,早就想和你比试比试。说,你是乖乖走人呢,还是挨了打再走?乖乖走人,我不计前嫌,还送你上路。赖着不走,那就是跟我马天来过不去!

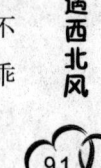

我就不信，强龙还压不住地头蛇呢！"

"天来哥，我们坐下来谈谈好吗？有些道理，不说不透。"我知道硬顶不行，只能以理服人，便换了一种口气。

"谈谈？哼，跟你有什么好谈的！"马天来不屑地说。

"天来哥，我跟你没仇没怨，也是最近几天才认识你的，你为什么这样对待我呢？我对你并没有恶意呀？"我极力做出诚恳的样子。

"哼哼，"马天来冷笑道，"我说你小子是故意装傻呢，还是真不知道？"

"我真不知道。"

"不管你知道不知道，我今天都要告诉你，王小快是我的未婚妻，我将来要做王家的坐堂女婿，这个家也就是我的家。小子，你夺人之爱，你还是一个男人吗？这俗话说得好，夺妻之仇，不共戴天！换了你，你能容忍得了吗？"

"天来哥，你口口声声说小快是你的未婚妻，我怎么不知道？小快怎么不知道？要不这样，你把小快叫来，只要她当我们的面朝你点一下头，我立即走人，永远不再踏进王家半步！"

"这跟你相干吗？你怎么知道人家小快不知道呢？不错，自从你来到王家，做了几天帮工，小快是有点待见你，那也说明不了什么。女人见了帅男，跟男人见了美女一样，动点儿心也是正常的。不过，只要你小子一离开王家，她王小快马上就是我的女人！而现在你却赖着不走，甚至还同她勾三搭四的，难道不是跟我马某人过不去吗？我能容得下你吗？"

"天来哥……"

"别叫我天来哥，你配这样叫吗？"马天来吼道。

"好。马天来，就算你真的要娶王小快，难道你不知道强扭的瓜不甜这个道理吗？现在不是买卖婚姻时代，她王小快不答应的事，谁能强迫得了？如果你再这样执迷不悟，结果只能是鸡飞蛋打，什么也捞不着！"

"不听你废话，走！"马天来气得脸色通红，他一手提着化肥袋子，一手过来抓住我，往门外拉去。我抱着方桌，居然连桌子一起被他拉到了门口，我又抱着门框，又被他拉开了。眼看我不得不跟他走，情急之中，我伸出另一只手,狠狠地朝他脸上扇去。

"你妈的还敢打我!"马天来急了眼,腾出双手,挽起袖子,左右开弓,朝我脸上打来。我猝不及防,被打得眼冒金星,头昏脑涨,一头倒在地上。马天来还不罢休,他把我提起来,连推带搡,赶到马路上了。

"小子,这只是开始!如果今天你还让我碰见你,那就不是几巴掌的事儿了。滚!"骂完,扬长而去。

我坐在马路上,欲哭无泪,欲叫无声,呆呆地想了很久。我知道赶我走,决不是小快的意思,小快肯定不知情。我不能就这样走了,我必须把今天的情况告诉她。可她现在去了哪里?

一直坐到中午,我决定再回到王家,我想他们肯定会回来吃午饭。可是,等我回到王家,却发现大门已经锁上了。看来,他们连午饭也没有打算在自己家里吃了,一门心思回避我。我的倔劲儿也上来了,心一横,坐在门前继续等候。

4

可是,从中午到晚上,王家再也没有人出现过。

天渐渐黑透了,眼前的山和附近稀稀落落的农家,慢慢被隐去,变得朦胧不清了。村里的有线广播准时响起来,天天不断地播放着固定的节目,今天我却一个字也听不进去。天空中闪动着无数的星光,从天而降的冷空气像一张大幕压过来,地面上很快就变得清冷起来。我忍着辘辘饥肠,抱着双膀,痴痴地望着模糊不清的远方,心里一遍又一遍地默念着小快的名字,盼望她早日出现在我的面前。

随着夜色的深沉,我的身体也越来越冷了,我抱着自己的双肩,一动不动,心里只有这一个坚定的念头:如果王家再没有人回来,我就一直坐下去,直到被冻僵、被冻死为止。

大约十点钟的时候,王家门口忽然走来两个人影,我精神一振,立刻站起来,准备迎接过去。可是,等他们走近了,一看,却不认识。其中一个问:"你是金心亮吗?"

"是我,请问你们是?"我惶恐不安地说。

"找的就是你,跟我们走。"

他们一左一右抱住我的手臂,连拖带拉往前走。我知道情况不妙,拼命挣扎,大喊"救命",他们却给了我一拳,捂着我的嘴巴,推着我使劲儿朝马路上奔去。马路上已经停下了一辆手扶拖拉机,另有两三个人正等在那里。到了,有人说:"把他扔在斗上,走!"

是马天来的声音!我大声喊:"你们想干什么?你们这是犯罪!我要告你们去!"马上就有一块布条把我的嘴巴蒙住了。

手扶拖拉机一路颠簸着朝山的方向开去,然后又上了山路。这条路正是我们去剃山的路。难道他们要把我送到刘有仁那里去?如果真是这样,还不至于太危险。这样想着,心里就松了口气,也不想再挣扎了。

拖拉机停下后,他们把我推下车,拉到我们曾经居住的那个快要坍塌的草棚里去。几把手电筒在草棚里照了照,里面空荡荡的,既没有什么人,也没有什么值钱的物。我的心又绷紧了,不知道他们接下来到底想干什么。

"把他吊在梁上。"马天来下起了命令。

几个人把我的双手绑在头顶上,用一根绳子拴住我的手,绳子的另一头从大梁上穿过,往下一拉,我便双脚离地,整个吊在空中了。顿时我的手臂上响起了咔咔的关节脱落的声音。

"马天来,你想把我怎么样?"我厉声喊。

马天来做了个手势,我便被放下来。马天来大声说道:"不知道是吗?那我告诉你!姓金的,自古以来,拐骗良家妇女那可是死罪,重者活埋,轻者挨一刀做太监。现在是新社会,我一不活埋你,二不阉割你,今天我把你打个半死总还是可以的吧?"

"我不是拐骗妇女,我是自由恋爱。这是我的权利,是受法律保护的。你们打人是犯法的,当心把你们自己打进监狱里去。"

"嘴硬是吗?再把他吊起来!"

两个人一用劲儿,我又腾空而起,脚板离地三尺了。这时,我的两只手腕也被绳子勒得钻心地痛,痛得眼冒泪花。但我咬着牙,没有吱声。

"金心亮,你回答我,你是想滚回老家去,还是想死在这里。滚回老家去,我明天肉酒招待你,还给你盘缠钱,要是赖着不走,我就杀了你,在这野树林里悄悄挖个坑,把你埋了,让你做一个游魂野鬼,永远也找不到回家的路,让你家里那老不死的娘在地狱里去找你吧。选哪条,说!"

尽管我的手腕剧烈地疼痛,痛得双泪长流,几乎坚持不住了,但我仍然没有吱声。

"不说是吗?把他放下来,打!"

在我的双脚要落地还未落地的时候,马天来接过一根荆条,朝我身上狠命地抽来,每抽一下,我的皮肤就产生一阵剧烈的疼痛,就像被刀划了一下一样。也不知道抽了多少下,我相信我的身上已经被划出了无数条紫色的伤痕。我说:"马天来,这是我跟王家的事,跟你没有关系。"

"王家的事,就他妈是我的事!"马天来停下来,累得气喘吁吁,却呜的一声哭开了,"金心亮,你损不损?王家是我娶媳妇的唯一希望,离了王小快,我他妈这辈子打光棍打定了。你呢,你什么都比我强,离了王小快,还有他妈的张小快、李小快,任你挑选。你为什么还要跟我争、跟我抢?你的心怎么这样硬,是铁打的吗?"

"天来哥……"见他哭了,我又想感化他。

"别叫我哥,你不配!"马天来吼道。

"好!你想过没有,就算我离开王小快,你能保证她会嫁给你吗?如果你能保证,我可以让出来。"

"你以为我不能保证是吗?只要王大天答应了这件事,就能成!她王小快就是不答应,她能拗得过她爹吗?到最后,她能不听她爹的吗?而现在的问题,是你在挡我的道。如果没有你,王小快她没有理由不答应!"马天来又哭了,"金心亮,兄弟,就算哥求你了,你赶快回老家吧。你回去了,我把我卖稻谷的钱全送给你,我也心甘情愿。好不好,金心亮?我们做个朋友好不好?"

我想了想,回答道:"别的事可以答应,但爱情不能勉强。我想,恋爱是双方自愿的,还是自由竞争为好。天来哥,我们自由竞争吧?"

"你放屁,我能竞争得过你吗?"马天来哭得更凶了,"你金心亮不给我面子是吗?你真的忍心让我娶不到媳妇是吗?我告诉你,娶了王小快,我这一辈子活得有滋有味,吃糠咽菜我都高兴,我下一辈子都感谢你的大恩大德。娶不到王小快，我他妈活着还不如死。我宁愿跟你同归于尽，也不能让你得逞。就是不能同归于尽，我做鬼也要让你一辈子不得安生。我求求你，你还是赶快走吧！"

"马哥，别和这小子废话，看我的！"其中一个家伙抢过荆条，狠吸一口气，运足力气，在我脸上、身上、腿上轮番抽打，抽断一根，又换一根，一连换了十几根荆条，痛得我左右摇晃，低声呻吟。可我咬着牙，告诉自己决不能叫饶。

"累了吧，我上！"不久，第二个小子也走上前来，换一根结实的荆条，冲我又是一阵猛抽。

待他们一一抽过了，我也坚持不住了，头一歪，身子瘫软下来。

"停！"马天来叫住了他们，"先别把他打死了，把他放下来，缓缓气再说。"

我躺在稻草上，头脑慢慢清醒过来。刚一缓过神，就觉得浑身疼痛难忍，不像是痛在皮肤上，就像是痛在五脏六腑里。两条手臂，也不听使唤了。那些打手们则一根接一根地抽着香烟。

过了许久，马天来来到我跟前，说："金心亮，你都看见了，我没有要你死的意思。但是，如果你还给我挡道的话，我一急，后果就不堪设想了。大不了我也是一死呗。我死了，我还有几个亲兄弟，他们照样给我父母养老送终。你呢，听说你是你妈的唯一儿子，你死了，你妈怎么办？你金家的香火怎么办？我已经做到仁至义尽了，你说个痛快话，到底明天走不走？"

"走与不走，我想见到王小快，同她商量一下。"我说。

"你他妈还惦记着她是吗？"马天来气急败坏，把烟头一扔，说道，"哥们儿，他不仁我也不义，还把他吊起来，往死里打！好汉做事好汉当。打死了，你们挖个坑把他埋了，我去顶罪。"

几个汉子又扑过来，把我重新吊起来。这一吊，我便知道已凶多吉少了。

5

就在荆条再次落在我身上的时候，一个企盼已久的声音在远处响起来："马天来，不许你欺负金心亮！"

小快？小快来了？我禁不住露出会心的微笑，努力抬起头来。我知道我有救了！

马天来吓了一跳，但还算知趣，立即吩咐他的弟兄们说："哥们儿，快把他放下来。"

小快冲到工棚里，径直扑到我面前，扶着我的肩膀说："心亮哥，他们没把你怎么样吧？天啦，你脸上有伤、你身上的衣服都抽破了？他们打你了？马天来！"她回头冲马天来吼道，"你是一个卑鄙的小人！你娶不到媳妇儿，跟他有什么关系？我今天就告诉你，你想娶我，做你的美梦去吧！你不会得到我，你永远也进不了王家！"

马天来又急又气，憋红了脸，大声喘息，喊道："我他妈不活了！跟他拼了！"

"你敢！你再动他一根指头，我杀了你全家！"小快扑到马天来面前。

"小快，小快，别跟他一般见识。"我拉住小快的手，"天来哥把我当做情敌，他恨我也是可以理解的，换了我也恨。咱们走吧。"

"心亮哥，我来迟了。今天一早，我爸带我进城去买东西，直到现在才回来。我才知道这是他们故意设下的骗局，好让马天来赶你走。我回家时，不见了你，找人一打听，有人说看见你被拖拉机拉到山上了。都怪我，没有好好照顾你。"

"没事、没事。为了你，这是我必须付出的代价，我能够接受。"我微笑道。

"那我们快回去吧。"小快扶着我走出草棚。

"没有我表叔的同意，他不能走！我是奉表叔之命才这么干的，谁也不能把他带走。"马天来狗急跳墙地挡在我们前面，"来两个人，先把王小快送回家去。"

"你们敢，你们谁敢动我一下，我跟你们没完，我会恨你们，让你们一辈子都落不了好！"小快指着两个走过来的年轻人。

"都别喊了！"突然从外面闯进一个人来，"深更半夜的，在这个荒山野岭里，你们就像闹鬼似的。"

马天来迎出去，招呼道："表叔。"

"天来，你办事是够差的，什么都让你搞砸了。"王大天不满地说。

"表叔……"

王大天朝他摆了摆手。

"爸，我恨你！"小快扑到王大天面前，哭起来，"你居然请一帮人打金心亮，你怎么能这样做呢？他不是你老家的人吗？他没有给你干过活儿吗？他做错什么啦？你让我怎么看你呢？"

"小快，打他不是我的意思。我的本意是让他走。"

"爸，我求求你，别再让人打他了。他千里迢迢来这里干活，招谁惹谁了？他给我们家干那么多活儿，有功劳也有苦劳，你应该感谢他才对呀。"小快抽泣道。

"好，我答应你，不再让人打他，但你也必须答应我一个条件，就是不能和他往来。你做得到吗？"

"我答应，但你不能赶他走。"

"他不走也可以，但他不能再进我的家门了。"王大天说，"天来，你知道刘有仁的草棚在哪里吗？"

"我知道。"

"你们连夜把他送过去。你跟刘有仁不是赌友吗？给刘有仁交代好，让心亮老老实实在那里剃山，派人看住他，别再干些偷偷摸摸的下贱事，丢老家的人。"

"表叔，我明白了。你放心，我会交代他的。"马天来点点头。

"爸，我也要跟他过去。"小快说。

"你去干什么？跟我回家！"

"不去我不放心，万一他们再打心亮怎么办？"

"你这个死丫头，总有一天我会气死在你的手里！"王大天指着小快，恨声连连地说，"你不是答应不跟他往来吗？你要是再变卦，我也会变卦的。"

"爸，我不去也可以，你让我跟心亮哥说几句话。"

"不行！"王大天跺了一脚，"马天来，派两个人跟着我，把小快架回家去。"

马天来点了两个人，他们便站出来，推着小快往回家的路上走去。小快挣扎了一番，无济于事，只得喊："心亮哥，记住我家里还有你的衣服，还有你的书。"

我知道小快的意思，她是在暗示我，便回答说："记得了，你放心，我一定去拿，你给我保存好。"

王大天说："不用了，我会给你送上去的，一样都不会少你的。"

小快又喊："马天来，不许你打人！我警告你，你再欺负金心亮，你的目的就永远也达不到！"

马天来冷笑说："你放心吧，我不会亲自动手的。"

等他们走远了，马天来说声"走"，几个人推推搡搡地把我赶到深山小路上。

走了一个多小时，我们终于来到一座高山底下，朦胧中果然有一座草棚立在面前，比我们最早的草棚要小许多，四周全堆满了木柴。棚子里面黑咕隆咚的，这时，只听见此起彼伏的呼噜声。马天来钻进去，大声喊："刘有仁！"

一个人应声滚了下来，厉声问："谁？什么人？"

"刘有义，是我，马天来！"

"哦，是、是你呀！这么晚了……"

"你哥呢？"

"他、他好几天都没有回来了。"

"这个赌棍，整天泡在纸牌里，也不怕累死！"马天来把刘有义拉到棚外，说："他不在，跟你说一样。我们给你带一个人来了。"

"谁呀？"

"金心亮。"

"他？他不是给王大天……"

"这小子，不老老实实地干活，却打起了王小快的主意。你知道拐骗妇女是什么罪吗？他明知道王小快是我未来的媳妇儿，还要跟我抢，是不是太不仗义了？"

"哦、哦。"刘有义揉着眼睛，似懂非懂地回应道。

"你们大老远来我们这里挣钱，我不拦你们，还愿意同你们交朋友。但是，如果你们有人打我女人的主意，老子也不是好惹的！刘有义，金心亮是你们的人，你把他给我看好了，让他明天去剃山，剃完山马上滚蛋，不准再下山。否则，你们就是包庇他，就是同伙，我和我的弟兄们让你们人人都得不到消停。相信不相信？"

　　"嗯、嗯。"刘有义战战兢兢地答应道。

　　"刘有仁那边，我去说！如果出了岔子，他也得不了好！你也要告诉他，窑主跟我是什么关系，他应该知道。我打一声招呼，他一年也拿不到木柴钱。信不信？"

　　"好，我跟我哥说去。"刘有义浑身直颤抖。

　　"好了，金心亮这就交你了！"

　　刘有义"唉"了一声，过来把我拉进草棚里。待马天来他们都走了，才问："心亮，到底是怎么回事？"

　　"别听他瞎说！不是那回事！"我回答说。

　　"好，睡吧，明天再说。干了一天，都累成这样了！"说罢，刘有义重新钻进了他的被窝。

　　我朝大通铺里扫了一眼，问："我的被子和衣服呢？"

　　刘有义说："你的那些东西，还能找得着吗？都这么久了！衣服早让谁给穿破了，被子也不知道让谁垫了床。要不，你和我挤一挤吧。"

　　我便挤在刘有义那又窄又薄的被子里躺下，想着白天的事，我一夜未眠。

6

　　早上，我好不容易眯了一觉，却被一阵吵吵嚷嚷的说笑声惊醒了。睁眼一看，日上三竿，阳光穿进草棚，正灿烂地盛开在大通铺上。远外，山岭被笼罩在一片白雾之中，看不见它们的真面目。剃山佬们干完早活儿，正端着一碗碗米饭，集中在门口，一边吧唧着嘴巴吃饭，一边谈论我的笑话。

　　"金心亮，跟送菜的那个丫头勾搭上了？行啊，这小子有两下子。"

　　"没想到，他成天三棍子打不出一个屁的主儿，还有这种能耐。真是不叫唤的狗会咬人！年轻有文化的人就是好啊。"

"不过，这回他可是空忙一场。王大天那个闺女早就有主了，那男的昨天夜晚带一群弟兄把金心亮打了一顿，还把他送到这里来了，让我们严加看管。这些江西佬，可不是好惹的！"

"靠，我们扯他这个蛋！凭什么看管金心亮？"

"我说呢，勾引有主的女人，哪里有这样轻巧的……"

"看来，这小子搞女人还是半瓢水，有主儿的女人怎么能乱搞呢？不挨打才怪。"

……

听了这些闲言碎语，我打算继续装睡，但嗓子却不争气，因为受了一点凉，忍不住咳了一声。剃山佬们便一齐朝我看过来，同时换了另一种口气说开了。

"心亮，你小子有福气啊，一来就搞上了人家大姑娘，给我们传播传播经验？"

"也给我们每人介绍一个？"

我低头不语，穿上衣服下了地，到水沟里洗了一把脸，因为没找到碗，只好重新坐到床边，等他们吃完。待他们放下碗，清理了镰刀，全上山了，我才洗出一只，随便吃了一碗。刘有义一边收拾着锅碗，一边问："心亮，你今天打算剃不？"

我说："剃，不剃干什么呢？"

"你先别剃吧，没有'家伙'，山也分了，剃什么？等我哥回来再说吧。他回来之前，你帮我煮饭。"

我问："你的镰刀借我用一用不行吗？"

"不行，我的'家伙'坏了。再说了，你上山要是溜了怎么办？马天来这人我知道，可不是一个善头儿，说不定哪天就找上来了，给我好看。还是等我哥回来了再说吧。"

他的话倒是提醒了我，草棚并不是一个自由自在的地方，马天来就相当于地痞无赖，咱们是在他们的地盘里混饭吃，刘有义哪能不听他的。要想下山，还须动用智慧。于是我重新躺在床上。

我心里一遍一遍地想着小快，想着小快的话。多好的一个姑娘啊，对我这么贴心和关照，又这么痴情地追我，不讲条件，无怨无悔的，如果我放弃了她，不仅对不起自己，更对不起她了。虽然马天来也想追她，但小快根本不会看得上。王大天也并非看不起我，只是怕我带着小快远走高飞不回来而已。为了爱情，为了和心爱的姑娘在一起，我必须奋力抗争，不能就此罢休。我必须下山去找她，否则，有王大天的反对，有马天来的纠缠，小快一个人怕也招架不住了。为了我们的承诺，为了这难得的爱情，我必须和小快待在一起，共同经受任何形式的考验。想到这里，我心里又重新鼓起了勇气和力量。

睡到第二天早上，我起床后，故意咳嗽起来，说自己和刘有义共着被子，晚上没有盖严，冻感冒了。还假装食欲不振，只喝米汤。挨到中午，我连饭也不吃，躺在床上，用被子捂住脑袋。刘有义信以为真，走过来问："心亮，你真的病了？"

我猛咳一阵，说："刘师傅，跟你商量一个事儿，我想去王大天家里，把我的被子和衣服拿回来，顺便买点感冒药。不然，明后天我就坚持不住了。"

刘有义笑道："你不会又去找王大天的那个姑娘吧？"

"看你说的，马天来都那样打我了，早就把人家姑娘藏起来了，我到哪里去找她啊？我再和他争抢，怕是连命都保不住了。我想了一天两夜，决定放手了。天涯何处无芳草，为何偏在这里找！"

"其实，王大天的姑娘对你真是不错，上次你病了，她那样救你。心亮，该争的还是要争。我想过了，只有你金心亮才能配得上她，马天来他不行，你瞧他头上的那几根毛，凭什么让人家姑娘看上他？更何况他的为人操行，又抽烟喝酒，又打牌赌博，不务正业。他连我都不如，还娶什么亲？这不是害了人家嘛！"

"刘师傅，你也支持我？"我心中暗暗高兴起来。

"我知道你小子是装病！以我的想法，你想追她，就趁早，带着人家远走高飞，回老家也中，到大城市谋生也中，只要你们不回江西，谁也不把你们怎么样。"

"帮帮我吧，刘师傅，让我走。我感谢你！"我就像捞到了一根救命稻草。

"不过，你要装出是逃走的样子。你把我的鼻子打出血，再用绳子把我捆起来，拴在柱子上，嘴巴也塞上，然后你走你的。不然的话，马天来那小子是不会放过我的。"

"那你？"我感激涕零。

"放心，他们晚上下山，就会把我的绳子解开。到时，你不早就到了王家吗？你不要让人发现，找到那个姑娘后，两人马上逃走，不然夜长梦多。"

"感谢刘师傅！"我激动地跳下了床。真没想到他真不是我想象的那种人，太出乎意料了！

"那我就捆了。"怕他反悔，我马上用一根草绳子把刘有义捆起来，再给他的嘴巴塞上。然后抓了一把剩饭塞进自己嘴里，朝刘有义鞠了一躬。

"等一等，照我的鼻子来一拳。"

我举起拳头，准备往他的鼻子上砸。看见他痛苦地闭着眼睛，我的心又软了。我朝厨房方面瞄了瞄，看见地上刚好有一摊鱼血，便跑过去，蘸了一手，再抹在刘有义的嘴上。

"改日再来感谢你。"我头也不回地跑了。

7

在去王家畈之前，我去了王大天的稻田，看看他们是不是还在那里干活儿。转眼间，村子四周的所有稻田，已全部被铁犁翻了出来，昔日的庄稼地，顷刻之间变成了裸土地，静悄悄的，就像一位十月怀胎的母亲，在经过产期阵痛之后，怀抱着自己的骨肉，躺在床上休息。远远望去，农民们依然在自己的地头里忙碌，做秋收之后的善后工作。这时，王家的稻田里，只有王大天正推着他的独轮车，往田里送土粪，并不见小快和她母亲的影子。

我绕开他们的稻田，躲着村人的视线，奔小路朝村子中央溜去。跑到王家门口，我将耳朵贴在门上，细细聆听里面的动静。

然而，里面什么声音也没有！尽管他们的门上并没有上锁。难道她们都出去了？那也不应该走多远啊。于是，我决定闯进家里等候着。

就在这时，两扇门自动开了，吓得我倒退了三步。出来的是小快她妈。小快妈见了我，也愣了一下，然后笑嘻嘻地说："是心亮啊。心亮，你怎么不剃山，又回来了呢？"

"婶，原来你在家呀？我赶回来是、是有一件事儿。"我也强装着笑脸回答。

"我知道，你是来找小快的吧？"小快妈依然笑。

"婶，我是来拿我衣服的。山上晚上冷，我冻得受不了。"我避重就轻地说。

"对，这几天天气是有点儿凉，是应该加件衣服，还要盖厚一些的被子。你一个人在外面，你妈又不在身边，可要好好照顾自己。万一有个好歹，你妈就你一个儿子，她可怎么办啊？你王叔说了，明天就把你的东西送过去，还准备送你一条被子，谁知你自己却来了。"小快妈站在门口，并无让进的意思。

"谢谢婶的关心。婶，我能进去坐一坐吗？"我想打迂回战。

"哪能不让你坐呢？你是我们家的老帮工了，又是常客，这家就像你家一样。进来吧。"

我这才被让进了屋，依然坐在那只大方桌旁边。趁小快妈倒水的工夫，我仔细地听了听，整个房子内静悄悄的，并无小快的声音。看来，小快的确是不在家。她会去哪里了呢？田里也没有，家里也没有，她难道出远门了吗？联想起前天晚上她被爸爸强行带走的情景，我的心骤然被揪了一下：难道……？不会吧！

"婶，小快呢？"本来没打算提小快，但此刻我实在按捺不住了。

"怎么，你找她有事儿啊？"小快妈盯着我问。

"啊，随便问问，问候问候。毕竟，这些日子，她像我的亲妹妹一样照顾我。"我遮掩道。

"那是，那是。心亮，你还不知道吧？小快去南昌做保姆了，是她二叔托人找的工作。那家庭可有钱了，是军分区的领导，想找一个保姆照顾他们家的孙子，小快符合他家的条件，就去了。管吃管穿管住，月工资好几百呢。"

"去南昌了？什么时候去的？"我一听，再也坐不住了。

"今天早上走的。先去了德安，再坐长途车去的南昌，现在恐怕人已经到了呢。小快这孩子，毕竟是我和她爸的心头肉，从小就懂事、听话。这两天，我和她爸都劝她，她明白过来了，答应我们，不和你往来了，怕你找她，就主动出去避避，打算过几年就回来，然后招个女婿进门，踏踏实实过日子。她这样做，也是为你好，就是想断了你的念头，让你重新考虑自己的终身大事。"

"婶，难道她在临走之前，就没有提起我吗？"我被她的话彻底震住了，感到嘴唇在瑟瑟发抖，就像三九天遭遇了东北风，整个身体瞬间凉透了。

"啊，提了。她临走时告诉我，下次遇到了你，就替她转告，说你们这辈子没有缘分，等下辈子再相聚，祝你早日遇上一个好姑娘。心亮啊，小快不和你好，也是迫不得已，你是个聪明的孩子，你要体谅她呀。"

"她、她真是这么说的？不会的、不会的。"我使劲摇了摇头。

"心亮啊，我能说假话吗？我知道，你是想和小快在一起，可小快现在改变主意了。你是一个读书人，也要改变一下主意，总不能强迫人家小快吧？她过去待你那样好，你不会勉强她的对吧？"

"是、是，婚姻自由。"我喃喃地说。

"心亮啊，我知道你听了这话，有点受不了。不要紧，慢慢你就想通了。像你这么好的小伙子，什么样的姑娘找不着？你要是真的喜欢我们江西妹子，包在婶的身上，我去替你张罗，就算我们还小快欠你的情好不好？说，你喜欢什么类型的姑娘？你说出来，我来物色。"

"不，好、好！婶，让你费心了。"我忽然明白这其中一定有诈，这才隔几天，小快怎么会变化这么快呢？即使真的去南昌当保姆，也不至于这么快就走呀？前天晚上，她还那样怨恨马天来，埋怨爸爸，她怎么会马上转变过来呢？即使她真的想离开我，也会亲口告诉我的呀！独生女儿去了南昌，怎么做爸爸的也不送一送呢？打了无数问号之后，我瞄了瞄小快妈，总觉得她的表情里有点儿洋洋得意，甚至还在偷偷发笑。

要沉得住气！我告诉自己说。不能急躁，也不能露出自己的真实想法，等稳住小快妈，再找机会探出实情吧。于是，我问："婶，你们这里真的还有像小快妹妹这么好的姑娘吗？我怎么就知道小快一人好呢？"

"傻孩子！"小快妈咯咯地笑了，"小快再好，还不是一个普普通通的姑娘。像她这样的女孩子，我们哪家哪村没有哇？难怪你只认准小快，原来你还不知道其他姑娘的好。我告诉你，像她这样的好姑娘，我们村里就有的是。不过，你别着急，你呢，先去跟老乡一起好好剃山，多攒点儿钱。到时呢，我肯定给你张罗一个，好不好？"

"唉，婶，那我什么时候拿衣服上山呢？"

"嗯，眼看现在天还早，你也别急，我给你做点吃的，吃了饭你就走，啊？"

"唉，谢谢婶！"我点点头。

小快妈去了厨房，顷刻之间，我就听见了热锅淋油的声音，也听见了打鸡蛋的声音。我突然起身，悄悄去了王家所有的房间侦察了一番，一无所获；再去仓库瞅了瞅，那里也空空如也。确实没有小快。便又去了我睡过的房间，找出我的那本《唐宋诗词精选》，坐在方桌旁默读起来。

不久，小快妈端出满满一碗蛋炒饭，放在我面前，说："心亮，婶给你做了一碗油干饭，我知道平时你就爱吃这个，小快也爱吃这个。吃了这碗饭，婶就不留你了。山上吃得清苦，往后你就要靠自己悠着点儿了。"

"婶，你也吃。"我把书揣在怀里，把米饭拉到小快妈面前。

"给你炒的，我就不吃了。"小快妈笑道。

我埋头就吃，吃得满嘴流油，一边吃一边喷嘴巴，满嘴余香不断。吃得粒米不剩，才见到碗底上黄澄澄流淌的菜油。看来，小快妈这次没有少加油啊。吃罢了，趁小快妈不备，我悄悄把碗送进厨房里，却看见灶台上还放着一碗蛋炒饭。

"婶，你怎么不叫王叔回来吃饭呢？"出来后，我一边抹着嘴唇，一边问。

"他呀？晚饭还没有给他做呢。"小快妈在房间里回答。

"哦。"我脑子里忽然闪了一下！她不吃油干饭，王大天的晚饭还没有做……那碗蛋炒饭……我猛然醒悟过来：难道小快还在家里？

"心亮，你看，天已经不早了……"小快妈出来时，已经把我的衣服清出来，装进一只大大的网兜里。

"婶，我就走。"我接过网兜，"婶，这段日子，多亏你和小快妹妹的关照，有机会我一定报答你们。"

"你有这份心就好！"小快妈嘿嘿地笑，"被子我还没有缝起来，过几天吧，我让你王叔给你送过去。"

此时，天已经渐渐地黑了，有些家庭的门窗上，已亮起了电灯。出了王家，我知道小快妈还在目送我，于是大踏步地朝山上奔去。转了一道弯儿后，我回过头，我重新溜回村子里。感谢黑夜，使我顺利地躲在一棵大树旁边，紧盯着王家的一举一动。

王家的门终于轻轻地开了，小快妈出来后，重新关上了门。她进了厨房，把那碗蛋炒米饭端了出来，左右望了望，朝村子后面走去。看到这个情景，我心中又激动又兴奋。看来，我刚才分析的没错！我的心突突跳起来，远远地跟在她的后面。原来，她的目标竟是小聪的家，难道小快藏在了那里。小快妈掏出钥匙开了门，又朝身后瞅了瞅，这才跨了进去，并拉亮了电灯。

我立即跑了过去，贴在门上细听。果然从里面传来小快的声音。可是隔得太远，她们说什么，听不大清楚。于是，我也朝身后瞅了瞅，轻轻推开门，溜了进去，藏在一个不常住人的房间里。

"妈，你和我爸真够狠，把我像畜生一样关在屋里。你让我怎么看你们？妈，你放我出去吧，我帮你干活儿。"小快可怜巴巴地央求说。

"你爸还不是为了你好，怕你出去找那个金心亮。小快，听妈的话，死了这个心吧。今天，你爸把心亮的衣服送到山上去了，你猜怎么着？心亮根本没在山上，跟几个老乡买了车票，今天一早就回豫南老家了。听他的老乡说，他妈托人带信说，家里给他找了个对象，要他回去相亲呢。"

"你骗我！"小快不相信。

"反正啦，妈说什么，你现在都不相信。信不信，也由你了。不过，你二叔托人去南昌给你介绍了一个保姆工作，你明天就得去二叔的单位，有人会把你带走的。你去的那个人家，是一个干部，听说家里可有钱啦，家庭条件比我们家强千倍万倍，你可要好好地干，别让人挑出错啊。"

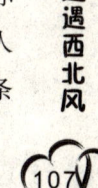

"不去！见不到金心亮，再好的条件，我也不去！"小快的拧劲儿上来了。

"我不是说过了，金心亮已经回老家了。小快，你不去南昌也可以，马天来的爹就要来下聘礼了，还打算让你们早日成亲。你自己想想，是去南昌做几年保姆，攒点儿钱再嫁人呢，还是现在就招个女婿进来，当媳妇儿生儿养女？这个由你自己选。但妈觉得你还小，还是出去闯几年好，对不对？"

"我既不去南昌，又不嫁人。反正你听好了，别逼我，逼我，我什么事都能干得出来。"小快哭了。

"你这个倔丫头，非要把你爸你妈气死才肯罢休！好，我不管了，让你爸来管。他要管你，可没有我这么好说话，到头来你只有一条路：马上嫁马天来！"

"我当尼姑都不会嫁他！"小快发誓说。

"好，我不逼了。给你炒了一碗鸡蛋干饭，我喂你趁热吃了吧。"

"不吃！"

"那就等你爸回来再给你吃。"小快妈退了出来，重新把大门锁上。

我走出房间，跑出门口，透过门缝看了看，确信小快妈已经走远了，才回到堂屋里。我看见小快坐在椅子上，双手被反绑在身后，两条腿也用绳子缠了起来。

"小快妹！"我喊了一声。

小快猛然站起来，回过头来说："心亮哥，是心亮哥吗？"

"是我！小快妹，他们把你捆起来啦？"

"嗯，快把绳子给我解开。"小快哭了，"我就知道你会来救我的。"

解开了手上和脚下的绳子后，小快紧紧抱住了我，低声啜泣着，热乎乎的眼泪流在我的胸前。我也紧紧地拥抱着我的初恋，拥抱着我的软绵绵的姑娘，心里又悲伤又感动。

"我还以为再也见不到你了，你是怎么进来的呢？"许久，小快说。

"跟踪！跟着你妈就偷偷进来的。"我笑道。

"我就知道你有办法，我就知道你会来的。"小快抬起头，痴痴地望着我，两只眼睛已经肿得像一对桃儿。"你要是不早点儿来，我明天就得被我爸带走了。"

"我都听见了。小快妹,你饿了吧?先把这碗油干饭吃了再说。"

小快"嗯"了一声,擦把眼泪,端起米饭,往我嘴里塞了第一口。我说:"我刚才吃过了。"

"那也得吃。"小快喂我一口,然后自己才吃一口。我们交替吃着米饭,不一会儿,就把它狼吞虎咽了。

"小快,我们再去做一做王叔的工作吧?"

"不行,我爸他已经铁了心啦!他谁的话都听不进去!现在,我们唯一的办法就是逃走,逃到你的老家去,把生米做成熟饭,然后明年再回来。到那时,我爸就是想反对也没有辙儿了。"小快坚定地说。

"嗯,我听你的,小快妹!"我点点头。

"天已经黑透了,我们得马上走!我爸他可能一会儿就过来。"

"好。"我溜到了门口,仔细地听了听外面的动静,然后把一扇门轻轻地下掉,拉着小快的手,低头哈腰,从村子后面跑了出去,直奔大路。

8

跑了一阵子,我们放慢了脚步。看看四周的动静,静悄悄、黑乎乎的,难见一个人影。我们的心松弛下来,商量着走到德安去,搭乘去武汉的长途车。但是,却有一件十分迫切的问题摆在我们面前。我说:"小快妹,我身上一分钱也没有,车票肯定是买不成了。"

小快站住了,说:"等一等,我有办法了。"

小快拉住了我,朝另一个村庄拐去。那个村庄离王家畈有四五里地。我们悄悄靠近它,贴着村后的墙壁溜了过去,许久才停在一户人家的屋后。站在窗户下面,我们听见里面有打纸牌的声音,几个人在屋内说话、吵闹,全部操着江西口音,但一个熟悉的豫南口音也偶尔夹在中间,那无疑就是刘有仁了。

"这里是刘有仁的丈人家,他们正在打牌。你在这里等我,我进去。"小快轻声说。

"嗯,我等着你。"

小快绕到前门进去，我则趴在窗户外观察动静。不一会儿，就听见里面传来搭话的声音，是主人和小快的对话。小快一一回应，径直去了打牌的地方，喊了声："刘老板。"

刘有仁哈哈大笑，道："是王家小妹呀，你找我有事呀？"

"要菜钱！"小快大声说。

"嗯，你来得正好，碰上我今天运气好，赢了钱，要是早一天晚一天的，恐怕你一分钱也要不着。"不一会儿，刘有仁点完钱，又说："看清了，全给你了啊。只会有多的，没有亏待你吧？"

"不够！"王小快一把抢去了刘有仁面前的所有现金，扭身就走。刘有仁大声说："你怎么把钱全都拿走了啊？"

"我替金心亮讨要木柴钱！"小快加快步伐跑了出去。背后，刘有仁也追了出去，大喊大叫："等一等！谁让你替他拿木柴钱了？你爸不是跟我交待过，不让你跟他往来吗？你都拿去了，我今晚靠什么来牌呀？"

小快跑到屋后，朝我招招手。我便追上她，手拉手朝前方奔去。背后，刘有仁仍然在那里大喊大叫，骂骂咧咧。

上了马路，我们才站住了，喘着大气，彼此对望着，嘻嘻地笑起来。

然后，我们继续往前走。

偌大的马路空无一人，也空无一车，似乎是专门为我们腾出来似的。是的，此时此刻，我们就是马路上的主人，在这条宽宽的马路上大踏步地往前走，手拉着手，肆无忌惮，既不怕飞来的汽车，也不怕陌生人的眼光。而且，我们也是黑夜的主人，世界静悄悄的，就像是为了不打搅我们的雅兴。天上的星星眨得越发欢了，为我们送来淡淡的光线。四周的村庄点燃了一盏盏灯光，为我们指引着向前的方向。我们就像刚刚获得了自由的奴隶，又像走出了监狱的囚徒，感到了自由的可贵和希望的力量。我们横在马路上，说着、笑着、走着，已然成了这个世界最幸福的人。

小快突然提议说："心亮哥，教我唱豫南的花鼓调吧。往后，我成豫南人的媳妇儿了，却不会唱花鼓调，多落后呀。"

"好吧。要不我先唱一段家乡的旱船调，你觉得好听，我再教给你。我们那里从正月初一到正月十五是要玩旱船的，没准儿你过完年也能做一回

'船娘子'呢。"

正月里是新春，
家家户户闹红灯。
男人出门拜亲戚，
女人家里待客人。
二月里来龙抬头，
庄稼地里好势头。
过了新年就下地，
小麦油菜绿油油。
……

我唱一句，小快接一句。不久，她就能独唱了。然后，我们一路唱着山歌，唱着情歌，唱着流行歌曲。没有人打扰我们，也没有人嘲笑我们。我们在这个属于我们的世界里忘情地唱着、跳着，唱得嗓子发干，走得脚腕儿发麻，跳得身上热乎乎的。我们从来没有这样高兴过、自在过，任何劳累都阻挡不住我们向前迈进的步伐。

不知走了多久，背后突然传来机器的轰鸣声，由远及近、由轻入深。我示意小快停下来，两人脸朝后，仔细地辨认着机器的类别。很快我们就得出了结论：是一辆手扶拖拉机的声音。我说："这么晚了还有拖拉机？我们藏在路边吧，让它先过去。"

于是，我们躲在马路边上的大树背后，睁大眼睛观察着这辆拖拉机的真面目。拖拉机突突着来到我们面前，又颤抖着从我们面前向前奔去。透过朦朦的夜色，我们分明看清了坐在驾驶室里的马天来，和车斗上的王大天，以及上次绑架我的那些年轻人。我和小快对视了一眼，惊出了一身冷汗。

小快紧张地说："他们怎么这样快就追过来了？"

我说："我估计，在我们向刘有仁要钱的时候，我们的行踪就暴露了。一定是刘有仁把我们逃走的信息告诉了你爸。我们不能走这条路了，也不能去德安了。最好走小路，在去武汉的路上截一辆长途车上去。"

小快抱着我的手说："心亮哥，我听你的。我们就拐小路。从这里往小路上走，就是鄱阳湖，湖边有一条公路，顺着公路走，过完大桥，就是一条国道了。"

"那就按你说的走吧。"

我们在小路上飞奔,跑了许久才见到一座大桥,以及大桥旁边的拦水闸。此时,我们都累得双腿发麻。我提议说:"就在这座桥上歇一歇吧。"

小快答应了,我们便坐在石磴上,面向着浩瀚的鄱阳湖。夜中的湖面,一望无涯,青潆潆一片,湖风夹着潮湿的气息,吹拂在我们的脸上,凉丝丝的,只有在遥远的湖边上,隐隐地闪着稀稀落落的灯光。偶尔湖面上有盏微弱的光亮慢慢划来,并且从水面上掠过突突突的机器声,那是拉人或送货的机船在夜航。鄱阳湖是中国排名第一的淡水湖,地处江西省的北部,长江中下游南岸,以松门山为界,分为南北两部分,北面为入江水道,南面为主湖体。但我们现在的位置,只不过是湖的西部边缘,甚至充其量不过是修水河的一个入湖口而已,还远远不是鄱阳湖的全部。但它的浩瀚足以让人产生敬畏和遐想。

小快坐在我的身边,抱着我的一只手,望着大湖沉默了良久。初时那种兴奋和欢快的气氛,似乎已经凝固了,我们个个显得心事重重的样子。我担心明天的行程,会不会被发现呢?会不会被抓回去呢?如果是那样,我和小快的机会就变得更加渺茫。有时,也夹杂着侥幸和期待,我不相信那几个人神通广大,这么多交通枢纽,恰巧赶上了我们走的一条。小快呢?也许她比我想得更多、更复杂。毕竟,她是从自己家里逃出来,投向一个陌生的环境,一个前景并不明朗的家庭。等待她的,也许是幸福,也许是苦恼。看着她眉头紧锁的样子,我知道,此时此刻,我只有等候,等候她自己把心声吐露出来。

终于,小快开口了:"心亮哥,我和我爸彻底翻脸了!他为了让我嫁给马天来,和你断绝往来,居然用绳子把我绑起来,一点儿都不听从我的哀求,我心里可恼火了,甚至发誓一辈子都不理他了。可是,我今天一逃走,就真的等于和他一刀两断了。如果我爸我妈不认我这个女儿了,我就再也没有亲人了。"

"小快妹,不是还有我吗?你放心,王叔和王婶不会不认你的,他们怎么能不认自己的亲生女儿呢?退一万步讲,就算他们一时不认你了,迟早也会认的。不管他们认不认，我都是你最亲最值得信赖的人。"

"心亮哥，我爸干涉我们的恋爱自由，甚至还让人打你，你会恨他吗？"

"我……"

"不许你恨他！"小快抢先说道，"其实，我爸也挺可怜的。他没有儿子，就想有个孙子为王家继承香火。如今他把我养这么大了，我却没有按他的想法去做，让他连这点希望也都泡汤了。他总是说我是一个孝顺的孩子，却没有想到我今天是多么让他失望，是我对不起我爸爸！"小快泪流满面。

"小快妹，我们不是说好了吗？明年我们还会回来的，也当老板，再把我妈接过来，两家合为一家。将来，我也要让我们的后代一个姓金，一个姓王。相信我，我是能够说到做到的！"我伸出手背擦了擦小快的泪水。

"心亮哥，你回答我，万一我死在你的前面，你还会照顾我爸和我妈吗？"小快把头靠在我的肩头问。

"你怎么能提出这样的问题呢？我们还都那么年轻！"我制止她说下去。

"我是说，万一！万一这样呢？"小快没有停止的心思。

"就算有了这个万一，我也向你保证，向上苍保证，你的爸妈，就是我的爸妈，我会像照顾我的爸妈一样照顾他们。否则，我就不是人了。"我信誓旦旦地说。

"如果我没有在你的身边，你真的也能够做到吗？万一他们不招你喜欢呢？"小快穷追不舍。

"我没有理由不照顾他们，就算我不喜欢他们，就算他们也不喜欢我。他们为我生育了一个这么好的姑娘，心疼我、照顾我，成为我最亲最爱的人，我有什么理由不报答他们呢？以后，不管走到哪里，无论何时何地，只要一想到还有王小快待我那么好，我都会心甘情愿地孝敬他们。你相信吗？"

小快把头滑进我的胸前，用身体的依偎来表达她的满怀期待。

"我也会照顾你妈的，"小快说，"哪怕你不在我身边，我也会照顾她的，因为她是你的母亲！"

"谢谢！我就知道你一定会做一名好媳妇的。"我也伸手搂住了小快的腰。

"心亮哥,你说我爸他们今天会去哪里呢?"

"我猜想,他们可能会去德安汽车站,到那里守株待兔把我们截住。他们断定我们一定会去那里坐车的。"我分析说。

"我刚才看见我爸在车斗上坐着,还穿着干活时的衬衣,连外套都没有顾上穿,也许连晚饭还没有吃呢。晚上,他会不会冻着呢?"小快担心地说。

"小快妹,别担心!"我紧紧握着小快的一只手,"王叔是大人了,一定会照顾好自己的,他冷了,会自己想办法的。"

"心亮哥,我们这一走,就再也没有回头路了。下次回来,我就不是过去的王小快了,而是一个有了婆家和对象的妇女了。生米做成了熟饭,我爸和我妈一定会失望死了。"小快感慨道。

"小快妹,造成这种局面,主要是王叔和王婶他们不能理解我们的选择,尽管他们的不理解是可以理解的。你放心,我会努力的!我知道,我现在唯一要做的,就是让他们知道,你跟着我金心亮是最正确的选择。我以我的人格和性命担保,决不会让他们失望的!"我安慰说。

"好吧,那我们就这样一言为定!"小快伸出小指头,与我的小指头钩在一起。然后,我们又脸和脸地碰在一起,没有睡意,没有语言,有的是心与心的碰撞,手与手的交流。我们在耐心地等待着远处村庄的鸡鸣声传来。

第五章

情断鄱阳湖

1

夜，清凉如水，天上的露水窸窸窣窣地淋在我们身上。我打开了随身携带的衣包，给我们每人加厚了衣服，相互依靠着睡了一觉，却忽然被一阵说话声惊醒。我动了动身子，感觉手脚已冻得冰凉。远处，几只手电筒的光柱朝四周照来照去，沙沙的脚步声也越来越清晰了。我揉了揉眼睛，赶忙推醒了小快，说"有人来了"。在紧张的注视中，我们辨别着这些声音的来源。我们压根儿就没有想到，一场突如其来的厄运正在降临……

一个声音说："你能肯定他们会走这条路吗？"

一个声音回答："试试看。从这条小路走，可以去国道，长途车正好经过那里。"

我们听得心惊肉跳，浑身的寒毛顷刻竖了起来。小快惊慌地说："心亮哥，是马天来他们，他们找上来了。"

"不要怕，我们赶快藏起来。"

但是，已经来不及了，这时一柱电光正好照在我们身上。紧接着，一个声音也随之响起来了："马哥，那里好像坐着两个人。"

"走，快去看看！"

我立即拉起小快，低头哈腰，顺着大桥往前飞奔。"是他们，快！"追赶的脚步声顿时像雨点一样响起来，震得大桥咚咚地响，离我们越来越近了。越过大桥，我回头一看，便知最不愿意看到的一幕即将发生。我对小快说："小快妹，他们马上就要追到我们了，我们分头跑吧。他们要追赶的人是你，只要你跑出去了，我们就成功了。"

小快气喘吁吁地说："你怎么办？"

"我来掩护你。记住，我的老家在河南新县金家湾，如果我们不能在车站会合，你就直接搭车去武汉，再在武汉转车去豫南，先去找我妈吧。"

"嗯，他们抓住你，会打死你的！"小快担心地说。

"不怕！他们抓不到我的。躲过了这一劫，我也赶回老家去。记住，不管我们从哪儿上车，也不管我们经历了怎样的曲折，我们一定要赶在春节前回老家会合，如果春节前你还见不到我，说明我已不在人世了。"

"心亮哥，我要和你在一起！"小快哭了。

前面就是三岔道口，我低声说："小快妹，情况危急，说什么都来不及了。你弯着腰，往左边那条路上跑，先躲在树后面，等他们走过去了，你再跑。我朝右边那条上跑，引开他们。就这样，快！"

小快果然跑向左边那条道上，我则朝相反的方向，顺着修水河道往上游奔去，一边大声说道："快！快！他们马上就追过来了。"

"他们顺着河道跑了！"马天来他们果然朝我奔来。我也飞快地往前逃着，但我明显敌不过他们，在摔了一跤之后，我终于被他们像拎小鸡一样拎了起来，又扔在了地上。

"跑哇！你不是会跑吗？"一阵猛踢落在我身上，并随着恶狠狠的嘲笑声。

"王小快呢？说！"踢完之后，马天来又把我拎了起来。

我朝前方指了指，说："她跑到前面去了。"

马天来一声令下："追！"

几个人又奋力朝前追去，只留下马天来。

不久，他们又跑了回来，对马天来说："马哥，我们上这个小子的当了，前面根本就没人啊！"

"你把她藏在哪里了？说！"马天来气急败坏地吼道。

我估计小快已经跑远了，便笑起来，说："你们够傻的，她根本就没有和我在一起呀。"

"给我打！"马天来又一声令下，雨点般的拳头顿时倾泻在我头上和身上，我抱着脑袋在地上滚来滚去，觉得自己已经快招架不住了。

"我让你欺骗我！小子，你拐骗良家妇女，犯下了不可饶恕的死罪！你今天要是把她交出来，还可以从轻发落，要是我们见不着她，我就把你扔到河里喂王八。说！"

"我确实不知道她跑到哪里去了啊！"

"看来你是真想找死，给我一根条子！"马天来接过一根树枝，往我身上狠命地抽打，痛得我在地上翻来滚去，"她不是跟你好吗？今天我就看看她到底能不能见死不救！"

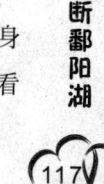

抽累了，马天来又把棍子交给了另一个人，道："接着打！我们几个人轮班，一直把他打死为止！然后让王小快来给他收尸。"

在不断的抽打声中，马天来又朝四周扯着嗓子喊开了："小快妹妹，你在不在附近？在附近的话，你就站出来。我今天算是铁了心，非打死这个姓金的狗崽子不可。你要是真心想跟他好，就站出来，哥佩服你！"

停了停，马天来又喊起来："哈哈，原来你们的爱情是假的呀！哪有眼睁睁地看着自己的对象被打，却不伸手解救的呢？小快妹妹，看来你跟金心亮根本没有感情，哈哈！"

"马天来，你给我住手！"远处，小快的喊叫声突然响起。抽打声骤然停下来，所有眼睛一齐朝桥头方向看去。我一听，立即站立起来，惊出一身冷汗。

"小快，你快跑！"我不顾一切地喊叫。

马天来飞起一脚将我踢倒，重重地把我踩在地上。然后回应道："小快妹妹，好样的！你年轻不懂事，上了金心亮甜言蜜语的当，我奉表叔之命来营救你，快跟哥哥回去。你爸你妈也到处找你啦。你爸坐车冻病了，你妈哭晕过去了，难道你不心疼吗？"

"马天来，你卑鄙无耻！你要是不放开金心亮，我就跳到水里去！"小快喊。

我挣扎着爬起来喊："小快妹妹，别傻了，你快跑！"

马天来又一脚把我踢倒在地，冲小快的方向喊道："小快妹妹，你快过来，我们好好谈一谈。谈好了，我就放了他。"

"我不会上你的当！你要是不放了金心亮，我就跳进河里淹死，你什么也捞不着！"

"那你就跳吧！"马天来咬咬牙恶狠狠地说，"哥们儿，给我接着打，看她是真跳还是假跳！"

几支细条子又劈头盖脸地抽过来。小快急了，跑到水边上喊："马天来，你再打他，我就真跳了！"

"接着打！"马天来毫不手软。

远处，突然响起"扑通"一声，湖面上顿时溅起一团水花。这一声响，使在场的人全都惊呆了。有人喊："马哥,不好,她真的跳了!"

"混蛋,快去救她!"我歇斯底里地喊了起来,爬起来就跑。马天来也说了一声:"快!"众人这才一齐朝桥头方向赶去,跑了一分多钟才赶到出事地点。大家纷纷脱下衣服,跳到水里捞人。

我也跳下了水,一股冰凉的寒意随即漫过我的全身。我还没有顾得上动弹,就径直沉在了湖底,就觉得这湖深不见底,心里一慌张,本能地在水里挣扎起来。我手脚并用,奋力地划动,好不容易露出了脑袋,就见众人也在水里浮来沉去,一边抹着脸上的水一边说"没有"。我刚说完"快救小快,不然她就没命了",却再一次沉在水里。这一次,我划得更吃力了,许久没有浮出水面,就觉得巨大的窒息让自己的心脏都要闷出来了。我已意识到自身难保,使出最后的力气朝水面上冲去,刚露出脑袋,就感觉有一只手拉住了我,然后就失去了知觉。

醒来时,我正趴在岸上,四周的一草一木已经清晰可见——天已大亮了!我呕吐了一阵,吐出了肚里的脏水,然后"哇"的一声哭开了:"小快,快去救小快妹妹。"

马天来和他的一班人都光着膀子,抱着肩膀,正站在岸边朝湖面上逡来巡去。马天来跑过来,照着我的屁股踢了一脚,气不打一处来:"你他妈还干嚎!老子没把小快救出来,却把你给捞出来了。恶心!真想把你再扔下去!"

"天来哥,快下去救小快!救了小快,我情愿把她让给你!"我扑到马天来脚下,给他跪下来,"天来哥,求求你!就算我犯了错,小快没有错哇,你不也喜欢她吗?快去救呀!"

"你他妈的说什么都晚了!"马天来又给了我一脚,哭起来,"老子能不救她吗?早知今日,何必当初!要是能捞出来,老子能不捞吗?都他妈捞到天亮了,也没有见到人影。凶多吉少,小子!我怎么跟王大天交代,都是你他妈的惹起来的!你该死呀,你!"

"天来哥,再去捞一捞,或许有救呢。"我抱住了马天来的脚不放。

"去你妈的,"马天来又给了我一脚,"都什么时候了,还有救?早就喂鱼了!姓金的,老子跟你拼了!"

马天来蹲下来，挥起拳头就往我身上砸，直砸得筋疲力尽才停手，然后双手捂着脸，放声痛哭。

"呜——"我也扯开嗓子哭开了，一步一步爬到水岸边，喊："小快妹，我也不活啦！"一头栽进水里去。

但我很快就被提了起来，扔在地上，淌下一摊水。马天来说："你妈的就是该死，也要等老子走了你再死，别再他妈的连累我们！"

我趴在地上，放开嗓子长嚎起来……

2

日上三竿的时候，一个妇女的哭嚎声由远及近，越来越清晰地传来。走近了，又伴随着一个男人的悲鸣声。他们一遍又一遍地喊着小快的名字，哭声里充满了悲恸和绝望，一听就能把人的泪水引出来。

"我的小快呀，你的命咋这么苦啊……"

"小快呀，我就你这么一个闺女，往后让我们两个老人咋活啊……"

"小快呀，你死得冤啊……"

马天来哭哭啼啼地迎着王大天，说："表叔，我可尽了力啊。这可怎么办，我一辈子也完了！"

"你狗日的是白吃饭的吗？这么多人看不住小快，你他妈的还我的女儿！"王大天揪住马天来的衣服，举手就揍他，却腿一软，瘫在地上。

"表叔，不能怪我呀，怪就怪金心亮，他把小快藏起来了，不让我们抓小快，我们只抓到了他，小快她就、就……"马天来哆哆嗦嗦地哭道。

"你还我女儿来！"小快妈一转身扑到我面前，伸手就抓我的脸，抓我的衣服，"金心亮，你这个白眼狼！我们家待你这么好，你却害我们。"

"婶，你打吧，把我打死算了。"我把脑袋伸过去。

"你拐了我的女儿，却没有看好她，你怎么不死！你怎么不死！"

王大天坐在地上，手哆嗦着，也指着我大骂："打！打死他！打死这条小毒蛇！你可要了老子的命哪！"

"我想死，我想死，可我没有死成啊！"我不躲不闪，扯着沙哑的嗓子哭喊起来，"我也不想活了！"

"那你死！你快死！陪我女儿一块儿死！"小快妈使劲把我往湖边推去。

我哭嚎着，慢慢爬向水边，边爬边喊道："小快妹，等等我，我来了。"一头扑到水里，咕噜噜呛了一口水，一直沉到湖底里。

但我很快又被提出来了，有两个人趴在岸边，将我的衣领拎住，朝上一提，然后把我甩到地上。我的肚皮正好硌在一块坷垃上，一股脏水喷涌而出，吐得我脸色苍白。

"你们为什么要逼我们，"缓过劲儿后，我又扯着嗓子哭，"是你们害死了小快，你们还我的小快！"

"小快是我的女儿，是你什么人？"小快妈冲我吼道。

"小快是你的女儿，也是我的女朋友。你们还我的女朋友！"

"呸，狗屁女朋友！她年幼无知，上了你的当！马天来才是他的对象！"小快妈瞪着眼睛朝我扑来，"你这个小骗子！"

"我要告你们！"我继续哭喊。

"表姊，别跟他废话。你说一句话，我来收拾他！"马天来朝我走来，抬腿就踢。我除了痛哭，没有任何反抗。

"别打了，警察来了！"有人喊了一句。

人们一齐朝远处看去，果然有两位穿黄制服的警察，昂首挺胸地朝我们走来。其中一个左右看了看，问："哪个是失踪者的家属？"

"我是她爸。"王大天有气无力地说。

"你说说，到底是怎么回事？人是怎么掉进水里的？"一个警察掏出胳肢窝儿里的文件夹，打开笔，做出记录的样子。

"我女儿……"王大天欲哭无泪。

"叫什么名字？"

"王小快。"

"落水的情况？"

"我女儿被人拐跑了，我找人去追，追到这湖边，谁知……也不知道是自己跳下去的，还是被人推下去的。"王大天泣不成声。

"我就这么一个女儿啊，往后我怎么活啊。"小快妈也悲恸欲绝。

"当时还有谁在场？"

"马、马天来,是他当时带人追的我女儿,他亲眼看到的。"

警察又问了一些情况,径直来到马天来面前,问:"你叫什么名字?"

"马、马天来。"马天来结结巴巴地说。

"你就是马天来?"警察朝地上的我指了指,"你刚才为什么要踢他?"

"警察同志,王小快就是被这个小子拐走的,我带人追他们,王小快就自己跳水了。这小子是罪魁祸首啊,他必须受到严厉制裁,我恨不得一口吞了他!"

"王小快是你什么人?"警察问。

"她、她是我的媳妇儿。"马天来眨眨眼睛说。

"登记了吗?"

"没、没有。"

"没有,那就不是媳妇儿,懂吗?"

"是、是。"

"王小快是怎样掉进水里的?把你知道的情况全说出来。"

"我、我们追上了他们,他们就分头跑。我先逮住了男的,把他打了一顿,小快就自己站了出来,让我放人。我想把他们全抓住,就没有放,她就往湖里跳。不信你问问其他的人。警察同志,我们可是正义的行动,自古以来,拐骗良家妇女的人,那可都是要活埋的!"

警察没有理他,又来到我面前,问:"你叫什么名字?"

我说:"金心亮。"

"哪里人?"

"豫南新县金家湾。"

"王小快是你什么人?"

"是我的女朋友。"

"你为什么要带她走?"

"我和小快妹妹情投意合,互订终身。不想遭到了她父母的强烈反对,他们派人打我,还把小快妹妹捆起来。为了我们的爱情,我救下了小快,和她连夜逃了出来,没想到……"我也泣不成声。

马天来跳过来说:"王小快是你的女朋友?你真他妈的厚颜无耻。我还是她的未婚夫呐，准备年前就倒插门的。你去问问我表叔表婶，看看到底是不是！"

"你说你是王小快的未婚夫，她承认了吗？"警察打断了他的话。

"警察同志，她可是一个孝顺的孩子，她爸她妈同意了，她能不同意吗？"马天来据"理"力争。

"王小快既然同意了，为什么她还要跟金心亮走呢？"警察问。

"这……"马天来一听憋红了脸，"她是上了金心亮甜言蜜语的当，不能作算。"

警察把王大天夫妻也叫到跟前，对我们说："事情的来龙去脉，我们已初步搞清楚了。王小快和金心亮是自由恋爱，由于她是家里的独生女儿，王大天夫妻想把马天来招进门来，做上门女婿，所以坚决反对这门亲事。他们为了逃婚，双双逃离王家，准备去金心亮的老家。后来，王大天夫妻发现了，派马天来带人追赶。追到湖边，终于找到了他们的行踪，两人就分头逃跑。不想金心亮为了掩护王小快，被马天来抓住，遭到毒打。王小快为了救金心亮，以跳水的方式逼迫马天来放人。没想到，她沉入了湖底，直到现在也没有消息。你们对这个分析有什么异议吗？"

"经过虽然是这样，但事儿是金心亮惹起来的，他的责任怎么也推脱不了啊。"王大天蹲下地，伤心地哭起来。

"我们要求将金心亮逮捕法办！"马天来也说。

"金心亮与王小快自由恋爱，那是受《婚姻法》保护的，何罪之有？倒是你马天来，非法干涉他们的自由，并且绑架、殴打金心亮。我们认为，你的行为才是悲剧的直接原因。现在，请你跟我们去派出所做深入调查吧。"

"什么？"马天来吓得直往后躲，但被另一个警察给拦住了。

"还有你们做父母的，"警察又指了指王大天，"干涉婚姻自由是错误的。现在你的女儿生死不明，你们非常难过，心情是完全可以理解的，所以暂时不对你们进行处理。你们就在这里等着吧，湖务处马上派人来到这里打捞，你们要全程候在这里。"

"把金心亮也带走，不能便宜他！"马天来喊。

"金心亮的女朋友没有了，他也伤心啊。让他也等在这里，等候最终结果吧。"

警察走后，湖面上果然开来了两艘打捞船，突突地叫着，拖着网在水里捞来捞去，除了捞起一堆堆的淤泥烂草，什么也没有发现。

"我的女儿啊！"小快妈又对着湖面痛哭起来，我们每一个人的心都一阵紧一阵的痛。

3

两条打捞船采取地毯式搜索，每一个死角都不放过，忙了一上午，仍然一无所获。这时，一只船靠了岸，从上面跳出一个人，走到王大天面前说："你是落水者的父亲吧？你都看见了，人是找不着了。干了这么长时间，按规定，我们该回去了。"

王大天扑通一声跪下地，哀声请求说："师傅，麻烦你们下午再来忙半天吧。总共这么大一块地方，她能落到哪里去呢？我生要见人死要见尸啊，我不能眼见着我的女儿喂鱼啊。求求你了，师傅！"

"唉！"打捞者长叹一声，一边拉王大天一边说，"我能理解，我能理解。"

下午，两条打捞船又在同一水域重复作业了半天，仍然一无所获。

天渐渐黑了，打捞船开走了，站在岸边围观的人们已渐渐离去。湖边只剩下王大天夫妻和我。王大天红着眼睛，盯着湖面欲哭无泪，小快妈早已哭哑了嗓子，整个身子都瘫在地上。我跪在岸边，一遍又一遍地呼唤着小快的名字，悲伤的情绪占领了心间，挥之不去。我不能接受早上还依偎在一起的心爱姑娘，突然间与我阴阳两隔，连尸体也找不着。我心里充满着哀伤、悲愤和绝望，我恨不能也跳到水里跟她一块儿去死，但我此时已没有死的勇气。我恨王大天夫妻的干涉和阻挠，造成了这场悲剧，但我又没有理由去伤害他们，他们失去的却是自己的亲骨肉啊。我只有空洞的呼唤和诅咒，呼唤小快的名字，咒骂老天爷的不公……

湖面起风了，一股股寒意吹打在我的身上，让人哆嗦不断。我那湿透了的衣服，在白天太阳的朗照下，已晾干了水分，但仍然湿气很重。又饥又饿的感觉,让我麻木,我甚至自暴自弃,想就这样冻死算了。

就在太阳沉入西山的那一刻,有一对老夫妻匆匆赶了过来,老头儿拎着饭盒,老太太抱着衣裳。他们笑眯眯地到了王大天夫妻跟前,说:"大侄子,你们的事我们都知道了。自己的孩子找不着了,换了谁也伤心落泪啊。我们都看见了,你们一天没吃东西了。人不吃饭哪能行呢!本来就失去了亲人,总不能把自己也活活饿死吧?我们老两口一商量,就给你们送了点儿吃的来了。孩子啊,听大叔的话,你们家里已经伤了一个,不能再伤第二个啊。"

老太太也抹着眼泪,唔唔地点着头。

老头儿打开饭盒,拿出两只小碗,给王大天夫妻每人倒了一碗米粥,外加一个馍。"孩子,吃吧。"老太太说,"这馍是我们老两口新蒸的,可别饿坏了身子啊。"

"我怎么吃得下去啊!"王大天端着碗,泪水长流。

老太太给小快妈也端去了一碗粥,说:"大侄女,你做妈的心疼自己的孩子那是天经地义的。可是,光伤心也不是办法,你也得好好活下去啊。"

"大婶子,你们是好心人。可我的女儿年纪轻轻的就没了,我还活着有什么意思?同我女儿的命相比,我的命还值什么钱啊?我的苦命的小快啊!"小快妈不愿接。

"孩子,听大妈一句劝。我就是这湖边长大的,这湖边哪年没有几个落水的啊,哪年不被湖神爷带走几个啊?要是走了一个,家里的人就不活了,那得死多少人?过去都讲究命,一个人的命、一个家的命,都是老天爷安排了的,你再怎么哭也改变不了啊。孩子,你的女儿在那边都看着你们呢,她能希望你们做父母的不吃不喝、寻死觅活吗?听人的劝,抬起头来,把稀饭喝下去。"

老太太好说歹劝,小快妈才勉强接过碗,喝了几口饭。

待他夫妻都进了食,老头儿又走到我跟前,说:"年轻人,你也要吃点儿。你这孩子啊,要跑,怎么不和你对象一起跑?你俩要是在一起,她能跳下去,找都找不着吗?"

老头儿的话激起了我内心的伤痛,我用拳头捶打着地面,放声嚎叫起来。

老太太也走了过来，埋怨老头儿说："你是来劝他的，还是来火上浇油的？我看这小伙子不错，对象没了，他寻死觅活的，够仗义。孩子，你瞧你的衣服都还没有干呢，奶奶我跟你带来了一件褂子和一条裤子，快换上吧，别着凉了啊。"

在老两口的帮助下，我换了一身干净衣服，还喝了一碗清清的米粥。

老两口走后，夜色越发浓了，只有远处稀稀的灯光刺破了夜的严实，照着平静的湖面，让人感到生命尚在。我们三个人仍然守在湖边，默默地不忍离去。我们知道，奇迹是不可能再发生了，我们心照不宣地等待着小快能够自己从水底下浮上来。我们要见到她的尸体，再给她送最后一程。

这一夜，我们谁也没有眯上一觉。

我们一直在这里守候了三天。其间，王大天的弟弟王大地夫妻也赶了过来，替他们的兄嫂守候在湖边。王大地还专门请了船，在湖面和河面上四处巡游，寻找尸体，均无踪影。他们不得不彻底放弃了这徒劳的寻找。就在第四天，这对姐娌坐在湖边痛哭了一场，并焚烧了纸钱之后，一家人搭乘一辆拖拉机离去了。

没有人搭理我，我只好继续守在湖边。现在，我已无家可归了。老家是回不去了，因为我连一分钱也没有。再说，我也不忍心就这样离开小快离去的地方，我从内心里感到小快仍然就在我的身边，她的音容笑貌仍然在我的眼前闪现。我也不可能再去王家，他们已经把我当成了仇家，恨不能吃下我。我也不能去刘有仁那里，从我们向他要钱的那一刻起，我们就算决裂了⋯⋯

我坐在湖边，日复一日地望着涟漪不断的湖面发呆，脑子一片空白，什么都不愿去想，什么也不愿去做，甚至连身子也懒得动一动。我的身边有好心人施舍的馍和米饭，我想吃就啃一口。我不知道我的未来是什么，我也不知道自己将要干什么，就这样等着，也不考虑今后的路。

4

五天后，一个青年人笑眯眯地蹲在我面前，我认出来了，就是曾经给我送馍的众多好心人之一。我一直懒得说话，既不打招呼，也不说"谢"字，我的语言功能已经关闭了。他递给我一支烟，我摇摇头，没有接。他自己点上了，说："哥们儿，够意思！你在这里为女朋友守了七八天了，连她的父母都做不到啊。你的对象泉下有知，也知足了！"

我动了动嘴唇，仍然不想说什么。

"哥们儿，不是哥劝你，是哥心疼你。都这么多天了，你还在这里守着，虽然心情可以理解，却一点儿也不值当。我就是这附近的人，你知道吗，就在这座桥上，每年总有几个人跳下去，寻了短见，有的两三天后就浮出了尸首，让湖水泡得又白又胖，要不怎么会漂起来呢？却也有的压根儿就找不到尸首。据老一辈人讲，这湖里有千年王八、百年鲤鱼精，都是吃人肉的，都说没有浮起来的，是让这些精怪吃了。兄弟，不是大哥说得难听，你要有个思想准备。还是回家去吧。你的女朋友泉下有知，也不愿意你在这里死守着啊，那是徒劳无益的。"

"谢谢你的提醒，"我许久才憋出一句话，却像小鸭一样难听，"我已无路可走了，就在这里守着吧。反正我活着也没有意思了。"

"够意思，一听你这话就知道你是个知情重义的汉子，哥就佩服这样的人！"他使劲地抽着香烟，思考着要说的话，"兄弟，我知道你不是这里的人，不忍心马上离开。可是，你可以再回到你女朋友家里啊。"

一听这话，我动了动嘴唇，苦笑了一下。我想：他们不找我算账，我就烧高香了，因为在他们眼里，我才是罪魁祸首啊。

"兄弟，你的意思我懂，"他点点头，"你是怕你女朋友的父母饶不了你。其实，我也看见了，要是真的不饶你，早就把你怎么样了！可你现在还好好的，不正说明他们还不能把你怎么样吗？要知道，你和他们丧失的，是同样的人，这个人又同是你们最亲的人，这是你们的共同点。再说了，人都死了，他们又能把你怎么样呢？你回去，要是他们真的把你怎么样，你也闹，找他们要女朋友去！"

他的话一下子提醒了我！要说这件事，错也错在他们身上啊，警察都下了结论！我得去看看，看看他们到底有什么打算。人死了，就算找不到尸首，也不能就此罢休啊。我要督促他们做点儿什么，人死不能白死，也要按一定丧礼进行安葬啊！

于是，我谢过了他，拖着疲惫的身体，摇摇晃晃地往回走去。这一走，歇歇停停的，走了大半天才到王家畈。此时，村子里仍然见不到几个人，有几个小孩见到我，露出惊奇的神色。我鼓足精神，径直去了王家，一脚踢开了王家的门，发现里面一个人也没有。于是我在堂屋里巡视了一周，发现小立柜里放着几瓶白酒。我傻笑了一声，掏出一瓶，咬开瓶盖，咕噜噜喝了一大口，一股热辣辣的感觉起于腹腔，漫过全身，通向大脑，就感到浑身有使不完的力气。我继续喝，同时从盘子里抓起一把咸菜，塞进嘴里，边吃边喝。一瓶白酒，很快干了一大半。

王大天从外面赶了回来，见了我，吃了一惊，厉声呵斥道："你怎么来了？谁让你来的？混蛋，你还有脸来？"

我嘿嘿地苦笑了一声，大声喊道："这是我女朋友的家，我为什么不能来？"

"你还有脸提这个？是你害死了我的女儿，你还我的女儿来！"王大天扑到我面前，揪起我的衣领，一巴掌扇在我的脸上。

我把半瓶酒狠狠砸在方桌上，"叭"的一声，玻璃碎片和酒被溅了一地，我哭喊道："小快是你们害死的，你还我女朋友。你不还我女朋友，我也不活了，今天我就死在这里，给小快陪葬！你快杀了我，你不杀我，我就杀了你！"

王大天无疑被眼前的景象吓住了，很快冷静了下来。他没想到我会这样，他抱着脑袋，蹲在地上放声痛哭："小快啊，你真是瞎了眼啦！你瞧你交的是什么朋友，还要跟人家走！他今天这是来我家闹丧来了，他成心不让我们安生啊。他是一个白眼狼啊，你白跟他好了。小快，你不值当啊，你这个傻孩子！不值当啊！"

王大天的哭声，把我从迷茫中唤醒过来。我泄了一口气，感到自己是亏了理。我想起了小快的话："不许恨我爸！"这是小快的家呀，他是小快的爸爸呀，我这样做，怎么能对得起小快呢？于是，我也抱着脑袋蹲下地，放声痛哭："小快妹妹，我不是成心来家里闹，我是伤心难过呀！不是他们干涉我们，你能走得这么匆忙吗？小快妹妹，我没有保护好你，我有罪啊，我活着还有什么意思啊，我想跟你一起走啊！小快，你等等我吧，我明天就跟你走,去另一个世界相会!"

我的哭声似乎也震住了王大天。半天我才听到王大天说:"金心亮,你要是真的想着小快,你就赶快离开这里,别再来我家里好吗?见了你,我从头到脚都凉透了,我恨不得把你碎尸万段,你知道吗?你还是快点走吧,就算我上辈子欠了你的债,今生不得不搭上我女儿的性命来偿还你好吗?"

我知道此地不可久留,便顺从地站起来,抹了一把眼泪,折身从柜子里摸出另一瓶白酒,一栽一倒地出了门。此时,我的眼前模糊一片,整个村子都在摇来晃去。我转了一个圈儿,仍然没有走出村庄。就在这时,我从村子里的公共菜园方向,听到一个妇女的哭泣声,口里喊着小快的名字。于是,我又一栽一倒地去了菜园。走近了,才见一个妇女正在一堆新土丘面前烧纸,已经完了活儿,提着筐子准备离开。一回头见了我,她吃了一惊,站立不动了。

"这是小快的坟吗?怎么这么小?"我厉声问。

"这里只埋着小快的衣服和用品,是一座空坟。"小快妈讷讷地说。看得出,面对一身酒气的我,她也有几分胆怯。

"不行,得做一座大坟,还要立碑!"我不知道从哪里冒出来的勇气。

"是,我回去跟她爸商量商量!"小快妈低着头,绕开我离去了。

我往前走几步,双腿直溜溜地跪在坟前,喊声"小快妹",便泣不成声了,"我该死!我没有保护好你,我该死啊!"然后我扑到坟上,抱着小土堆紧紧不放……

5

一觉醒来,我还紧紧地抱着小土堆。身上湿漉漉的,头发上的露水一滴一滴地往脖子上灌。睁开眼,才见到太阳已升了起来,阳光斜照在菜园上,我知道自己已经睡了整整一夜。想到小快,我又抽泣了一声,喃喃地说:"小快,天亮了,该起床了。"我端正身子坐好,感到心里十分难受,脑袋昏沉沉的,肚子里空荡荡的,嘴巴也苦儿吧叽的——那无疑是酒精燃烧的结果。

饥饿也朝我袭来,四肢没有一点儿力气。我便从菜地里拔出两只大青萝卜，在自己身上擦干泥土，给小快的坟前放一只，自己啃一只，念道："小快，该吃早点了。我实在是饿了，先吃了。你不知道，我有好几天没好好吃东西了，昨天还喝了酒，心里难受。"停停又说："这萝卜还是你种的呢，当然也有我的功劳。你忘了，萝卜苗出来的时候，好多天没下雨，我们就给它浇水。我挑水，你浇园，就像《天仙配》里的董永和七仙女。嘻嘻，当时的窗户纸还没有戳破呢，要不然，我就唱'夫妻恩爱苦也甜'。"

我一眼瞥到了那瓶白酒，于是拿过来，咬开，喝了一大口，说："小快，我学会喝酒了，喝酒好，迷迷糊糊的，睡一觉就把一天一宿打发过去了，什么都不用去想，什么都不用去做。我知道你肯定反对我喝醉是吧？你放心，我就喝几口、几口，不碍事。"

吃了萝卜，喝了酒，我继续说道："小快，在这里，我只有你一个亲人了。连你爸你妈也恨我了，说我害死了你。其实，你心里有数，到底是谁害死你的。你瞧我今天这个样儿，像一条丧家的乏走狗，吃没吃的，穿没穿的，住没住的。要是你还在的话，我就不会这样了。"想了想，又说："你肯定给我做鸡蛋吃，你煮的荷包蛋可好吃了，白白的皮儿包着黄黄的馅儿，当然，你做的蛋炒饭也好吃。自从住在你家，我胖了许多，真的胖了许多。"

我笑了笑，又说："你从前不爱打扮，自从我进了你家门，你就爱抹珍珠霜了，穿得也讲究了，我知道你是做给我看的。我心里有数。你还爱学文化，爱读书，后来又爱写诗，当然也是为了我。你为了我能够听到口琴，就想学，结果没学成。嘻嘻，没关系，你的心意我早就领了。对了，你还会唱歌，你唱的豫南小调可好听了，就像我们老家的船娘子唱的。小快，我知道你也喜欢听我唱，我再给你唱一段好不好？唱个《十恨》吧，这个小调我特熟，我们那里没结婚的混小子，就爱唱这个，过瘾……"

一恨我的娘

一恨我的娘，

男大女大正相当，

咋不打嫁妆。

二恨我街邻，

二恨我街邻，

男大女大已成人，

咋不来提亲。

三恨张媒婆，

三恨张媒婆，

男大女大差不多，

咋不来撮合。

四恨我的他，

四恨我的他，

你大我大一般大，

咋不催你妈。

五恨我公婆，

五恨我公婆，

儿大女大都不错，

咋不来接我。

……

"就唱这么多吧，剩下的记不得词儿了。小快，好听不好听？就是词儿不怎么样吧？我知道，这是闺中待嫁女子唱的歌儿，唱出了她们想说又不好意思说的心声。可是这样的小调不能在大姑娘面前唱，一唱就有挑逗的意思。不过，你放心，对你，我决没有这个意思。其实，小快，在我心目中，你已经是我的媳妇儿了，是我相亲相爱的爱人了。昨天晚上，我们还睡在一起呢，我梦见我们……嘻嘻，不说了。反正你是我的人了，我这辈子只有你一个最亲最爱的女人。我现在已经不把你当做小姑娘了，把你当做我的妻子。不管我将来是生是死，是打一辈子光棍还是结婚生子，我都把你当做我的妻子，就算不是唯一的妻子，也是第一个妻子。是妻子就要永远记住，永远行夫妻之礼。就算别人不认，我也永远都认！"

顿了顿，我又说："我知道你是为了救我才被湖水吞没的……"

我忽然心里难过起来，咕噜噜又吞了一口酒，道："小快，你为了不让我挨马天来的打，才跳进湖里去。我是没有再挨打了，可你呢？你再也没有上来过。小快,你不该这样做。我们当时不是讲好了吗?你赶快逃,逃到我老家去躲起来。你走了,他们还能把我怎么样?最多再打我一顿!打不死我,我就回去找你。要是真打死了,也没有关系,只要你不死就中。可是,你没有了,我还活着,我活着怎么办呢?连个疼我的人都没有!"

我泪流满面,继续喝酒,边喝边唠叨,直到一瓶酒喝干了,倒在坟前不省人事为止。

6

这一觉,一直睡到天黑。醒来时,星光点点,雾气沉沉,露水在空中飘来洒去。一阵北风吹来,让人打了个哆嗦,浑身长满了鸡皮疙瘩。"冻坏了吧,小快!"我翻过身来,用沙哑的声音对小土丘说——我的嗓子明显被酒精烧坏了,"小快,天越来越冷了,我们的衣服挡不住寒了。都怪我,光顾喝酒,没有考虑你的冷暖,让你受凉了。不过,我有办法……"我立即爬进黑咕隆咚的菜园,把盖在萝卜上的稻草搂一抱过来,铺在小土坟上面,又搂一抱过来,一边铺在坟前,一边盖在我自己身上。"这样,我们就能暖和一些。好了,不说了,我还没有睡好呢。"然后,我靠在小土堆上,继续酣睡。

就这样,我在小快的坟前吃了许多天萝卜,唠了许多天闲话,唱了许多天小曲,嗓音都变了。这日,老天爷忽然变了脸,呼呼的北风一刻不停地吹来,把淅淅沥沥的秋雨也带了过来,泥土顿时湿透了。我知道寒冷的冬天已光临了江南的山水,虽然人们不必穿上北方的棉袄和皮夹克,但起码要穿上几件内衣,才能抵御寒风。我只穿着一件衬衫和外套,在北风吹打的原野上,显然不能挺过来。但幸亏菜地里铺满着稻草,我把这些稻草收集一部分,铺在小坟丘的南面,再用一部分稻草做"被子",铺在自己的身上,盖住自己的头脸,整日整夜地躺在草堆里,一动不动。我已没有心思说话了,我的当务之急就是挺过这阵持续不断的寒风秋雨。幸亏这些稻草真管用,既为我挡住了寒风,也为我挡住了秋雨。我的脑子里不断回忆着这些天的所经所历,想着善良体贴的小快,想着小快对我的好,想着一个鲜活而又柔顺的生命,突然间从这个世上消失,我的眼泪一遍又一遍地流淌，感到我的生命也到了尽头，没有什么指望了，我没有勇气战胜这个艰难的时期。后来，我的脑子里又产生了许多幻想：小快死而复生了，从湖里走了出来，和我紧紧地拥抱在一起，诉说着自己这些天的离情别意，我们俩从此更加恩爱了；不知何时，小快突然变成了小仙女，飞翔上天，和天上的七仙女一起，被称为"八仙女"，她经常飘下人间，和我在橘子树下幽会，还为我生下了一个可爱的小仙女……想着想着，直到不知不觉地进入了梦乡。

若干天后，才雨过天晴。抬头一看，四周的沟沟壑壑里灌满了雨水，而我睡觉的地方，地面还是干燥一片。我掀掉这些稻草，将湿的一部分晾在高处。然后伸直了腰，活动了一下腿脚。我的四肢已蜷缩多日了，今天才难得地舒展开来，感到关节里透着舒服和轻松。这时，久违的太阳正在头顶上朗照，晃得人差点睁不开眼了。阳光的温度透过单薄的衣衫，烘热了我的皮肤，精神和力量又重新迸发出来。

当头脑清醒过来，重回现实的时候，一股悲凉的感觉透过全身，让人的情绪跌回到最悲哀的底层。我知道我的处境，我不仅失去了心爱的对象，也失去了回家的可能。我在这里只能等死，等到和小快一起入葬！我的泪水又流了下来，我感到已经失去了一切：生命、前程和理想。于是，我又想起了喝酒。酒是麻醉大脑的最好药方，让人既不能马上死，也感受不到现实的折磨。我想起来去找酒。走了几步，又回过头，对小快的坟说："小快，等等我，我去一趟就回来。我找咱爸要点酒，找咱妈要点好吃的，给你的。你怕我要不着吧？你放心，我就不相信我丈人爹跟我丈母娘不给面子，你等等我啊。"

我踏着泥泞的小路，一歪一倒地进了村子。村子里的人都在自己的门口晒衣服、晾被子，也有的在晒稻谷。我懒得理睬他们不解的目光，直接去了王大天家。王家的门上了铁锁，我费了半天工夫，才卸下一扇门，让它歪在另一扇门上。我侧身进去了，果然发现还有两瓶白酒立在柜子里，我毫不犹豫地将它们揣进自己的外兜里，又去了厨房，见到了一碗剩米饭，把米饭也端了出来。站在门口，回头看了一眼歪歪的那扇门，也懒得装上，挺挺胸膛回了菜地。

"小快，你好几天没有吃米饭了吧？"我笑呵呵地说，"是啊，连我都没有吃上，你怎么会吃得上呢？在你家里的时候，哪一顿饭，不是我先吃呢？今天，咱们有米饭吃了，是咱妈给咱们做的，吃吧。"我从碗里抓一把放在小坟头上，自己也吃一把。然后，我又咬开酒瓶，往坟头上倒了一点儿，说："喝点儿吧，我知道你不喝酒，也不希望我喝酒。但我今天想喝，我心里苦。"我咕噜噜地来了一大口，"喝了酒，心里就不苦了，就把苦忘了。我知道你心里肯定也苦，那就借酒浇苦吧。"我一边流着眼泪，一边喝酒、吃饭。饭没了，又从地里拔出萝卜，往稻草上擦了一下，接着下酒。直到一瓶酒见了底，我才神志不清地歪在地上，呼呼地睡去了。

醒来后，也不知道是哪天哪日了，恍若隔了好些时日。这时的肚子空落落的，寡得难受。于是，我又起身去拔萝卜吃。我仿佛记得还有一瓶酒，但已经找不着了，还记得一只碗，也不知去向了。丢就丢吧，可能是王大天来过了，我也懒得寻思。吃了一大堆萝卜，力气重新回到身上，又想喝酒。于是又歪歪倒倒地进了村子。这次十分不幸，王家换了门，不是能卸的那种，而是有合闪的那种门。我又去了厨房，厨房也换了门。我自嘲地笑了一下，对自己说："完了，老丈人防着我呢，不让我喝酒，也不让我吃饭。"

我在门口转了一圈儿，忽然心里一亮，不自觉地走向村中央的位置。那里有一家小卖部。我摇摇晃晃地进去了，好半天才站稳，发现卖货的那个小姑娘正吃惊地盯着我，脸色十分慌张。我笑了笑，问："小妹妹，还记得我吗？"

小姑娘点点头。

"给我拿两瓶酒。"

"一共四块。"小姑娘一边拿酒一边说。

我把酒揣在怀上，说："该着，找我老丈人王大天要去。"

"不行，我的小卖部是不赊账的。"小姑娘急了。

"你认识王小快吗？我是王小快的男朋友。小妹妹，小快可跟你是好伙伴，经常在一起玩儿是不是？看在小快的面上，你就赊我一次吧。"我朝她鞠了一躬，差点儿栽倒。

"嗯，好吧。"小姑娘心软了。

我走出门来，嘿嘿地笑起来，感到十分满意。一高兴，咬开一瓶，伸开脖子就灌了一口。"小快，还是你的人缘好。往后，我就打着你的旗号，就当是你替我赊的酒，哈哈。"

7

然而，下一次，我再也没有这样幸运了。

当我再次光临小卖部时，小姑娘坚决不赊账，说这是她爸她妈交代的，再赊，他们就打断她的狗腿。我说："我不会欠账的，我老丈人在这里，你怕什么？"

小姑娘望了我一眼，笑了："就是王大天来说的，不让我赊账。他说，你根本不是他的什么人。"

"他敢不认！他不认，王小快认就行！小妹妹，我们都是年轻人，我们的事你都知道了吧？你难道就不同情我吗？难道你就不同情小快吗？你将来就不找对象了吗？你将来就不嫁人了吗？万一你的爸妈干涉你的恋爱自由，你的心里会怎么样？"我开导说。

小姑娘脸一红，噘着嘴巴说："这是两码事，我爸我妈不让我赊，我也没有办法。"

"好吧，我理解你的难处，我可以不拖欠了。要不这样，你跟我去铲我老丈人的谷，用稻谷抵你的账，行不？"

小姑娘朝我笑，还是摇摇头。

"好，好，我就知道，一畈子里的人都欺负我，还让不让老子活了！"我急了眼，狠狠朝柜台上捶了一拳，"拼了，正好我不想活了，给小快殉葬！"

"你想干什么？"小姑娘害怕了。

"拼了！"我又朝柜台上砸一拳。

小姑娘吓得直往后躲，连连点头说："行，行，你随便拿好了。"一直退到后门，转身逃走了。

我又嘿嘿地笑，自己动手拿到了一瓶好酒，掂了掂分量，唱着小曲就出门了。

正低头走着,王大天忽然站在我面前,吼了一声:"站住!"

我愣了一下,抬起头,没有说话。

"把酒给人家送回去!"王大天下起了命令。

"这事儿不让你管!"我心一横,倔劲儿也上来了。

"可你不该打着我王大天和我女儿的旗号,你既然打了,我就得管!"王大天比我还坚决。

"我不打了,就当是我抢来的。"我咬了咬瓶盖,准备喝酒。

"不准动!抢东西是犯罪的,那就跟我去派出所,警察说你该喝,你再喝。"

"你别管,喝完了,我自己去派出所。"我心虚了。

"路见不平,拔刀相助,我今天管定了。"王大天一把抢回那酒,递给站在一旁的小姑娘。

"小快呀,"我抱着脑袋,蹲在地下号啕起来,"你都看见了,你快来救救我吧,你爸不让我吃、不让我喝,我还不如现在就死了算了。"

"瞧你这出息!"王大天鄙夷地说,"身上又是土又是草,糊得跟一个鬼差不多。怎么,没吃没喝的,就出来偷、出来抢来了?就到处耍流氓、充无赖?小快怎么看上了你这样的人,她要早知你是这种人,还会跟你走?掐也掐死你了!"

我无话可说,依然号啕大哭。

"要喝酒,去我家吧。我今天请你的客。"王大天拉起了我,一直把我拎到家里去。

我坐在方桌旁边,不说话,也不知道他们会把我怎么样。但王大天很快端来一碗青茶,让我喝。小快妈则从房里抱了几件衣裳出来,让我洗澡,换上。

看见今天的气氛有些异常,我就顺从地去了房间,果然有一盆热水在等着我。我确实该洗澡了,便抽出一条毛巾,脱光衣服,打湿毛巾在身上胡乱擦了擦,换上干净衣服,顿时觉得浑身透着清爽舒服。然后又回到方桌边,静静地坐着,喝着茶水。

一碗青茶喝罢，几盘小菜也端上了桌子，是炒鸡蛋、豆腐和萝卜白菜，一股清香扑鼻而来，使人情不自禁地吸溜了一下鼻子。

不一会儿，王大天拎着一瓶酒回来了，坐在我对面，给我满一碗，也给自己倒一碗，说声"喝"，自己先喝了一口，吃了一口菜。

"好久没有吃热菜了吧？"王大天的声音出奇的温柔，充满了关心，这可是出乎意料的！于是，我也低头喝了一口，觉得特别过瘾。

"心亮啊，"吃到半截上，王大天又说话了，"这些日子，我们都看见了，你为小快守了一个多月的坟，也吃了一个多月的萝卜，不仅吃了我园子的萝卜，也吃了别人家的萝卜。我知道你是一个讲情义的，小快虽然死了，要是看到你这么讲情义，也知足了。"

王大天给我夹了一筷子鸡蛋，继续说："可是，人死不能复生，你不能老是这样啊。要说小快死了，连个尸首也没有，最伤心的还是我们两口子，那是我的希望和未来啊。她没了，你将来还能再找一个女人，我们呢，不可能再有一个女儿啊。心亮，我们要是像你这样，还不早死了啊。"

王大天说着，眼睛红红的，低头擦了擦，说道："心亮，你的心意已经到了，就到此为止吧。叔今天请你，也是要告诉你，你该离开这里了，眼看年关近了，你也该回去了，你妈还在老家等着你是不是？"

给我添点儿酒之后，王大天接着说："就算叔求你了，你在这里待一天，我就会伤心一天，就想念小快一天。你婶的嗓子都哭哑了，身子油都熬干了啊。我们真的想忘掉过去，想从头开始，不希望你再来骚扰我们。"

"我不会连累你们的。"我半天才瓮瓮地回答了一声。

"你怎么会不连累我们呢？"王大天说，"你在这里不走，你知道村里的人是怎么说我们的？我们脸上无光啊。再加上你这种耍无赖的德性，他们不骂你，骂的是我呀。心亮，如果你还有良心的话，就忘了我们，忘了小快，赶快走吧。对了，你要是没有车费，我给你钱。"

"我不要你的钱。"我摇摇头。

"那你答应离开这里了？"

我低下头，眼泪簌簌地流下来。我知道这一天迟早会来的。如果我不死，我就得离开王家，离开王家畈，甚至离开江西。如果我想死，也不能死在这里，那不是更连累了王家吗？想想我走也不是、不走也不是，生也不是、死也不是，不觉黯然神伤。然而，我又必须马上做出选择。

等我流完了眼泪，代之以喟然长叹。王大天不失时机地给我端起酒，递到我的手上，然后也端起酒跟我碰杯，咕噜噜一口先喝完，说："喝完酒，我们吃饭吧。"

我只吃了几口饭，再也无心吃下去了。我一直处于深思之中，想着自己即将要走的路……

第六章

万念俱灰的日子

1

在我决定离开王家畈的那个晚上,我背着小快妈为我准备的行李,再次坐在小快的衣冠冢上,守了最后一夜,也同小快唠了一夜。

我扶着小快的坟头,一遍又一遍地说:"小快,你知道吗?离开你的身边,是我一生最大的煎熬之一。我想了许多,我感到自己一切都完了。我注定成不了文学家,那是需要很长时间准备的。你说得对,我的学习条件、我的家庭环境和生活压力不允许我们这样做。我也注定成不了有出息的农民,如果有你的帮助,我或许还能创造出一点儿什么。可是,你没了,我连起码的精神支柱都没有,我生不如死,还能干什么呢?"

我唏嘘再三,又说:"本来,我打算就在这里陪着你,陪你度过一生,死了就埋在你的小坟丘旁边,也不枉和你好一场。可是,你爸——我老丈人说了,这样做不行。许多眼睛都在盯着他们呢,在他们看来,这是王家的家丑,我一天不走,就会多一天的笑柄,王家就一天没有面子,所以我必须离开你。但我又不能马上陪你去死,如果死在这里,你爸——我老丈人的罪过可能更大了,弄不好还要到监狱里去蹲几天。我也不愿意一个人回到老家去,你死了,我却活得好好的,那样对你太不公平了。都说人死了有灵魂,如果真有,你就会看到我,心里也就会温暖一些,我要是回家了,你不就更孤单了吗?所以,所以……"

我长叹一声,望着满天的星斗说:"我干脆不回去了,我就在你的家乡待着,找一个干净的去处,静静地修行,静静地为你祈祷,使你早日超度亡魂,到天堂里去做仙女。能实现这个愿望,我这一生活得就有价值了,就不枉与你夫妻一场了,虽然我们还没有行夫妻之实。"

我把自己的话说了一遍又一遍,像背诵课文一样,背得滚瓜烂熟,连自己都觉得烦了,才靠在小坟丘上睡着了。在梦中,小快从小土堆里钻出来了,同我紧紧地拥抱在一起,放声痛哭。小快说:"心亮哥,你好好修行,争取早日修成正果。我在天堂里等着你,给你租一间房子,我们在那里成亲。然后做一对快乐逍遥的好夫妻,男耕女织,生儿育女,不问人间烟火。"

"你放心，为了你，我一定会好好修行，争取早日和你再相会。牛郎织女都能相会，我们也能……"

然后，我们躺在稻草铺成的"婚床"上，开始热烈地亲吻和抚摸，行夫妻之实，直到微笑地从梦中醒来。

醒来时，阳光正好刺痛了我的眼睛。我费了好半天劲儿才坐起来，迎着太阳发笑。我回忆着小快的一举一动，竟与她生前一模一样。真是心有灵犀啊，想她，她就来了。谁说人死无灵魂？谁说人死如灯灭？小快的灵魂不是在我身边徘徊不散吗？这时，我的体内似乎已积蓄了充足的力量，心里的念头更加强烈了。于是，我站起来，背好行李，毅然地走上了马路，向云居山方向走去。

2

云居山下，散落着一片片大小村庄，它们断断续续地连在一起。在村庄与村庄之间的稻田里，偶尔也能看见出家的尼姑在户外活动和忙碌，穿一身蓝色长袍，戴着圆筒帽子，样子安静而文雅。我跟着一个年轻的尼姑，走到一个僻静的方向，果然发现了一处大寺院，一色的青砖青瓦，是一栋与众不同的古建筑。寺门非常壮观，门前左右各蹲伏着一对二米高、雕刻精细、形态逼真的石狮子，寺门两旁刻着"万人舍万人施万人同结万人缘，十方来十方去十方共成十方事"的门联。

看见年轻的尼姑进去了，我抬头望了一眼正门上方的几个粗大的汉字：圆心寺。既然是"寺"，那肯定是庙宇无疑了。我小心翼翼地走了进去，一眼就看见了天王殿，殿里供奉弥勒佛，迎人嬉笑，两边嵌着对联："布袋全空客甚物，跏趺半坐笑何人。"过了天王殿，从前厅走到后厅，看见走廊旁有石龟一对。进入后院，里面也有不少建筑，院中开阔，左右各种两棵粗大的百年老树，院中有一座铜色宝鼎，两米多高，上面檀香袅袅。再往前走，是寺内的主建筑——大雄宝殿，殿内正中供奉着高大的释迦牟尼佛像，左右是药师佛、阿弥陀佛及阿难迦叶尊者，神态庄严；东西供普贤菩萨、文殊菩萨，殿两边供奉姿态各异的十八罗汉像。大殿左边是地藏殿，后面是观音殿。观音殿正中塑有千手千眼观音像。

沿着大殿再往里走了十几步，有一道小门，门前又是一尊不知名的彩色菩萨像，像下供着香火，香火下放着蒲团。我盯着菩萨像望了很久，从外面又迎出一个尼姑，已经有些年岁了。她朝我行了合十礼，道："施主，是来求福生财的吧？请给菩萨跪下行个礼。"

我咽了咽唾沫，跪在蒲团上磕了三个头，然后站起来，对那老尼姑说："师父，我要出家！"

"阿弥陀佛，小施主走错门了。小刹是一尼庵，不收男性俗人出家，请另寻高处吧。"老尼姑下起了逐客令。

"这重要吗？反正我是来出家的，又不是来找对象的，和你们住在一起又有何妨？我决不会骚扰你们的！"我打算赖着不走。

尼姑一愣，朝我瞥了一眼，又行了一个礼，柔声细语地说："年轻的施主，恕贫尼造次，请问你是不是婚姻失败了，或者还没有找到合适的姑娘？"

"你怎么知道？"我禁不住打量起这个老尼姑。

"一切都写在你的脸上。你的脸上写满了情和欲，还有愤懑和失意。小施主，你要好自为之！"

我长吸了一口气，大声说："那是过去的事，我现在已心无杂念了。今天我来到贵寺，就是要在这里出家，一辈子侍奉菩萨！请师父行个方便！"

"阿弥陀佛，罪过罪过！你情根未净，岂可到佛门前停留？我们出家的尼姑个个都是佛门好弟子，切不可玷辱了她们！"老尼姑有些不悦了。

"师父，你说什么呀？你怎么知道我会玷辱了她们？你这是玷辱了我！"我也生气了。

"阿弥陀佛，小施主恕罪！贫尼在这里侍奉佛祖已有五十多年了，什么样的施主未遇过？特别是像你这样的年轻、刚失恋的人，来这里不是非礼，就是蛮缠，都有不轨之心。恕贫尼无礼，如果小施主果然出家有意，不妨走出寺门，一直往云居山上走，那里倒有一座云居寺，可容纳你。小施主请便吧！"

"不收我是吗？那就算了！"我的脸一红，就像做了丑事被人揪出来了一般，再无任何兴致，转身按原路退出了寺院，口里还自我圆场道："算了，此地不留爷，自有留爷处！"

站在寺外，抬头望了一眼远方的云居山，我打起精神，继续朝前走去。

来到山下，从丛林中穿过，踏上盘山公路，路一下子陡峭起来。两边的草木青里泛黄，树叶要落还未完全脱尽，只有无数的小松树，仍然青乎乎地守在每寸山地上。我弯下腰，使劲儿蹬着腿，在公路上奋力前行，就算遇不到一个行人，也不在乎了。爬到半山腰，一座尖尖的草棚赫然立在路边，不知是为何物。我放慢脚步，正在想象着，一个中年人突然钻了出来，挺立在路中央，把我吓了一跳。以为是剪径的强盗，却发现他笑嘻嘻的，似乎并没有什么恶意。

中年人率先开口了："小伙子，是到云居寺出家的吧？"

我一愣，不由得站住了："你怎么知道？"

"都写在脸上呢！哪一年，这条山路上不上来百八十个想出家的人？像你一样年轻的大有人在，四五十岁的中年人也不少，甚至还有七八十岁的老头子呢。不过，嘻嘻，他们怎么上来的，又依然怎么下去。"

"你是干什么的？"我不解地问。

"喏，进来看看就知道了。我这里准备了各种各样的僧袍，想出家的人，少不了买上一套穿上。"

"我说呢，真是无利不起早啊。怎么，当了和尚，寺里也不提供一套衣服穿穿？"我更加不解了。

"哪能呢！你现在不是没有正式出家吗？人家收不收你还是一个未知数呢。俗话说，心诚则灵。你穿上这一套僧袍，我再给你刮刮光头，打扮成一个和尚模样。寺里的住持看见了，也显得你不是一时头脑发热，是下了决心的，一感动还不就收下你啦？"中年人指指画画地分析道。

我点点头，觉得他言之有理。可是，摸摸自己的口袋，却分文没有，只好又摇摇头。

中年人看出来了，他朝我的行李袋子扫了一眼，说："没钱也不要紧，拿你的一套俗衣换一件僧袍也是可以的咯。"

我放下袋子，中年人主动替我解开，掏出我的换洗衣服，随便拿出了两件，掂了掂，说："就是它们了，可以换一件僧袍。如果住持不收你，你下山时再把僧袍还我，拿走一件就可以了，那一件就当是租金。"

第六章 万念俱灰的日子

"反正我是非出家不可了，这些衣服对我也没有多大用处了。"我并不在意他的巧取豪夺。

"好好，请你坐好，我再为你刮刮光头。不是我奉承你，就你这副脑袋呀，九成的和尚相！等我刮完了，活生生一个寺里的大帅哥，要是让一个不安分的小尼姑看见了，那还不得……"他从草棚里飞快地扔出板凳，拿来剃头匣子，从匣子里抖出围巾，嘴里没规没矩地唠叨开了。

"你能不能快点儿！"我有点儿急了。

"不着急，不着急，云居寺里可没有尼姑等着你。"他一边给我围围巾，一边继续打趣道。

"不许你玷辱佛门！"我大声说道。

"哎哟，瞧我这张嘴！年轻人，你心中有佛就好，心中有佛就好呀！"

中年人笨手笨脚地为我刮了头，费了半天工夫，其间总是感到头上一阵阵刺痛，末了我伸手一摸，竟沾了一手的血迹。我咬了咬牙，心想自己就要成为佛门弟子了，还计较凡人干啥？就忍下了。

完活了，我穿上僧袍，包好剩下的衣服，起身又往山上赶去。这时，中年人又喊住了我，笑嘻嘻地凑过来，神秘地说："小兄弟，我这里还有一样好东西，想不想要呀？"

"什么东西？"我警惕地问。

"别紧张嘛！小兄弟，你想想、你进寺里做和尚，一辈子就得吃素，也就是永远与肉无缘对不对？难道你就不想在当和尚之前，好好过一把肉瘾？就是要枪毙的人，临死前还要吃一顿饱饭呢，是不是？正好，我这里准备了一坛坛的好腊肉，还有肉干，你不妨吃上一顿再走？或者捎点儿肉干藏起来，想吃的时候偷偷吃一点儿？不要紧的，就在几天前，就有一个想当和尚的年轻人，从我这里买了整整一坛子的猪头肉。不骗你！"

"你刚才还说，心诚则灵呢！"我狠狠瞪了他一眼，"你别在佛门脚下玷辱佛祖了，要遭报应的！"

"咦，我遭哪门子报应！你还没有当和尚呢，就假惺惺起来……"中年人彻底改了刚才的腔调，鄙夷地白起了眼睛。

我不再理他，只管赶自己的路。不过，他的话倒是提醒了我，心诚则灵！要出家，不心诚怎么能过关呢？看来，我得拿出自己的诚意来，不能大意！否则，上得了山，还得从这里再滚下来。

于是，我坚定地朝山上爬去！

3

沿着盘山公路又转了几圈儿，最后爬了一段更陡峭的小路，终于见到了云居寺。走上台阶，云居寺的大门赫然屹立在眼前，砖木结构的宫殿式重庑双檐大开间，上盖生铁铸瓦，好一幢古色古香的建筑！寺庙周围有20多座历代僧塔，还有宋代的佛印和尚和大文学家苏东坡的谈心石，以及多处石刻，写着"赵州关"、"明月湖"等等字样。观察了寺庙四周的景致之后，我走进了大门。里面的主体建筑依次有天王殿、大雄宝殿、法堂、玉佛殿、禅堂、虚云老和尚纪念堂、寮房等。更令人叫绝的是，寺中大院内竟有古老银杏十多棵，看了介绍，才知那棵直径达二米、拔地参天、葱郁苍翠的老银杏，竟是唐朝一位叫道膺的禅师亲手栽种的。寺内还有南宋至明代的出土文物，清康熙年间铸造的千僧大铁锅等。看到这些历史悠久的文物，我更坚定了立志佛门的信念。

这就是我一辈子要生活的地方吗？我想。这就是我天天吃斋念佛的地方吗？这就是我苦力修行、无怨无悔的地方吗？心里骤然生出了一些亲切感和庄重感。可是，八字还没有一撇呢，我会获得这样的机会吗？想到这里，心里又平添一丝紧张和不安。

看到一位年轻的和尚正在院内打扫地面，我轻轻走了过去，行了一个单手礼，说道："师父，请问住持师父在哪里？我要见他。"

年轻的和尚回转身来，低身朝我还了一个单手礼，柔声说道："师父正在禅房净身修行。请施主稍候。"

我乘势试探道："师父，难道你没看出来，我剃发净面、一身禅装，是一位出家的和尚吗？"

那和尚眼也不抬，依然声调平和地说："不像。"

我问："哪儿不像了？"

和尚说："请施主恕罪，第一，你的声调太冲，不像；第二，你的衣装太乱，不像；第三，你的行姿太随意，不像；第四，你的举止欠规矩，不像……"

"我又不是'四不像'，哪有这么多不像？"我闻言有些不悦，"行了，我要请住持师父说事，不听你胡说八道。"

"阿弥陀佛，施主要找贫僧有何贵干？"身后突然传来一个低沉的声音，像一道远古的钟声，苍凉而又陌生。当我回过头时，一位白髯飘飘、面若重枣的老僧人正站在不远处，对着我行单手礼。

"您就是住持师父？"我迎了过去。

"正是贫僧。"

"师父，我要出家，请您给个方便。"我扔掉行李包，朝住持双膝跪下。

"阿弥陀佛，男儿膝下有黄金，只可拜佛祖、跪父母，不可随意向他人下跪。小施主请起身说话。"住持朝我微微鞠躬道。

"师父，我是来出家为僧的，如果您不答应，我就一辈子不起身。"为表诚意，我不为所动。

"阿弥陀佛，小施主不妨听老僧一言。人生一世，草木一春。人生离不开喜怒哀乐，草木离不开春风夏雨，这是命。就说人吧，人从生老病死，各有各的妙处，也各有各的劫数，这都是因果报应，几世轮回，是逃不掉的。然而，人生的苦楚虽然难以逃脱，却是可以逢凶化吉的。只要心中有佛，积德行善，厄运自当远离，喜庆自当轮转。小施主，人不可一遇到挫折就灰心丧气，你还年轻，当好自为之，假以时日，好事自然迎面而来，不可一时脑热，做下糊涂的事。如果你愿意听老僧一言，现在就请回去吧。"

"师父，"我往前跪行几步，说道，"弟子不是小孩子，更不是一时脑热。我是一心向佛，甘愿一生侍奉佛祖。请师父相信我的诚心吧！"

"阿弥陀佛，敢问小施主，你是不是身患疾病？"住持问。

"我身体非常健康！"我理直气壮地回答。

"你是否家遭变故？"

"没有，家中一切平安。"

"那你是否婚姻遇挫？"

"这……也没有。"我依然理直气壮地回答。

"阿弥陀佛，一切都写在你的脸上。年轻人，须做人诚实，方显得心诚意坚。"

"是，师父见教得是。弟子确实恋爱遇挫，万念俱灰，只想一心向佛，参禅悟道，求得修成正果，除去往世的罪恶，迎来佛光灿烂。如果师父不答应，我决不离开云居寺，死也死在这里。请师父体谅我！"

"如果小施主果有诚意，不妨在本寺接受三年考验如何？"住持道。

"别说三年，五年也愿意。请问师父，怎么个考验法？"我知道转机来了。

"从后门出寺，那里有一草棚，是一个月前，一位同你一样的年轻人搭建的。他也因恋爱受挫，只求遁入佛门，甘愿接受三年考验。你可以同他搭一个伴儿，他会告诉你应当如何接受考验的。阿弥陀佛，老僧还有其他事，不陪小施主了。"

住持行了一个礼后转身朝殿内走去。我爬了起来，理了理心思，重新捡起行李包，朝住持指的方向走去。

4

出了寺后门，只见山与山之间梯田道道，山坡上，灌木成林、草木茂盛；沿坡往上有溪水环流，水色清碧，青石板上书写着"碧溪"两个大字。一座桥，名为佛印桥，正飞架碧溪。桥边有一巨石，正是我从寺前看到的苏东坡与佛印和尚谈经论道的"谈心石"，石头莹洁平整，石下流水淙淙，石旁古树浓荫。就在一个背风向阳的石头旁，一座草棚果然露出了庐山面目，半遮半掩地藏在青黄相交的丛林里。我看好路径，沿着小土道直达草棚，只见里面用松木搭造一张小床，床上铺着一条破床单和一条臭被子，床下边有一只小竹桌，桌上面搁着碗筷；另有一张小板凳，小板凳上搁一把镰刀。没有主人，只有草棚侧边新砍的木柴，被削掉树叶，光秃秃地捆在一起，已经堆成一大垛了。

难道住持指的那个人去砍柴了？我再次把目光投向四周的山林，茂密的草木一动不动地守卫着山寺的宁静，看不出有其他生命的迹象。于是，我迈开步子，朝云居山顶登去。在山顶上，一泓湖水，长平如镜，湖形似月，湖坡上书写着"明月湖"的字样。这时，从明月湖一边的山林里，清晰而有节奏地传来镰刀砍伐树木的声音：咚！咚咚！就像一只巨大的啄木鸟正在忙碌。

顺着声音，我轻轻地走过去，通过刚砍伐过的山地，一个穿着僧衣、光着头皮的年轻和尚终于暴露了出来。他弯着腰，挥舞着镰刀，把手腕粗的小栎木砍断，削去脑袋，扔在地上。就在他扭头的工夫，我看清了他的脸，心脏咚的一声就狂跳了一下，同时嘴里也情不自禁地吼出了三个字："马天来！"

马天来的镰刀哆嗦了一下，好半天他才回过头，大叫道："是你？"

"是你？"我也叫了起来。

"你也出家当和尚？"马天来忽然笑起来。

"你也出家当和尚？"我也忍不住笑起来。

短暂的寒暄之后，马天来突然把脸色一沉，腔调大变。他把镰刀扔在地上，奔到我的面前，指着我的鼻子说："金心亮，怎么我走到哪里都有你？你是我的克星呀？你他妈的还有脸当和尚！"

他的话一下激起了我的满腔怒火："姓马的，说开点儿！到底谁是谁的克星？我和王小快谈得好好的，要不是你插上一杠子，我能有今天吗？"

我越想越气，越说越愤怒："是你害了老子，是你害了王小快，老子跟你不共戴天！"

"呸！到底谁是谁的克星？如果不是你金心亮从大老远的地方赶来破坏，我他妈的到王家倒插门那是铁板钉钉的事。而现在我却落得人财两空，我跟你誓不两立！"

"人家王小快根本不理你，你凭什么一口咬定，她非要嫁你不可？"

"凭什么，方圆八百里，只有我马天来符合倒插门的条件，其他人愿意去吗？如果不是有你，她王小快愿意也得愿意，不愿意也得愿意，由得了她吗？"马天来突然蹲在地上，伤心地哭起来，"老天爷不公，老天爷不公啊！为什么偏偏把你这个姓金的克星送到王家，让她不守安分呀！我活该就是当和尚的料儿吗？"

我"哼"了一声，有些鄙视地说："什么'不愿意也得愿意'，你那是周公抢妲己做媳妇——想当然。你还好意思哭呢，我和小快差点儿就逃出去了，要不是你贼心不死，追到鄱阳湖上，王小快她能跳下去吗？她要是不跳湖，能淹死吗？她要是不淹死，我还至于万念俱灰、削发为僧吗？马天来，我的爱情就是让你给毁了！我的一辈子都让你给毁了！你还我王小快来！你还我的青春来！"

"王小快她就是我的媳妇儿，有她爸她妈为证！"马天来跳到我面前，"你呢，谁能给你证明？你利用她年幼无知，拐骗了她，才造成她的死！你才是罪魁祸首！我要活剥了你的皮！我要摘下你的肝花下酒！"

"王小快她明明是我的恋人，有她自己为证！"我扔下包袱，做出还击的准备，"你干涉婚姻自由，造成无辜的人死亡，你才是国家的罪人、社会的罪人，我不告你就便宜你了！没撒泡尿照照，你是一个什么东西！"

马天来恼羞成怒，蹦过来就揪住了我的肩膀，大声问道："你再说一遍，谁撒泡尿照照？"

"你！"我也揪住他的肩膀，毫不示弱。

马天来伸出巴掌朝我扇来，被我一只手抓住手腕，顺势一扭，马天来"哎哟"一声，歪着身子蹲在地上，疼得咧起了嘴巴。

"你敢打我？"好半天，马天来捂着一只手站起来。

"不服是吗？再来比比。"我往前凑了凑。

马天来冷不丁扑向我，一把将我抱住，试图把我摔倒。我运足力气，奋力顶住，却拗不过他的蛮力。两人在原地转来转去，眼看就要摔倒。瞅个空当，我抬起一条腿，朝他的脚狠命跺去。"哎哟！"马天来痛得惨叫一声，猛然松开手，蹲在地上，捂着脚，龇牙咧嘴叫唤起来。

"我再跺断你的那只脚！"我朝地上跺了一下。

马天来倒退了几步，伤心地说："我是来出家当和尚的，不是来跟你打架的！王小快人都死了，我两个还在这里争什么劲儿啊！值不值得啊！我马天来早就自认倒霉，不怪天、不怪地，只怪我前世犯了罪，需要今世遭报应，要不我早就杀了你。姓金的，你赶快下山吧。"

"我也是来当和尚的，"我想到了自己的目的，便也蹲在地上，"小快为我而死，我就要为她而活。她死了，我不能没事儿人一样地活着。我当和尚，为的是天天为她祷告，为她超度亡灵，让她早日升天当金童玉女。算了，过去的事也就过去了，我也不想跟你这样的小人计较了。跟你计较，不符合佛教的教义。我佛慈悲，待人宽厚，我也要立地成佛。"

"你他妈的比我强多了，"马天来又呜呜地哭起来了，"小快心里有你，她是为你死的，你就是一天为她祷告一百回，也值。我呢，一辈子也没有一个女人念想过，我出家纯粹是走投无路，连佛祖都会笑话我的！"

"只要立地成佛，管他人间是非。"我见他软了，便开导说。

马天来擦了擦眼睛，带着哭腔问："兄弟，你要出家，住持这老和尚答应你没有哇？"

我想了想，摇摇头道："没有。"

马天来破涕为笑，蹲在我身边说："兄弟，住持是怎么跟你说的呀？"

"考验三年。"

"跟我一样！他没有说都考验些什么呀？"

"他让我问你！"

马天来的脸上慢慢恢复了本色，有点悲观丧气地说："我以为你比我漂亮年轻，住持老和尚就对你网开一面呢，也要考验啊？"

"都考验些什么？"我问。

"还有什么！"马天来没好气地说，"喝三年清稀饭，给寺里干三年体力活儿，冬天砍柴，春天种田，秋天收割庄稼，除了下雨天，不能休息。每天晚上还要在佛祖面前坐禅——比在家里种田还辛苦！"

"你受得了吗？"我问。

"你呢？"他反问。

"心诚则灵。要想当和尚，就要经受寺里的考验，我已告诉住持师父，就是考验五年也没有问题。"

"我也是，没问题！"

"那就快砍吧，佛祖在天上看着我们呐！"

"唉、唉。"

我们同时站起来了，马天来继续砍柴，我则把他砍的木柴捆起来，一担一担地挑到寺前。

5

干了一个时辰，马天来望了望天上的太阳，说："该回寺里吃饭了，和尚过午不吃饭啊。"

"为什么过午不吃饭呢？"

"和尚告诉我，早晨是天、人吃饭的时间，中午是佛、人吃饭的时间，晚上是饿鬼吃饭的时间。午餐与人同食，过了中午，就是与鬼同食了。你还是高中生呢，你想想，佛能和鬼同食吗？"马天来洋洋得意地说。

"坏了，恐怕早就过十二点了。"我捂着咕咕叫的肚子喊。

"又外行了不是？午时，是指十一点到下午一点呢。赶趟赶趟。"

"哦，原来是这样啊。马天来，你比我懂得多。"

"你怎么能叫我的俗名呢？"马天来不满地说，"我可是有法号的，叫佛孙。以后你得叫我'佛孙'，取个'佛祖的孝子贤孙'的意思。"

"你都有法号了？是住持大师赐的吗？"我心中一动。

"哪里，是我自己取的。我还没有正式受戒呢，哪有正式的法号。"马天来有些不好意思。

"自己给自己取个法号，也显得心诚意定啊。就像我们穿着僧衣、剃着光头一样。"我倒不觉得多余。

"那你也给自己取一个呗。"马天来撺掇说。

"你给参谋一下。"

马天来望了望眼前的明月湖，突然笑起来，说："你的法名就叫'湖心'得了，取个'佛心'的意思。怎么样？这名字有创意吧？"

"佛心就佛心，我看这名字不错。出家前有向佛心，出家时有尊佛心，出家后有侍佛心，圆寂后有伴佛心……"

"瞧瞧，这名字不亏待你吧。佛心，该用斋了，走着。"

我们嘿嘿地笑着，一齐进了草棚，各拿一副碗筷，朝寺里的斋堂走去。斋堂门前写着"五观堂"，里面的摆设整洁简单，一排排长桌长凳，和尚们排排而坐。我们进门时，几位做饭的和尚各提一只木桶，依次分派饭菜，走近一看，是土豆、萝卜、青菜、豆腐，还有白米饭。我们找一个空处坐下来，不一会儿就被舀满了一大碗。

正要张口，马天来捅了捅我，我立即明白了，抬头看着和尚们都有哪些讲究。只见他们先吃三勺淡饭不吃菜，嘴唇还像念经一样动了动。马天来说："我们吃饭也要像他们一样，先吃淡饭，做'三愿'。"

我问："什么是'三愿'？"

马天来笑道："不知道了吧？我告诉你，第一勺饭，愿这一生一切恶业都断尽；第二勺饭，愿这一生一切善法都能圆满具备；第三勺饭，愿这一生所修来的善根都用来普度众生，让大家都能成佛。"

"你是怎么知道的呢？"

"是我刚来那天，一个跟我们一样想出家的家伙告诉我的，这小子熬了两年，人瘦得跟一条饿狗，啥苦都吃过，啥规矩都懂，佛经也念了好几本，可到底还是没有熬住。我来的第二天，他就打道回府了，说他实在受不了，当和尚还不如当光棍汉好。你瞧，九十九拜都拜了，就差这一哆嗦，硬没有挺过去。我们可不能像他一样半途而废啊。"马天来笑道。

"行啊，你早来一天，就成我的师兄了。"

"那是那是。你知道这斋堂为什么叫'五观堂'吗？"

"不知道。"我摇摇头。

"这第一'观'，就是要感恩。食物来得不容易，需要许多人共同完成，所以吃饭前一定要珍惜这种口福，要有一颗感恩的心。这第二'观'，就是要反省，检讨一下行为。就是问问自己，做没做到杀、盗、淫、妄、酒五戒？做到内不动心、外不露相的禅定了吗？这第三'观'，就是要节食。吃饭时，时时提醒自己，不要贪恋食物的美味，要有一份断欲之心。这第四'观'，就是清醒。清醒什么呢，食物是健身、疗病的药物，并不是为了满足嘴巴和肚皮的欲望。这第五'观'，就是要有进取心。吃饭是为了成就道业，使自己的内心继续得到修行，要有一份精进的心。"

"你知道得还真多呀。"我倒真有些佩服他了。

"那是！我来这些日子，可没少学习，没少背诵，不学学庙里的规矩和讲究，怎么能入寺为僧呢？"

"行了，你看看他们，没有一个说话的，都在'五观'呢。"我使了个眼色。

于是，我们也默默地吃起来，不敢大口吃饭，也不敢发出任何声音。

6

午餐后，马天来要回草棚休息。我说："佛孙，还是上山吧。我们都是在考查期，应该多吃点苦。不拿出我们的诚心，住持师父怎么肯收留我们呢？"

"你不懂！你不懂！"马天来叹口气，"寺里的规矩你是一窍不通啊。知道吗，晚上我们都不能吃饭，一直到明天早上。下午不悠着点儿，你受得了吗？"

"为什么不吃晚饭呢？"我好奇地问。

"说是有一个故事。一天晚上，天空忽然下起了大雨，"马天来一边回忆一边说道，"有一个和尚，长得比猪八戒还丑。他本来已经准备睡觉了，这时感觉肚子饿了，又想出门去找点儿吃的。他来到一户人家门口，很有礼貌地敲了门。谁知，这户人家里住着一位孕妇，她听到敲门，就下床了，走到门口，把门打开。就在这个时候，天空划过一道闪电，把这个和尚的八戒面目一下子照亮了。孕妇一见，以为遇见了鬼，吓得惨叫了一声，倒在地上，好不容易怀上的孩子也流产了。这事传出之后，佛祖很快就知道了。为了杜绝今后再有这类的事情发生，他规定和尚不能在中午以后出门乞食，甚至在上午讨来的食物，如果你舍不得吃，过了中午也不能再吃了，吃了一样是犯戒的。"

"可是，咱们不是出门乞讨啊。咱们不是寺庙里自己开伙吗？再说，和尚们也干活呀，听说这方圆几千亩良田，都是云居寺的，他们种田这么累，真的不吃晚饭呀？"我有些不解。

"在干活时，这里是允许吃晚饭的。也有一心成佛的人，严守佛规，晚上拒绝吃饭，寺里也没有人强求我们不吃晚饭。不过，咱们不是在考验期嘛，凡事向好的一面看齐，向不好的一面决裂，这样才能经受住考验不是？你吃不吃我不管，反正我是决定不吃晚饭的，我都坚守了二十多天了。"

"那……我也不吃晚饭吧。"我接受了马天来的观点，毕竟我们是初来乍到，应该严格要求自己才对。

不过，木柴还是要砍的，这是我们的日常工作。时辰尚早，谁也没有眯上一觉，我们到底还是上山了。虽然下午干活的劲头减少了，但我们找到了一片好山，里面的木柴又高又粗，麻栎、枫香和不知名的小树挤得满满的。要是镰刀快的话，一刀能砍下一棵，去头削枝，"啪"的一声扔在地上，一会儿工夫就能够捆上一捆。我们默默地干着，直到太阳下山了，才决定把木柴挑回去。

干完了活儿，我们都累得腰酸背痛，手臂僵痛。我们到斋堂里要了一碗白开水，喝进肚子里，然后回到草棚里休息。八点钟后，我们又去了佛堂，练习坐禅。一动不动地盘坐在蒲团上，双手合十，闭目深思，嘴唇时不时地嚅动着。比谁的定力好、坐功强。然而，也不知坐了多久，我们不知不觉倒在地上睡着了。半夜才被值夜的和尚叫醒，劝我们回到草棚里睡觉。我们这才打着哈欠，拍拍衣服，揉了揉手臂，一瘸一拐地走出了寺门，双双挤进草棚的薄被子里。

有时，半夜回到草棚时，听见马天来的如雷鼾声，我再也没有睡意了，只好一动不动地想，想心思。想母亲、想家乡，想得最多的还是王小快。想着那具鲜活温柔的生命，顷刻间化为乌有，连尸身也找不到，我就止不住呜咽。想起小快对我的好，我就刻骨铭心地悲伤。

有时，实在睡不下去，我就起身，穿好衣服，朝明月湖走去。这片位于赵州关口的天然小湖，虽然只有十多亩大小，却水清如镜，清澈见底，水底的一草一木分明可见，连小虫小鱼的身影也一目了然，人就像站立在一方鱼缸旁。明月湖四周树木成林，每当日出，湖中浮光四射，云居寺的倒影映入湖中，红墙铁瓦，殿堂楼阁，一一呈现。而到了月夜，皓月当空，满湖明月，映出古寺的影像，又显得恬静无比。曾有一位本寺和尚作诗道："澄湖高涌乱峰头，照澈晴空古镜湖。天上云居真绝景，一泓收尽万山秋。"

如果是明月之夜，我便坐在湖边的草地上，望着湖水发呆。看久了，我觉得这湖就像是小快的一只眼睛，清澈透明，映照着眼前的一草一木，也包括我的身影。记得有一次，在小快坐在我面前看我的时候，我也看她的眼睛，明亮纯净的眸子里，有我的面孔正在如痴如迷地观赏着什么，止不住地笑出来。此时此刻，小快是不是也在注视着我呢？都说人死后，都会留恋最亲的人，在人类看不到的地方，看着亲人流泪。小快是不是也追到了这里，看着我的一举一动呢？虽然阴阳相隔，不能彼此交流，但不是说有心灵感应吗？不是说有仙人托梦吗？不是说有灵魂出窍吗？小快，你看见我了吗？你在寻找我吗？在你短暂的生命里，除了你的亲生父母，我就是你最亲的人啊，而且我也像你的亲人一样承受着失去亲人的悲痛，并试图用残酷的方法折磨自己的身体和灵魂。小快，你愿意我出家吗？你愿意我一辈子坐禅念经为你祷告吗？我想，你不会这样做的，你肯定说："我不许你出家，你应该好好生活，再娶妻生子，还要赡养父母。"你肯定会这样说的，但我做不到。你死了，我还活着，这不公平！这体现不了我对你的深爱，也体现不了我的悲痛和失望！小快，原谅我吧！

我胡思乱想着，身体越来越僵硬了，除了思想还在动，我的身子静若湖水。云居寺的钟声敲过多少遍了，终于迎来了东方的白光，那鱼肚似的光亮由白变红，由小变大，直到红遍了整个山顶，温暖的热气也随之降临人间。阳光慢慢地照在我的脸上，我的身体又开始活泛起来。

不久，马天来的呼叫声阵阵传来，直到他走到我的近前，把我从湖边拎起来，我才回过神来。他说："我以为你冻死了呢。"又说："开斋了，不然赶不上趟。"

我揉了揉僵硬的双腿，这才木然地跟着马天来朝寺院走去。

7

干了一天重活，省去了晚餐，晚上还要去坐禅。终于有一天，寺里的大师父通知我们：坐到午夜就可以回草棚里睡觉了。因为坐禅，重在心神的修炼，只要心中有禅就是正果，何况我们坐到半夜，一个个都倒下了，反而显得心下不诚。这样一解释，我和马天来也接受了，于是坐到晚上十二点左右，就开始回草棚。但我们没有马上休息，马天来进了草棚，转身就出去了，走时低着头，也不跟我打招呼。我也走出去，往明月湖方向走，或往谈心石方向走，找一个地方静坐，想心思。有时，就倒在那里睡着了，直到云居寺的钟声将我敲醒。

一口气，我们在这里干了三四个月时间，吃了三四个月素食，也挨了三四个月的饿。草棚前面的平地上，堆满了一捆捆的木柴，一直延至云居寺的后门外。那是我们几个月以来的心血和汗水。我们的脸蛋和身体，却一天天瘦下去。我们的皮带明显松了，快要系不住裤子了，屁股和大腿肚子上的肉也明显少了许多。我开始怀疑这样的日子会不会让我彻底倒下去，三年的光景能不能坚持得下来！但一想到为了出家，一想到小快，我又鼓起了勇气和力量。尽管小快不愿意看到我成为这个样子，但我想：小快是为了我而死，我不给她陪葬已是最大的不公平了！有时，我也想念母亲，但一想起我还有一个姐姐在照顾她，我又心安理得起来。毕竟，小快的父母连他们唯一的女儿也不在了啊。

　　当气温明显回暖，阳光开始刺痛眼睛的时候，一些发黄的草根底下，竟钻出了一丛丛小小的绿芽，像一群群出生不久的婴儿，快乐而不知遮掩。随着身体的燥热，我的心情开始变得复杂起来。我对自己的前途越发迷茫了，连出不出得成家都还是一个未知数呢，我还能有什么出息！这样想着，时不时地发出叹息声，一叹过后，心思反而更重了。

　　一天晚上，马天来没有去坐禅，而是不知了去向。我想起他白天就没有好好砍过柴，甚至在最近一个月里，他的干活劲头也明显少了，有些心不在焉了，便忽然产生了某种预感。半夜时分，他回来了，朝我莫名其妙地笑了笑。我说："佛孙，你笑什么？还不睡觉，明天还得干呐，可不能再偷懒了。"

　　马天来一听，脸色难看起来："偷懒？照这样干下去，什么时候是个头啊？"

　　我奇怪地问："你怎么会产生这个念头？再说了，等树上一发芽了，我们就不用砍了。"

　　"柴是不用砍了，"马天来抢过我的话头说，"但那无边无际的山田，还不等着我们去种啊？累不死你！"

　　"人生在世，到哪里不是干活呢？难道你在家里就不种田了？"

　　"在家里种田，粮食是我自己的！在这里种田呢？"他反问。

　　马天来的口吻显然大变了，这可与他初来乍到时的思想大相径庭啊！我想，我的预感是正确的！我不知道怎样撬开他的嘴，听一听他的真实想法。

"你这样说话，可是对佛祖的大不敬！恐怕你是过不了寺内这一关的。"

马天来捧着肚子笑，是苦笑，是怪笑，也像是鄙夷的笑。笑过了，他问我："佛心，告诉师兄，你来这些日子，经常晚上出去干什么了？"

"干什么？就是睡不着觉，坐在外面想想心事呗。"我边想边说。

"别装了，谁都不是傻子。快告诉师兄，你把那东西藏到哪里啦？"

"什么东西？"

"就是好吃的呀，比如腌肉、烧鸡、鱼干、鸡蛋什么的。"

我单手行礼，说道："阿弥陀佛，罪过罪过！出家修行之人，远离杀生之物。佛孙，你这样说话，可是损我的阳德，挡我的成佛之道啊。"

"也是啊！按理说，你这样的聪明之人，不该不会想到这一点。不过，从你消瘦的脸蛋上来看，你说的也像是真的。难怪我每次跟踪你，都没有发现你的美食藏在哪里，也没有发现你的偷吃行为。告诉师兄，你真的没有私藏这些东西吗？"

"我佛为证，我绝对没有偷吃过这些东西。"

"看来只有我成不了佛啰。"马天来摇摇头。

"怎么，你……"我看了一眼他那并没有怎么消瘦的身体，若有所悟。

"兄弟，我就不瞒你了。请跟我来！"

说完，马天来拉起我，朝山上悄悄跑去。

8

拐了一道山梁，是一堵陡峭的山坡，站在山顶上朝下望去，就有一种站在摩天大楼上朝下望去的感觉。平时，我是断然不会走这道山梁的，生怕不小心摔下去了。但在不远处，有一棵古松，那是云居山的千年文物之一。到了山顶上，我驻足不前，但马天来却径直朝古松滑去，展开双手，一把抱住了松树，实际上只能趴在松树身上。接着，他蹲下身，从古松的树洞内掏出一样东西，抱在怀里，一只手拉着草木往上爬，我早已伸出一只手，等待着将他拉上来。

上了山岗，我才看清，他抱的是一只瓷坛子。他率先坐下来，把坛子盖打开，一股久违的肉香扑鼻而来，令人食欲大开，喉咙里痒酥酥的。

兴奋之余，我有点吃惊了，问："怎么，你偷藏杀生之物？"

"什么杀生之物，"马天来不以为然地笑起来，"不就是一坛子猪头肉呗。"

"阿弥陀佛……"

"得了得了！我今天请你来，不是听你念佛号，是来品尝猪头肉的，还有一瓶糯米烧。吃不吃？"马天来问。

"天知地知，你知我知，我佛也知……"

"滚蛋吧，你！你不吃就拉倒，别在这里扫我的兴。"马天来抓起一块猪头肉，狠狠啃了一口，又拧开瓶盖，喝了一口酒。"不吃，你就坐下来看着吧。"

他指了指草地。

"佛孙，你不止偷吃一回两回吧？"我咽了咽口水。

马天来笑起来："那是当然，不然的话，我能挺到今天吗？我今年都要奔三十了，一辈子的光棍就打定了，不像你，才二十郎当岁，希望大大的有。亏得我多长了一个心眼儿！"

"你一上来就心不诚！"我盘坐在草地上，双手合十。

"住持那老和尚就心诚吗？一上山就让我们干三年苦活，说什么是考验。考验个屁！是想请一个傻帽儿当长工，给他们义务劳动。你看他们斋堂里的烧柴，哪一捆不是我们这些傻帽儿砍的？你看他们每年那些稻田，哪一块不是我们这些傻帽儿种的？人啊，一遇烦恼事就想出家，傻不傻？谁让如今的傻帽儿多呢。"马天来借着酒劲儿嚷嚷开了。

"住持师父之所以考验你三年，就是怕你心不诚。住持是何等人，什么样的人没见过？他肯定一眼就看出来了，你不是真心向佛的人，只是一时赌气而已。"

"那你呢？你倒是比我心诚，不也得考验三年？你就等着吧，照这样考验下去，不到三年，你的人皮就得蜕下十层，到时还没有等受戒洗礼，就见了佛祖，佛祖只能把你当俗人接待。你冤不冤！"

我叹口气，说："这么说来，你不打算再'考验'下去了？"

马天来一听，"呜"的一声哭开了，满嘴的猪头肉还没有咽下去。他边哭边说："一开始，我是真心向佛来着。我想，我活一辈子连一个媳妇儿都没有混上，人前人后都抬不起头，还有什么指望？不如当个和尚，寺里好歹都是光棍汉，没有人能小瞧我，要是混得好，还能成个佛什么的。现在看来，还不如回去当光棍呢。"

"当俗人有当俗人的难处，当和尚有当和尚的难处，干什么都不容易啊！"我依然叹着气，"你打退堂鼓了，回去种地，我还得坚持下来。"

"我才不回去种地呢！"马天来吧唧着嘴巴说，"这段时间，我都想好了，和尚当不了，回去我就更没有脸见人了。不如到广东去打工。我认识一个朋友，也跟我一样，是找不到对象的家伙，从前年开始就去广东打工，一年挣不少钱呢。现在也不知道混得怎么样，但肯定比我强。我回去就直接奔他。弄得好，搞点儿钱，还能混个媳妇儿，哪怕是个二婚也行，是秃子、残疾也值得考虑，总比打光棍好。这是我这一生最后的希望了。"

"天来，万一我也当不了和尚，也去找你打工！"我无奈地说。

"怎么，你也想明白了？"马天来笑起来。

"我怕我也坚持不下来。这种生活太吃苦了，倒不是怕干活，是这里的伙食太差了。如果像你一样偷吃，就违犯了戒规，显得心不诚，不偷吃，又饿得慌，身体毕竟是一个人的本钱啊。"

"想通了就好！兄弟，一起喝点吧。"马天来递来了酒瓶。

"你容我再想想，到底是该留下来，还是该跟你一起去打工。"

"你怎么能出去打工呢，"马天来沉下了脸，"怎么，王小快对你这么好，现在她死了，你就不管她爸爸她妈妈了？虽然你们还没有结婚，但他们也是你的老丈人和老丈母娘。你想撇开他们，别说你的良心不答应了，就连我也不答应！别忘了，你可是我的情敌！"

"好好好，你不是说，王小快也是你媳妇儿吗？"一听这话，我也生气了，"你为什么要去打工，而不替小快孝敬父母呢？"

"我跟你不一样！"马天来又哭了，"王小快，她根本不认我这个未婚夫，她心里连一点儿位置都不给我留着，甚至都恨死我了。我留下来，我值吗？我不更是傻帽儿吗？你呢，不仅王小快爱你，连她的爸爸妈妈也觉得你比我好。你要是不管她的爸爸妈妈，我就跟你拼了。我可是王小快的表哥。"

"谁说我不管了，我说过吗？"我挥起拳头，真想揍他。

"你来当和尚，就没有管他们的意思！如今和尚当不了，又想着自己去打工，单独过自己的好日子去。你就是一个没有良心的东西！"

听了这话，我的拳头又软了下来，哭道："我承认我没有想那么多，我连活都不想活了，还能考虑那么多吗？我只是想着，小快为我死了，我也不能就这样苟活在人世。我有错吗？"

"有种！还算你小子讲义气！来，跟哥喝点酒。"马天来又举起了酒瓶。

"我不喝！"我生硬地回敬道。

"不喝，我喝！"王天来把剩下的酒全都灌进肚子里。

我则起身，茫然无措地朝草棚走去。

9

第二天天不亮，马天来就起身走了。临行前，他再一次叮嘱我："王大天失去了唯一的女儿，比谁都难过。你要是个讲良心的人，要回就回到他家吧，做他的儿子，替小快报答他们。他是一个讲理的人，能干活，家景不算坏，他还会为你娶一个女人回来的。"

"你不向住持师父打个招呼？"我打断了他的话。

"我才懒得听他唠叨。这几天，我一想起他，就想掐死他！"马天来愤愤不平地说，"他要是不想收我，就说不收得了，却让我们给他干活。我没找他算工钱就不错了！"

"那就祝你好运吧。"我叹口气说。

"哥也祝你好运。哥还是那句话，想通了，坛子里还剩下两块猪头肉，给你留的，算是分手礼吧。你把它吃了，打起精神回去。这里不是久留之地，王大天那才是你最好的去处。不要担心，只要你心诚，王大天会接纳你的。只要他不恨你，你就更不要恨他了。知道哥的意思吗？"

"你走吧，我知道该怎么办。"我不想听他啰唆下去了。

我把马天来送到半山腰，挥手离去。回到草棚里，我呆坐良久。早饭的信号已经传来,但我仍然无动于衷,干活的时间也超过了,我仍然一动不动。这是我的第一次怠工。马天来的话在我脑里翻来覆去,我联想了许多许多。我终于觉得,用出家这种方式处罚自己,以求公平,并不是最佳选择,那是我一厢情愿的,小快若泉下有知,她不会让我这样做的。而回到王家,替小快尽孝道,却是三全其美的好事,既能让小快欣慰,也能让王家满意,自己的前程也不会终身与青灯为伴,甚至我母亲那里也能有个好的交代。想到这里,出家当和尚这种虚无缥缈的梦想一下子烟消云散了,心中的蓝图一下子明朗起来。

"小快,别笑话我啊,这阵子我确实是考虑欠周到!"我轻轻地对着天空说,"我这就回去,给你爸你妈做儿子,替你尽孝道。"

我准备收拾行李。那件僧袍,早被磨坏了,只有进寺院吃饭、坐禅时我才穿在身上。现在,没有必要再理会它了。头上的毛发已剃过五六回了,此时又长齐了,不必担心光头的烦恼。我把行李包提到手上,在门口转了一圈,觉得还是应该给住持打个招呼,有始有终,也算是对他人、对自己的一个圆满交代,实话实说呗。于是,我又从后门走进了云居寺。

住持师父就像早已等候似的,正在院中散步。见了我,迎了过来,合十行礼道:"阿弥陀佛,小施主,如果老僧没有猜错的话,今天是你下山的日子吧。"

"师父真是神算,"我点头笑道,"这段时间我想了很多问题,感觉自己不是出家的料儿,还请住持师父网开一面。"

"阿弥陀佛,你是第一个有意上山出家、下山时又向我辞行的施主,老僧这厢有礼了。"住持微微颔首道。

"师父客气!这段时间,多有打扰,还请见谅啊。"

"连日来,你一心向佛,为贱刹做过不少好事,是老僧应该感谢你才是。无论出家与否,只要心中有佛,一心向善,佛祖仍然会保护你的。小施主这次回去,必当好自为之。"

"谢谢师父教诲,弟子这就告退。"我朝住持深深地鞠了一躬,转身要走。

"等等。小施主如果方便的话,就把你砍的那些木柴挑回去吧。"

"那哪行呢？那是我们专门为贵寺砍的呀。"

"斋堂里的木柴，已经堆积如山了，足够用上几年。小施主，让你们出力，不是老僧本意，意在考验你们的心意。如今既然小施主仍然眷恋红尘，不妨把这些木柴挑回去，也好跟家庭有一个交代。阿弥陀佛，小施主自便，恕老僧不远送了。"

住持师父再次颔首，然后朝禅房走去。我走出门外，望着门前的木柴，心有所动：是啊，这次下山，归根到底是要回到王家，挑几担木柴回去，也可以做一个见面礼啊。再说，云居寺里也确实不在乎这些木柴。想到这里，我用镰刀削了一根光溜溜的冲担，找了两捆最大的木柴插进去，挑在肩上。

然后，望了一眼回家的路，便横下一条心，晃晃悠悠地朝山下的环行公路走去。

第七章

重返王家畈

1

我挑着木柴回到王家畈时，村子里静悄悄的，家家户户掩着门。阳光洒在泥土地上，照亮了坑坑点点的地面，和在地上跳跃的麻雀，间或有猪崽在山墙下走过。

我忍着肩膀的生痛，径直去了王家。王家也关着门。我把木柴卸在山墙的地上，那里本来就是王家放柴的地方，正好空荡荡的。望着自己的劳动成果，就像吃饱了一顿美餐，肚子里充充实实的，脑子里就蹦出了一个成语——雪中送炭。

站在王家门口，推开门缝，只见里面还是那一屋的摆设，虽然分离数月，倒像是昨天才离开似的，一切都是那样熟悉和自然。所不同的，是大方桌上摆着小快的放大了的照片。这是小快最美的一张照片，黑黑的头发、细嫩的脸蛋，嘴角笑着，还似乎在闪着眼睛。"小快！"我呜咽了一声，四肢无力地瘫了下去，稳稳地坐在了地上。

许久，我擦干了眼泪，感到肚子饿了。我本能地朝厨房里扫了一眼，那里的门虚掩着。我起身奔过去，掀开锅盖，发现里面竟坐着一碗稀粥，我抓起碗，送到嘴边猛吸一口，还是热乎乎的。我一口一口吸进肚子里，又从灶台上端出半碗咸菜，夹一把塞进嘴巴。咸菜不咸，但酸溜溜的，我叽叽咕咕地嚼下去，抹抹嘴巴，重新坐到门口上。

肚子饱了，脑子又开始驰骋飞奔。我想：我今天的选择才是对的！为了小快，我一定要在这里生活下去。我做不了王家的女婿，但我可以做王家的儿子，替小快赡养父母，直到老死，然后葬在小快的身边。至于我的亲生母亲，就把她交给姐姐好了。我的主意已越来越明确，态度也越来越坚定。想起自己一辈子就要在这里生活，即将成为王家的主人了，我对这里的一土一木越发亲切起来，就感到身上的担子也越来越重了。

于是，我又起身，夹着刚才的冲担，抖抖精神，又朝山上走去。

王家畈离云居寺有十多里路。走了一个半来回，其中两次还挑着木柴，再回到王家畈时，已经是掌灯时分了。

我在朦胧的光线下，把木柴卸下来。擦了擦汗水，摸了摸肩膀，等喘定了大气，才一瘸一拐地去了王家。可是，推开厨房，里面什么吃的也没有留下，甚至连碗筷也收走了。

我感到肚子越发饿了！只好去推王家的正门，却纹丝不动，而里面却分明亮着灯光。

好家伙，是防着我呀！我立即无名火起，正想伸手砸门，却从门缝里看见了小快，那双明亮的眼睛正看着门外呢。我轻轻喊了声"小快"，眼泪夺眶而出。但我知道，哭是没有用的！我忽然想起了门槛是活动的，便弯着腰，轻轻卸了下来，然后趴在地上钻了进去。

我站起来，细细一听，老两口正在他们的房间里说着话。饭菜还摆在方桌上。我不顾一切地坐下去，拿来碗筷便吃，吞了几口，看见小快也在看着我笑呢，便也笑，轻声说："小快，从今天开始，你爸你妈就是我爸我妈了，我替你照顾他们好不好？你放心，不管他们人怎么样，我都好好伺候他们，不为别的，就为我们俩的感情。"我低头扒了几口饭，又说："虽然你爸你妈是我爸我妈，但你决不是我的妹妹，在我心目中，你仍然是我最亲的人，是我的未婚妻，等我死后，就和你葬到一起！"

我边吃边念叨着，就像小快正在我的身边。等我吃完了，也念叨完了，脑子里开始想着下一步该怎么办。要是他们发现了我，我该如何回答。

房间里，小快妈突然发话了："我怎么老是觉得，屋里有人在说话呢？"

王大天："有人说话？见了鬼了！门都闩了！"

"唉，"小快妈叹了口气，"是谁把我的饭偷吃了，还给我送一担木柴？是金心亮？"

"我猜八成也是他！这个小混蛋，过完年又来了？你说他，把我家害成这个样子，你就走得远远的得了，他又来了！这不是让我找恶心吗？他妈的，我老王家上辈子杀了他祖宗，欠他们的，才落得这样的下场！"

小快妈："按说这孩子……他给咱家送柴，也不知打的是什么主意？"

王大天气不忿儿："再遇到他，不管是你，还是我，都让他滚。他不来还好，他一来，我这心里就堵得慌。"

没说完，他就惊呆了，小快妈也跟着惊呆了。他们发现了我，正直挺挺地跪在房门口。

王大天边后退边说："你、你怎么来了？你是怎么进来的？"

小快妈放下手里的针线活儿："是心亮啊？我和你叔刚才还念叨你呢，你来有事呀？"

王大天说："我们不是说好了吗？你永远永远不要再来了！你怎么说话不算数呢？"

"爸！妈！"我大声喊了两个字，然后给他们磕了一个重重的响头。

"你、你说什么？"王大天望着他的老伴，不敢相信自己的耳朵。

"爸、妈，从今之后，我就是你们的儿子，亲亲的儿子！"我流下了眼泪。

王大天"喷"了声，道："天啦，你又搞什么名堂？你不是我的儿子，我也不需要你做儿子！"

"不，你们需要！你们不是说，是我害了你的女儿吗？从今往后，我做你们的儿子，替你的女儿王小快尽孝，直到把你们伺候到老到死。这样总可以了吧？"

王大天哭笑不得地说："你们年轻人，脑子一热，想怎么干就怎么干，想怎么说就怎么说！我问你，你要给我做儿子，你图什么？图我的钱？我家里什么都没有，图我的势？我家世世代代是贫农！"

"我什么也不图，我就是要替小快报答你们。"我泪流满面，"你们不总是说，是我骗了小快，想把小快骗走，不想再管你们了吗？我这样做，就是想告诉你们，我永远不会那样！我要让你们知道，我对小快是真心的，我还要让你们知道，你们干涉我和小快的爱情是错误的，你们应该一辈子都会后悔！"

"好好好，我知道了，我知道你是真心的，这下可以了吧？你起来，赶快走人！别再让我见到你了！"王大天不耐烦地说。

"不，我是来做你们的儿子，你赶不走的，我永远不会再走了。"王大天的态度，更坚定了我的决心。

"你瞧瞧，有你这么做儿子的吗？还没进门就跟我们吼叫，小快要是知道，她会答应你这么做吗？"

听到小快的名字，我痛哭失声，内心里充满了失望和悲伤。

许久，小快妈碰了碰王大天，来到我面前："心亮啊，你起来，听婶说两句。你想替小快报答我们，你的心意我们领了。可是，你要做我们的儿子，一辈子住在这里，你想过没有，将来我们还要替你盖房子、娶媳妇儿呢，你这不是找我们的麻烦吗？"

"婶，不！妈，你放心，我不会再娶媳妇儿，小快才是我唯一的媳妇儿！我是你们的儿子，也是你们的女婿。我只会报答你们，决不会连累你们。妈，相信我，我是真心的，是真心的！"我又痛哭起来。

"心亮啊，你的意思我懂了。要不你这样，认儿子的事也不是说认就能认的，也有个思考和准备的过程是不是？你先起来，好好考虑考虑，一年半载之后，要是你还想做我们的儿子，你再来给我们磕头好不好？"

"妈，这是你说的？"我似乎看到了希望。

"唉，是我说的。"

"那我爸他呢？"我望着王大天的背说。

"他的主，我做了。"

我这才给他们重新磕了一个头，站起来。

"心亮，今晚你就睡在小快的那张床上吧。"小快妈说。

"不行！"王大天厉声说道，"他就这么住在我家，算怎么回事呀？让他该去哪儿就去哪儿，想好了，再来找我们谈。"

我朝他们鞠了一躬，然后拉开门，走了出去。

2

晚上，我在王家门口坐了一宿，望着满天的星斗发呆。

直到凌晨鸡叫，我才趴在膝盖上眯了一觉。但很快被一阵寒气打醒了。

我伸了一个懒腰，站起来，却感觉下肢失去了知觉，脚板也麻酥酥的。站立了很久，血液才慢慢流通，脚脖子才有了点儿力气，轻轻跺了跺，直到能在门口活动为止。

东方已现微弱的亮光，天上的星星隐退了。伴随着鸡鸣声的再一次合奏，村子里开始响起开门的声音，猪和牛羊被早起的主人赶出来拉屎撒尿。女人和孩子的喃喃声也隐约可闻。

听到王大天的咳嗽声，我知道该自己上路了。我计划把云居寺上由我砍的木柴，一担一担全部挑回来。这就可以减轻王大天和小快妈的负担，免得他们自己上山砍柴了。而且，这也是农家子弟应该做到的，在豫南老家，打柴的家务不也是归了我吗？我想用我实实在在的劳动，取得王家的认可。

到了云居寺，已经日上三竿了。许多身强力壮的和尚，都到寺外的农田收拾去了。我走进斋堂，要了一碗米汤喝下去，然后挑了一担木柴下了山。

一担木柴，一百斤左右，沉沉地压在身上。挑柴时，幸亏走的是下山路，但需要磨砺双腿的支撑力。这时，我的双腿早已酸疼了，但我不理会它。我知道任务还很重，这点儿痛算什么？活儿还早着呢。宁愿中途多歇几次，也要坚持下来！

回到王家畈，看见村里的人差不多全去了田里。我卸了木柴，钻进厨房，发现一碗热乎乎的米饭正坐在锅里，米饭上面还按着可口的青菜。我心中一热，含着泪水吃下去。又灌了一瓢凉水。然后鼓足了力气，又往云居寺走去。

下午，当我把木柴挑回王家，已经是午后了，村里的劳力们基本都出工了。我又从王家的灶台上，端出一碗热米饭吃下去。这时我才明白，是小快妈故意给我留下的。这让我感动，也让我充满信心。但我暂时还不想和他们打照面，也没有必要打照面，因为我的"成果"还不够充分，"见面礼"还太少太少。于是，我又马不停蹄地上了山。当第三担木柴躺在王家柴垛时，又是夜幕沉沉的掌灯时分了。

我偷偷吃了晚饭，就坐在王家门口，躺在他们的屋檐下。

王家柴垛的木柴一天天多起来，我的脸一天天瘦下去，也黑下去，力气也渐渐耗尽了。直到一个下雨天不期而至，让我再也无力坚持下去了。

那是一个春雨淅沥的日子，均匀而有节制的雨点从早上一直下到第二天中午，下得很有耐心。但我还是借着朦胧的晨光上山了。当我踏着泥泞的黄土路，迎着雨水，把一担木柴挑回去时，人已整个变成一只出水动物了，浑身还冒着水蒸气。时间肯定是在午后了。我拧干自己的上衣和裤子，晾在屋檐的铁丝上。短裤也是湿漉漉的，但我只能穿在身上。我坐在屋檐下，擦干了汗水，却打起了一阵冷战，浑身起了鸡皮疙瘩。我抱着胸脯，弯腰眯眼，感到脑子里昏沉沉的，饭也不想吃了。

外面的雨水，依然不紧不慢地下着。我靠在墙上，依然抱着胸脯，想睡觉。也不知过了多久，王家的房间响起了说话声。

小快妈道："小快她爸，你说这么个阴天，心亮那小子不会再去砍木柴了吧？"

王大天打了个响亮的哈欠道："他傻呀！这样的天，还不知躲到哪里去了。"

小快妈："你别说，这小子，我看就那么犯傻劲儿，还倔！跟小快一路的货色！"

王大天："由他去吧！吃不消了，他自己就乖乖走了。"

小快妈："可是，我总觉得这孩子就在我们门口躺着。我去瞅一眼。"

不一会儿，门被人拉开了，紧接着，就听到小快妈吃惊的声音："妈呀，我没说错吧！这孩子，大雨天还真干呀……"

很快，我的额头上被一只手捂住了。

小快妈喊："天啦，发烧了！她爸，快把心亮抱进去，他还真去给我家砍木柴了，浑身都湿透了，正光着身子靠在墙上呢。"

王大天跑了出来，观察了一下，把我拉了起来，扶进屋内坐下来。

王大天说："把我的衣服拿出一套，给他穿上。"

小快妈不满地说："她爸，你是不是太狠了点儿？快把他送到小快的床上躺着，我去给他熬姜汤喝。"

王大天只好把我扶到房间里，让我躺在床上，还给我扔一条他自己穿的短裤。

躺在久违的被窝里，温暖也重新回到自己的心窝里。我含着眼泪，一动不动，但脑子里仍然什么也不愿想，也不愿说什么。小快妈把姜汤端了过来，先把枕头竖在墙头上，让我靠在墙上坐着，然后才给我一勺一勺喂着姜汤。我一边喝着，一边打着冷战。

小快妈说："心亮啊，你给我家送的木柴，够烧一阵子的了，往后就不去了，歇歇，啊？"

我清了清嗓子，许久才说出来："妈，我是你的儿子，应该给你劳动的。"

小快妈叹了口气："你这个孩子，就是太痴心了。"

"等天晴了，我还会去的。"

小快妈唏嘘了一声，道："伢子，你现在什么也别想，也别说，好好睡着。啊？"

喝完姜汤，小快妈把我扶进被窝里，被子上面又压了一件棉袄，还用一条干毛巾盖在我的头上，这才出去了。

这时，我感到肚子里滚烫滚烫的，脖子上有汗珠溢出，知道姜汤起了作用，便一动不动，沉沉睡去。

3

不知过了多久，小快妈的呼唤声将我催醒。睁开眼时，窗外漆黑一片，堂屋里亮起了灯光。小快妈说："心亮，吃晚饭咯，好没好些？"

我试着摇了摇头，觉得一点儿也不晕了，便说："好了。"

小快妈从衣柜里掏出一件上衣和一条裤子，是小快爸穿的，扔在我的床上，又兑了一盆温水端过来。她让我坐在床上，拧干热毛巾给我擦背，把脖子和前胸的汗渍也全部抹掉。在擦我的肩膀时，我痛得"哎呀"了一声，小快妈便睁大眼睛仔细一瞅，说："肩膀都紫了！都怪你王叔，我说过多少回了，说你吃不消的，他硬说没事儿。"

"我真的没事。"我咳了一声，说。

"还没事呢！要是小快活着，她还不心痛死了！"

一句话，说得我叹了口气，低下了头。

"心亮，你自己把腿和脚洗洗，赶紧过来吃饭啊。"小快妈把毛巾递给我，出去张罗饭菜了。

我坐在床上，把脚放进水盆里，交替搓着，心里盘算着时机已经成熟了，该趁热打铁，主动向他们表示点儿什么了。

我走出房门，老两口已经坐在方桌旁，等着我。王大天一个劲儿地抽烟。我走到他们面前，又跪在地上，说："爸、妈，儿子给你们磕头了！"边说边把脑袋磕在地上。

"起来吃饭。心亮，你咋又磕头呢？"小快妈说。

"你们要是不想让我做儿子,我就不起来。"我一动不动。

"心亮,起来吃饭吧,吃了饭再说。"小快妈站起来,想过来拉我。

"不,我连儿子都做不了,还吃什么饭?饿死算了!"我流着眼泪,犯了牛劲儿。

小快妈说:"你这孩子!你知道我家没有儿子,你想做我的儿子,我是求之不得的。可我和你王叔商量了,这事还要再考虑考虑。"

"为什么,难道我不配吗?"我失望极了。

"那你先说,你为什么要做我的儿子吧。"小快妈说。

"我说过了,我是小快的未婚夫,她是为了我而死的,她没了,我就有义务替她为你们尽孝。如果我抛下你们不管,我还对得起她吗?我还是人吗?"

"这又何苦呢!小快没了,你还活着,那是你的造化。心亮,我家是一个贫农家庭,你也看到了,什么值钱的也没有,你来能图个啥?"

"我不怕吃苦,我只想为你们干活儿,替小快报答你们。"我真诚地说。

"就这样,跟我们种一辈子田?凭你的身子骨?"不住抽烟的王大天,终于开口了。

"爸,你还是觉得我不配是吗?"我把脑袋转向他。

"你是一个读书人,种田是你干的?你也在我家种过田,咋样,你心里没有数吗?"

"那我就豁出我的小命,再做给你看看!"我急了。

小快妈白了王大天一眼,说:"有话对心亮好好说,你像个做长辈的吗?"

小快妈又温和地对我说:"心亮,我知道你的心思,你是一个好孩子,可怜小快她没有这个福气!你想做我们的儿子,我们不是不答应,主要是怕你受委屈呀。"

"妈,我做你们的儿子,是完全自愿的,我没有什么委屈。如果你们不答应,我只有两条路可走,一是出家当和尚,一辈子不下山。二是跳进鄱阳湖,找小快妹妹去。你们眼睁睁地看着我走上绝路吗?"我再次泪流满面。

小快妈也擦了擦眼睛,对王大天说:"她爸,心亮都说到这个份儿上了,我们先答应了吧。人家孩子也是诚心诚意的,你都看到了。"

王大天说:"我家里苦,我担心他吃不消的。"

小快妈说:"你还真让他陪你种一辈子田呀?心亮是一个有文化的人,你到时托人活动活动,送送礼,把他弄个教师当当,或者做一个大队会计什么的,不也是可能的吗?"

"不,这些我都不需要。爸,妈,去年,我就和小快商量好了,我准备把这里的荒山都承包过来,在上面种上橘子树,三五年之后,让我们每家每户有橘子吃,也有钱花。"

"对,这也是一个不错的主意呀。"小快妈高兴起来。

"几年后,等我们有收成了,我就在山下盖成三层洋楼,让你们二老居住。如果我的亲生妈妈也想来的话,也可以把她接过来,我一起养着你们!"

"孩子,你是一个有志气有孝心的人,小快她没有看错你。"小快妈吸溜着鼻涕,低头用衣角抹眼泪。

"妈,爸,请你们相信我!"

小快妈转过头来,看着王大天,等他发话。

王大天使劲儿地抽着烟,突然一拍脑门儿,忏悔地说:"都怪我,我不该拦他们啦,是我害了小快,害了他们!"

"爸,你们别难过,只要有我在,小快她就不会白死,你们也不会无依无靠!"

"心亮,你起来吧。"王大天起身奔过来,拉起我。

"爸,你真的答应我啦?"我知道这事有门了。

"你要是不嫌弃,就做我的儿子吧,直到你不愿意做为止。今后,你想干什么,只要我能帮上,我全力支持。"

"那你们坐好,我再给你们磕个头。"

他们只好回到自己的座上。我朝他们的方向,分别磕了头,说:"爸,请受儿子一拜吧。妈,请受儿子一拜吧。"

"唉,起来起来吧。"他们眼含着泪水,点点头。

我便站起来,抹了一把脸上的泪水,也坐在他们身旁。

"心亮,饭都要凉了,快动筷子吧。"小快妈抹了一把眼泪说。

"等一等,还有一点白酒,我去拿出来,和心亮碰一杯。"王大天起身了。

4

雨过天晴。早饭后，我跟着我的新爸新妈，去他们的稻田里，修理田埂上的杂草，拾弄大棚里的秧苗，还为稻田准备肥料。

他们跟村里的人介绍说："这是我们家的干儿子……"

村里人都冲他们奇怪地笑。

但我没有理睬这种笑，而是大声地喊"爸"、喊"妈"，故意让他们听到。

我还跟王大天一起给稻田放水，犁田、耙田，给稻田里沤上青草，让它们腐烂成肥。

然后，我们和请来的人一起插早稻，又去帮别的人家插秧干活。

我似乎已习惯了紧张的农村生活的快节奏，整天弯腰忙碌，流一身汗，喝一肚子开水，吃大碗大碗的米饭。我似乎浑身充满了劲头，该干就干，该歇就歇，该轻就轻，该重该重，好像不再是一个文弱书生，也不再是一个笨手笨脚的新手，什么都懂得似的。到了晚上，我和王大天一样，吃饭喝酒，享受着小快妈给我端来的温水洗澡，然后倒在床上休息，打起响亮的鼾声，养精蓄锐，准备迎接新一天的工作。

当然，紧张的劳动只是暂时的。当早稻插完之后，就可以告一段落了，农民们个个可以喘一口气了。这时，小快妈给我换了一身干净漂亮的衣服，帮我穿上，又给了我一些钱，说："心亮，这些天把你累坏了，该歇一歇。你去走一走、转一转吧，去镇上，去县里，想去哪里玩儿就去哪里玩儿。"

我想了想，钱收下了。不收，就有些生分之嫌，不像一家人了。我说："妈，我不想进城，就想到山里转一转。好久没有去山里走一走了。"

小快妈笑了笑："那你爱去哪里就去哪里吧。今天我去赶集，给你和你爸买好吃的。"

我"嗯"了一声，很顺从的样子。在她的心目中，我已俨然是她的儿子，虽然王大天还有些不习惯，但她确确实实是把我当儿子看待的。这个，我心里有数。就像许多儿女，知道自己的母亲是真心疼爱自己一样的感受。

"妈，给我爸买点好酒。这段时间，他不敢多喝。晚上就让他好好喝个够。我陪着。"我表现得就像一个很懂事的孩子。

"唉，我记得呢。"小快妈咪咪笑，是很满足的那种笑。

"要不，你把刚才这钱拿回去，凑够了。"

"妈有，不差你这几块钱。"小快妈依然很满足地笑着。

我又"嗯"了一声，说："妈，那我自己去了，不陪你了。"

小快妈说："快去吧，早点回来。"

我知道我应该去哪里，小快妈也好像知道我想去哪里，她看着我抱着小快的相框，没有说什么。我在田间干活时听说，橘子花早已开过了，向阳的地方，橘子花甚至都开败了。去年，我和小快约好，去橘子树下合影呢。这几天，小快的话一直在我的耳边回荡，小快讲的那个故事，一直在我脑海里闪现。那时，我们约好，来年的春天，橘子花开的时候，就去看橘子花的。

我抱着相框，步入公路，又转入去年砍柴的那个草棚方向。四面的青山，长满了青枝绿叶。去年坍塌的草棚，已被芳草埋没，几乎见不到了痕迹。只有这条弯弯的山下小路，依然保留着，像一条长蛇，朝山上蜿蜒。脚步越走越近了，清鲜的空气里开始混合着缕缕清香，随着脚步的临近，香气似乎更浓了。无疑，是那棵橘子树在召唤我呢，我的心开始激动了。

太阳斜在头顶一侧了，灿烂的光辉散落在树叶和草丛上，也披洒在我们身上。露水开始蒸发，空气里弥漫着淡淡的白雾。轻风吹拂，带着些充足的氧气，潜入我的呼吸里，清鲜爽气。万木复苏，野花遍地，却只有那树橘子花开，独自芬芳。

循着香味，一路走去，一路吮吸。走近了，才发现一树的橘子果然开花了，满眼的纯白，星星点点，缀满枝头。花朵儿一簇拥着一簇，一朵挨着一朵，或含苞待放，或盛开到极致。没有蜂围蝶舞，也没有姹紫嫣红，有的只是这一树的纯白，满眼的缤纷，满怀的清香。

站在那棵熟悉而又陌生的橘子树下，我心里充满了庄重的感觉，脸上越发严峻了。我慢慢把相框翻过来，让小快的脸对着橘子树，好让她也看一看橘子花。"小快，我闻到橘子花的香气了，你呢？你肯定也闻到了吧？因为去年你说过，只有相爱的两个人一起站在橘子树下，才能闻到它的香气。橘子花真通人性，它知道我们的感情很好，差一点儿就成小两口了。所以，它很感动。你瞧，花瓣里还藏着一滴滴露珠呢，那无疑是它们的眼眶里饱含的眼泪吧。"

我吸了吸鼻子，继续说："去年，我们约好了的，要来这里合一张影。我把你带来了，却缺少照相机。都怪我，忘了去镇里请了。不过，迟早会有那一天的。"

我擦了擦相框里小快的脸蛋和眼睛，接着说："你的爸爸和妈妈都认我做儿子了，但我没有把你当妹妹，还当我的未婚妻，当我的最亲最亲的人，我永远不会忘了你。"

我把我的话说了一遍又一遍，直说得口干舌燥、舌头发沉，才静了下来。暖洋洋的太阳照在头顶上，晒得脊背发烫。于是，我找一块草地坐下来，望着橘子花发愣。

那个私奔的故事，随着小快的语音，再次从我的脑子里播放，从头到尾，每一个细节都是那样清晰和逼真，就像是真的一样。"小快，其实那个故事，说的就是我们啦。你真有先见之明，也许冥冥之中有一个神明在暗示你吧？是的，我们为了爱情，不也偷偷私奔了吗？只是，你死了，我还没有死，这对你太不公平了！我承认我对不起你！可是，如果我也死了，你爸你妈真的没有人管了，等我替你为他们养老送终之后，我再死好吗？真的，我说到做到……"

我站起来，郑重地发誓说："让橘子树为我作证，让橘子花为我作证，我一定说到做到！"

然后，我朝橘子树深深地鞠了一躬。

再然后，我把小快的相框翻过来，让她的正面向着我。看着那美丽清纯的面孔，那含笑的眼神和俏皮的嘴角，我笑了，是凄苦的笑！我腾出一只手抚摸着她乌黑的头发，虽然是平面的，却能感到了头发的光滑和柔软，这昭示着健康和活力的乌发啊，曾吸引着我目不转睛，如今又激起了我暗藏在内心深处的那股朦胧的力量。我按捺不住，伸出嘴巴亲吻着，并把嘴唇久久地停留在上面。

"小快，你的头发真漂亮，是世上最美的少女的头发呀！你漂亮的脸蛋，再配上这漂亮的乌发，真可谓绿叶配红花呀！想一想，如果橘子花只有光秃秃的花瓣，没有橘子树叶的陪衬，那该多难看呀。你的头发就是你的绿叶呀，有了这绿叶，你的脸蛋才更美丽更有魅力了。今后，我就把你的这张照片放在我的床边，想你了，就把它抱起来，抚抚绿叶，吻吻红花，多美，多提神，多有滋味呀……"

于是，我又朝小快的脸蛋很响亮地吧唧了一口。

正在这时，我的身后闪过一道白光，同时传来了咔嚓的响声。这个声音有些熟悉，但我没有理睬，依然面对着橘子树。

5

片刻之后，一串有节奏的吟哦声，在我的背后响起——

物是人不是，

花来人未来。

一树清香瓣，

点点愁心怀。

听着这熟悉而动听的声音，我的眼前一亮，脑子顿时从麻木状况中清醒过来。循着声音望去，一个俊俏美丽的姑娘，正朝我轻轻走来。她穿着春秋才穿的连衣裙，梳着学生头，白皙漂亮的脸蛋灿烂着，露出光洁整齐的牙齿，像珍珠一般耀眼。

"小聪，你怎么来啦？"我十分意外，也感觉有些兴奋。我已经有半年多没有见过她了，她似乎又长大了不少，也成熟了不少。

"是你的行踪把我召唤来的呀。"小聪停在我的面前，眼神里闪闪发光。

"你放假了吗？"

"高考预考，提前把我淘汰了！我的中学生涯，从此结束了！"小聪显得很轻松。

"那你今后怎么办？"

"昨日读书郎，今日落榜生；挥手自兹去，做个自由人……"小聪随口说道，然后自己把自己逗乐了，捂着肚子哈哈大笑。

"真是一个快乐幽默的小姑娘。"我不由得被她的才华折服了。

"过奖了，不过是你的徒弟而已。"小聪又俏皮起来。

"你手里拿的是什么？"我的眼光移到她的手上。

"傻瓜照相机。"她扬了扬手里的东西。

"照相机？"我更加兴奋了，"小聪，给我和小快合个影吧？"

"OK，同意。"

小聪立即调整焦距，我则往后退几步，靠近橘子树，把小快的照片贴在胸前，觉得不妥，又把照片往上挪了挪，放在我的下巴颏儿下面。

随着"站好""抬头""挺胸""侧身""微笑"等一连串的指令，一张合影照片瞬间便藏在胶卷里面了。

"小快，我们终于合影了。"我低头对着相框说。

"原来你们是'人约橘花后'？"小聪看着我的样子笑起来。

"我和小快商量过的，今年春天一起到橘子树下合张影。幸亏你拿着照相机，不然我们的愿望就难以实现了。"

"你对姐姐的爱情，是有目共睹的，"小聪说，"你们为了一辈子在一起，不顾任何人的反对，不附加任何私心杂念，只为爱情两个字。为此，我的姐姐还失去了生命。你们的故事，堪比昔日之梁祝，不逊古代孟姜女。可叹！可敬！可歌！"

"可是，小快走了，我还活着。小聪，这对小快太不公平了，我是不是很对不起她？"我想听取小聪的意见。

"非也。姐姐并不是为殉情而死，而是为了救你而不慎溺水。如果你投了湖，决非姐姐本意。姐姐泉下有知，也会埋怨你的。而你并没有辜负姐姐的一片真情，甘愿回到王家，替姐姐行儿女之责，这情堪称伟大，犹胜一筹。"小聪滔滔不绝地说。

"真有这么伟大吗？"我笑起来，"这是我应该做的。"

"嗯，当然伟大了。最近，你的故事已在方圆十里八村里流传开了，许多小姑娘都夸你是一个有情有义的男子汉。"

"那么你呢？你怎么看我？"

"你当然也是我心目中的偶像，是我最敬重的人之一。"

"真的吗？"我问。

"是！"

我心里热乎乎的，眼睛朝四周山上望去。去年还光秃秃的山岭，如今又长满了青枝绿叶，把山体遮得严严实实。太阳西斜，阳光依然灿烂。山上白雾殆尽，天上晴空万里，蓝色的天际，一色的清纯。我情不自禁地叹道："来年，我一定要把这些山栽上橘子树！"

"哥，你真的有这样的打算？"

"当然，这是我和小快去年就达成的共识。我要把荒山变成花果山，学那当年的孙悟空，守在山上，春天赏橘子花，秋天吃橘子果，吃不完的就卖出去，换一大把钞票回来。"

"那到时，你可是我们这里远近百里第一位大果农了。"

"小聪，你呢？你打算怎么办？"

"我的哥哥都成了果农了，我岂可袖手旁观？我准备拜爸爸为师，做个嫁接师，然后，随时听从你的召唤。"小聪笑吟吟地说。

"那太好了，到时你一定要来帮我呀。"

"嗯。"

"这下子，我们家什么人都不缺了！小聪妹，如果我的理想实现了，功劳也会有你的份哟。"

"当然，我也不会给你白干的呀。"

"哼，我就知道你不是一个容易吃亏的丫头。好吧，到时我论功行赏。"和小聪说话，我也学会了俏皮和幽默。

小聪抬手看了看表，说："哥，已经是下午三点了。大妈千万别骂我，小羊去山上喊小牛回家，自己也留在山上吃草了。——我可是奉命而来哟。"

"那回家吧，千万别连累了你。小聪，今天见了你，我可是格外高兴。"

"行，帮我推自行车吧，免得你把身体高兴坏了。"

我朝小路上望去，那里果然停了一辆崭新漂亮的二六式轻便车。我急忙奔了过去。

第八章

爱火再次点燃

1

我骑车载着小聪回到家里，一桌子好菜已经凉了。有一碟鱼，一碗肉，一盆炖豆腐。小快妈从外面跑进来，埋怨说："心亮，你去哪儿了？你这孩子，都不知道天气早晚了！"

我说："妈，不好意思，一玩就耽误了。你还没吃吧？我爸呢？"

"他可等不及，将就一口儿，早出去了。菜呀，刚才我又热了一下，快吃吧。小聪啊，你也一起吃点儿吧。"

小聪从外面走进来，说："我还以为，大妈不招待我了呢。"

小快妈笑道："你这丫头，从小到大都跟我贫。留下吧，陪你哥吃点儿吧。"

"天啦，这可是在你们自己家，怎么能让我陪他呀。"小聪假装不干，"他不是你的儿子了吗？"

"行，你就别挑理了！你家我家的，不都是我们老王家吗？老王家不都是一家吗？我来陪你们行了吧？"

"不，还是我来陪小聪妹妹吧。"我微笑道。

小聪这才坐了下来，夹起一块鱼塞进嘴里，说："嗯，好香，好几天没有闻到鱼腥了。"

"小聪啊，"小快妈看着小聪吃菜，"今年你都满十八了，是要嫁人的年龄了，今后可要讲究吃相啊。别让人家说你没有规矩。"

"天啦，"小聪一听，赶紧把喉咙的菜吞下去，"到时还不知道谁挑谁的理呢。看不上我的，都滚一边去。"

小快妈笑了，道："小聪说得对，凭你的漂亮样儿，得要找多么好的女婿呢。你妈说了，你爸要在林科所给你找个工作，将来好接你爸的班。到那时，你就是金枝玉叶了，一般的人家，你未必看得上呢。"

"找工作也就是一个临时工，就算接了班，顶多也就是我爸那样的出息了，鸡蛋里发面——一辈子都没有大发头。"

"那你还有别的打算？"

"我要学我心亮哥，好好干一番事业。"

小快妈看了我一眼，我微笑答道："小聪说了，等我把橘子树园建起来了，她就是技术员，专做我的科技顾问。"

小快妈也笑了："你爸给我说了，他改天就去做乡亲们的工作，让他们答应把荒山都包给你。心亮，有小聪和你二叔的支持，你就不愁这橘子树种不起来。"

"到那时，心亮哥必须给我开最高的工资，否则我可不伺候。"

"一家人的，相互帮助，开什么高工资呀。"小快妈笑起来。

"那可不成，"小聪大声说，"我算他什么一家人啦，又不是他的……"

小聪瞥了我一眼，脸忽然红了，狠狠咳嗽了一声，道："我充其量，不过是她的堂妹罢了。"

这微妙的变化，没有逃过小快妈的眼睛，她笑了笑，问道："小聪，你将来希望找一个什么样的对象呀？"

小聪的脸越发红了，吃了一口菜道："反正那个人要非常了不起，他重感情，有能力，有文化，对我好，也孝敬我的父母……"

"说来说去，就找一个像你心亮哥这样的呗……"小快妈说。

小聪又瞥了我一眼，脸再次红了，放下筷子道："这饭没法再吃下去了，回家去喽。再见！"

说完，小聪起身跑了出去。

小快妈看着小聪的背影走远了，然后和我相视一笑，道："这丫头，就是嘴快。"

我回味着刚才的情景，也有些难为情，只顾埋头吃饭。

小快妈却笑了一声，对我说："心亮，你告诉我，把小聪介绍给你，你答应不答应？"

我吃了一惊。她的话，等于捅破了一层窗户纸，把这场尴尬推向了极致。我说："妈，你说什么？小聪是我的堂妹，是你的侄女，我的堂妹怎么能介绍给我呢？"

小快妈又笑，不慌不忙的样子："心亮，谁说小聪不能介绍给你？她是你的堂妹，可不是亲堂妹，为什么不能呢？"

"妈，我说过，我只认小快是我的未婚妻，我打算一辈子不再找人了。"我用埋怨的口气说道。

小快妈说："你想替小快报答我们，我怎么不懂呢？可是，心亮啊，你既然做了我的儿子，为什么不为我娶一个儿媳妇回来呢？你让我们老王家有了儿子，为什么就不能让我们有个孙子呢？你既做我们王家的儿子，又做我们王家的女婿，有什么不好？再说了，我们是做父母的，能看着自己的儿子一辈子打光棍吗？"

"妈，我还没有考虑这个。再说了，小聪也不是一般的女孩子，他怎么会乐意在山沟里待一辈子呢？她刚才说的话，只能当耳边风听。"我赶忙搪塞过去。

"你想过没有，心亮？小聪呀，也是她爸她妈的独苗儿，她爸她妈也舍不得把她远嫁了。我早就听她妈提过了，也希望招个女婿进门。刚才，我见你们在一起说笑，十分般配，就忽然有了这个想法。如果你能和小聪成双成对的话，我们两家就合成了一家，对两家大人不也是一件好事吗？"小快妈边说边笑。

"我看得出来，小聪是一个心高气傲的丫头，她不会对我……"

"看她对你的样子，我倒是觉得她挺佩服你的。"

"妈，这事挺玄！你还是别动这个脑子吧。"我仍然觉得不可能。

"你就告诉妈，你喜欢不喜欢人家小聪吧？"小快妈问。

"我……"我低下头，不知道该怎么回答，小聪没有什么不好的呀。

"我看出来了，"小快妈又笑，"这事你别操心，由我去跟她妈说，你只管听信儿。"

我的心咚咚跳动起来。我只顾埋头吃饭，刚才的坚定态度，悄悄变得模糊不清了。

2

此后，我的思想一直处在矛盾和冲突之中。虽然我发过誓，要守着小快的照片"从一而终"，但面对小聪这样的新人选，我又斩断不了一份情丝和幻想。因为小快妈，甚至连小聪都在提醒我：再找一个对象，不仅有利于王家的传承，并不意味着就背叛了小快，并且这也是小快所希望的。为此，我每天晚上都辗转反侧，揪着自己的头发，欲哭无泪、欲罢不能，心里受着良心和意志的双重煎熬。我承认我下不了决心，尤其是面对小聪这样的姑娘，我更下不了斩钉截铁的决心。

几天后，小快妈笑嘻嘻地对我说："心亮啊，你和小聪的事，我跟小聪她妈提了，有个八九不离十呢。"

我低下头，吞吞吐吐地说："妈，我觉得这样做，对不起小快。她为了我而死，我却抛开了她。"

"傻孩子，你想着小快，妈知道，也很感动。可是，小快再好，毕竟已不在人世了。死了的人，死就死了吧，活人还得过日子不是？小快对你那么好，她要是能显灵，她也会同意的。你说是吧？"

"妈，我发过誓，要守着你们，好好侍奉你们二老一辈子，我再要是成亲，也对不起你们，在乡亲面前也说不过去。"我把另一个担心也说了出来。

小快妈笑道："谁说娶了亲的男人，就不能孝敬父母了？又不是把你赶出去，你还照样住在这个家里嘛。说实话，给你介绍小聪，我也有私心的考虑。假如你们成了，我们两家就成了真正的一家，反正你哪儿都去不了，转来转去都是在王家，是不是？"

"妈说的也对。"我傻笑起来，认同了这个说法。

"我跟小聪她妈聊过了，她也觉得这件事合适。一来你是一个心眼儿好的孩子，让人放心；二来呢，她也是只有小聪一根独苗，要是你们成了，就不担心小聪将来远走高飞了。是不是呢？"

"妈，那小聪呢？这最后还是要看小聪的意见。小聪是一个有理想、有志气的孩子，她能、能看得上我吗？"

"傻孩子，你还没有看出来小聪的意思？刚才，我跟她提了，希望她找你谈谈。你猜她怎么说？她说：心亮哥是男孩子，他怎么不找我谈呀，没准儿人家还看不上我呢。你听听！"

"她真是这样说的吗？"我边琢磨边说道。

"真是这样说的。所以，心亮，你晚上去二婶家里，同小聪谈谈啊。平时，你们在一起不是谈得挺高兴吗？人家是女孩子家的，没见这几天她都不好意思来吗？女孩子有女孩子的矜持对不？去吧，晚饭后，妈给你好好换一件衣服,帅气点儿的。"

　　晚上,我穿着干净整洁的衣服,去了小聪家里。迎接我的,是那支悠扬清亮的口琴音,由远及近,冲击着我的耳鼓,令人陶醉着迷。依然是那首《我们的家乡在橘子山下》的激情旋律——

　　我们的家乡在四季如春的橘子山下,
　　那里有看不尽的稻田,和稻田上的庄稼,
　　小河在美丽的村庄旁流淌,
　　到处是黄澄澄的稻谷无边无涯;
　　橘子树上结满无言的果实,
　　秋天属于辛勤的庄户人家。
　　我们世世代代在这里生活,
　　为了丰收,为了富裕,
　　为了不负青春的年华……

　　一曲奏毕,房间里静悄悄的。我抓住了机会,敲了一下门,就有脚步声跑出来,将门拉开了。

　　小聪微红着脸,说了声:"请进。"

　　我说:"小聪,学客气了?"

　　"我当然得客气点儿。你是胸有大志的文学家,未来的农民企业家。我呢,一个小女子而已!"小聪讥讽道。

　　"小聪,咱们不说风凉话好吗?你的大妈让我来……"

　　"哇,原来你是奉命而来呀。既然这样,我不勉强你了。哥,请回吧。"小聪做了一个"请"的手势。

　　"不,也是我的意思,我早就想来看看你。"我改口道。

　　"好哇,谢谢啦!你已经看过了,可以走了。"小聪又做了一个"请"的手势。

　　"不光要看看你,还要找你有点儿事呢。好妹妹,让我进去吧。"

　　"说吧,到我家来干什么?"小聪拉张椅子坐下来。

　　"我来找你……"我看着小聪,欲言又止。

　　小聪眯着眼睛审视着我,等我的下文。

我看了一眼小聪手里的口琴，说："想请你教我唱歌，《我们的家乡在橘子山下》。"

小聪冷笑一声，说："好吧，满足你。你想怎么学？"

"你教一句，我学一句呗。"我也坐在她对面。

小聪想了一下，举着口琴，晃动着节拍，放开歌喉，唱出了第一句："我们的家乡在四季如春的橘子山下……"

我便也跟着唱："我们的家乡在四季如春的橘子山下……"

小聪反复教了好几遍，我也跟着唱了好几遍。然后，小聪连起来唱了一遍，我也连起来唱了一遍。最后，小聪说："我已经把这首歌曲免费全部教给你了。你还有事吗？"

"我……"我嘿嘿笑起来了。

"没事就请回吧，我进房间了。"小聪起身。

"慢，还有一件事。"我也站起来。

"说吧。"

"我来向你、求爱来了。"我终于说完了。

小聪哼了一声："向我求爱？哥，你这样做，可是对不起我的姐姐呀。"

"不，我是这样理解的。小聪，小快再好，毕竟与我阴阳两隔。现在，如果你能替她待我好，她会感激你的。我相信！"

小聪摇摇头："你对爱情那么专一，怎么会向别的女子求爱？我还是不相信。"

"现在，我才知道，感情专一不代表从一而终，爱是心灵的感动，只有把爱藏在心中，爱情才会永垂不朽。对于小快，我会永远记住她、怀念她的。"

"算你有情有义！现在，你还有什么话要对我说的？"

"我、我喜欢你。"我低着头说。

"请节省一至两个字，再说一遍。"小聪不满意。

我脸红半天，许久才吞吞吐吐地说："爱、你。"

小聪也红了一下脸，道："看把你逼得，差点儿就紧张得透不过气来。你跟姐姐在一起的时候，可从来没有见你红过脸的。"

"你和小快是两类不同性格的人啊。"

"为了我的爸爸妈妈,为了我的伯伯婶婶,也为了我可怜的小快姐姐,我决定接受你的求爱。"小聪站起来,"不过,这只是开始,有情人是不是终成眷属,还得看你今后的表现了。"

"小聪,你不会也是被逼的吧?"我听出了弦外之音。

"对头,你不也是让我大妈逼来的吗?为什么我就不能被逼呢?"小聪逼问我。

"其实我也是主动的,主要是我有这个愿望,强烈的愿望。"

小聪忍不住笑了:"行了,我知道你会拐弯抹角。不过,如果我俩恋爱的话,我得约法三章,你必须答应。"

"行,你说了算。"

"好,有关双方的事,我俩先商量,商量不成,就由我说了算,这是第一;第二,我们都要做一个有志气的人,趁年轻共同创造一番事业,不能虚度一生;第三,这一条最重要,告别小农思想,不许再用农民的头脑去思考问题,要超越农民,保持企业家和文化人的风度和气质。"

"嗯,你的这些条条框框,都有道理,我愿意接受。"我笑起来,并没有多想。

"那就走吧,心亮哥,跟我去厨房端好吃的,我妈为你准备的饺子。"

"也就是说,不是你准备的啰。"

"是我出的主意,因为你爱吃这个。满意了吧?"

"这还差不多!"我嘿嘿笑了。

3

然而,第二天晚上,当我再去小聪家时,却遭到了她的父亲王大地的反对。此前,小快妈已经把这个消息告诉了我。当我听说王大地从县林科所回来后,曾向小快妈打听能不能去看望他,小快妈说:"你再等等,我看见小聪爸爸的脸色有点儿不对呢。让他们一家子先聊聊。"我便等在家里,盼望小聪过来,而小聪也一直没有来。这是一个反常现象,使我的心头蒙上了一层阴影。

晚饭后,小快妈传令,让我去一趟,王大地要和我谈谈。

我不得不去了，却顾虑重重，心情沮丧。小快妈安慰说："别怕，心亮。我听他们三人吵起来了，一定是小聪不听她爸的。你去，这事儿还有门儿。"

我推开门，看见王大地正坐在椅子上，连正眼都不看我一下。小聪妈朝我点了一下头，小聪则噘着嘴巴不动。看样子，气氛是够紧张的。我朝王大地恭恭敬敬地鞠了一个躬，喊："叔！"然后又朝小聪妈鞠了一个躬。

王大地把手里的茶杯"咚"的一声放在桌子上，回头对她们母女俩说："你们先进房里去，不准出来，也不准说话！"

小聪坐着不动。

小聪妈站起来，对我说："心亮，你坐下，好好跟你叔说啊。"

我朝她"嗯"了一声，对着王大地坐下来。

小聪妈又拉了小聪一把，小聪这才跟着母亲回到房间。

王大地点了一支烟，吸了半天，才对我说："听说你又要跟我家小聪搞对象？"

"是的，叔。"

"你说你傻不傻？你跟我侄女小快搞对象，结果怎么样？白白搭了小快的性命。换了别人，知趣的，占了便宜早就滚一边乐去了。你却好，又要打小聪的主意。合该我王家的闺女，都是给你姓金的预备的？"王大地愤愤不平地说。

"叔，你误会了。小快死了，我也难过，为了报答小快，我决定替她为父母尽孝。这个你肯定听说了。即使我和小聪成不了，我也是王大天的儿子，这是改变不了的事实！"我吸溜着鼻涕，满心惨痛。

"我大哥家的事，我管不了。但小聪的事，则由我说了算。我不同意你再和小聪来往。你既然是王大天的儿子，小聪就是你的堂妹，你懂吗？自古以来，有跟自己堂妹结婚的吗？"

"叔，虽然我是王大天的儿子，毕竟没有血缘关系。从法律上讲，和小聪恋爱并不成问题。"

"你别跟我提法律上的事！这吓不倒我！我问你，你要娶小聪，你拿什么养活她？"

"叔，我年轻，有头脑，有双手，我相信我会让小聪过得很好。"

"小聪呢？你和小聪是一个档次的人吗？不错，她今年是高考落榜了，但她还可以再考，就算还考不上，她还可以在县城上班，最起码还能接我的班，混一口饭吃。你呢，不是我小看你，你不过是一个出门混饭的小泥腿子而已，一辈子跟庄稼地打交道。你凭什么要娶人家？"

"叔，你要是这样说，我就无话可说了。"我流下了眼泪，"你可以小看我，但你不能小看庄稼地。庄稼里也能出黄金，如果没有稻田里那金灿灿的稻谷，再有钱的人家也得饿死。再说了，现在农村门路也多了，许多人家都成了万元户，为什么我就不能呢？"

"万元户又怎么啦？风里来雨里去的，遭了多少罪？你挣一千元，没人家挣一万元轻松。不然的话，为什么人人都想法往城里跑，却没有城里人往乡下跑？"

"叔，我不能同意你的观点。"

"看来，你不仅傻，还倔！你这样的人，怎么能配得上我家小聪呢？"王大地站起来。

我流着眼泪，用哭声回答他的斥责。

小聪妈从房里走出来，碰了王大地一下，说："你一个做长辈的，怎么这样跟心亮说话呢？"

"那我该怎么说？平时不都是你们在胡说八道，容忍着他？不然的话，他有这个胆儿吗？"王大地白了小聪妈一眼。

"你还说人家倔，你自己也好不到哪里去。"

"你去告诉小聪，女孩子长大了，与男孩子应该有一个界线，不要有事没事就与人家凑在一起。要找对象，县里的男孩子有的是，一抓一大把，一个比一个强，我明天就托人张罗去。"

"爸，我不同意！"小聪跳了出来，"包办婚姻是犯法的。"

"我可以不包办呀！我把人都叫来，你自己去挑一个也行啊。"

"我就看中了金心亮，别人我都看不上。"小聪大声说。

"你在县里读书不止一年两年了，难道别的男孩子都不如金心亮？"

"在我的心目中，心亮哥有情有义，有理想有抱负，他总有一天会比那些人都强！"

"听听，跟小快一样，鬼迷心窍了。"王大地指着小聪，望着小聪妈说。

"对，我们全家都醉了，只有你自己独醒。"

"小快的下场，你都看到了！"王大地跺脚道。

"爸，谢谢你提醒了我！我今天晚上就去鄱阳湖边，一头栽进湖水里，找我姐姐去。"

王大地愣了一下，干瞪起眼来。

小聪妈又碰了王大地一下："她爸，你就别逼小聪了。她是一个说一不二的孩子，你又不是不知道。你要是再逼出一个好歹来，这日子还怎么过？"

"行行行，瞧你惯的孩子！她哪里是我的姑娘，她分明是我姑奶奶！"王大地把烟一甩，"我豁上了，我走，我现在就回县里去，你们爱怎么折腾就怎么折腾！"

王大地抓起包，跑出门外，很快门外就响起了骑自行车的声音。

小聪妈跑到门口喊："她爸，晚上走路小心点儿，别赌气了。"

小聪则"哼"了一声，道："妈，让他走，免得他给我挡道！"

"你这闺女，真是女大不由爷！你爸还不是为你好，替你担心？你怎么一点儿都不体谅你爸呢？"小聪妈埋怨了一声，然后又笑吟吟地对我说："心亮，你别把你叔的话放进心里去啊？"

"婶，叔的话也不无道理。叔叔的话提醒了我，我以后更不敢松懈，一定要干出个人样儿来，决不给小聪丢脸，为我们王家长脸。"

"心亮啊，你不用担心将来干什么。如果你和小聪的事成了，她爸也不会不管你的。现在，你们当干什么就干什么啊？别理他！"

"嗯。"我顺从地点了一下头。

"那你们俩一起聊聊，我去房间里做针线活儿了。"

"婶，你去吧。"

小聪妈一走，小聪就朝我竖了一个拇指，说："你今天除了不该哭，其他的表现都不错。"

"小聪，要是你爸坚持反对意见怎么办？"我有些担心。

"他？"小聪哼了一声，"难道你没有看出来，是他厉害，还是我厉

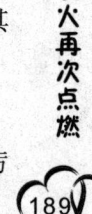

第八章 爱火再次点燃

害？我不仅要让他答应，还要让他亲自为我们举行订婚礼呢。哥，你等着瞧好吧。"

4

两个月之后，我和小聪的订婚宴就在王家隆重举行了。

举办这个宴席的目的，一是正式确定我和小聪的未婚夫妻的关系，特别是公开我的未来倒插门女婿的身份，这将为我承包荒山，或从事其他工作找到了合理的依据；二是宴请客人，给客人们打个招呼。如果说当初我要做王家的儿子，这个决定让人觉得不伦不类，甚至难以相信和非常质疑，做倒插门女婿倒是顺理成章的事了。订婚也是本地风俗，当然还可以收到一定的礼金，王家已多年没有举办过这样的宴请了。

酒宴在王大天家里举行，门口搭了一个大帐篷。来的客人不多，多是本村的近亲，和一些远亲近邻，以及县里的王大地的朋友和领导，一共才三四桌。

在小聪的要求下，小快妈给了我一些钱，由小聪领着，去县里为我选购了一套刚从大城市引进来的西服，外加一条领带。西服是深蓝色的，是当时的一个什么名牌，领带是红色的。全是由小聪拍板确定的，并帮我穿在身上，之后又用小梳子给我梳了分头，拉我到镜子旁，让我亲眼看一看自己的形象，果然英俊潇洒，有点儿像电影里的年轻归国华侨。小聪也喜得合不拢嘴，围着我转了又转，不让我脱下来。

然后，又带我去女性专卖店，购买她喜欢的夏装，一身崭新的藕色套裙，包括白色的棉袜子和高跟鞋，还有漂亮的发卡。当时也穿在身上，不忍脱下，拉着同样焕然一新的我，到街道上去逛街了。

街道上宽敞而平坦，行人却不多，但都把目光投到我们身上。在注目礼的熏陶下，小聪挽起我的手，脸上洋溢着自豪和幸福。直到我们走遍了大街小巷，逛遍了各大商店，我们才坐上了回家的自行车。我是司机，载着小聪，使出全身的力量，迎着呼呼的凉风，一口气双双回到了王家畈。

听到铃声，小聪妈迎接我们说："就等着你们给客人行礼呢，才回来！"一边说，一边给我们每人胸前戴一朵小红花，我们手牵着手，在王大天的率领下，给每一张桌子的客人分别鞠了躬。

礼毕，客人们吃得更热闹了。有人嚷嚷着要让准新人们来敬酒，有人却不赞成说："又不是新婚大礼，仅仅是订婚，敬什么酒？"也有人说："心亮是大天的干儿子，小聪是大天的侄女儿，里里外外本都是一家人，咱们也收敛着点儿，别让人家难堪。"王大地已经陪客人喝了不少酒，就说："给客人敬一杯酒也是应该的，毕竟今天是为他们办事。"

王大天便喊："心亮，你和小聪再过来一下。"

我们便重新回到了帐篷内。

王大天站起来，走近我和小聪说："心亮和小聪，来的客人都是你们的长亲、长辈，再给他们敬一杯酒吧。"

我点点头，亲自斟了两杯酒，递给小聪一杯，自己也端起一杯，两人一前一后，从上席到下席，一桌一桌地敬酒，说了几句不变的客套话。

一位老人喝得满脸通红，却抓住我不放，笑呵呵地说："我说，大天的干儿子，穿这身衣服，好气派呀，就像哪部电影里的汉奸特务。"

我说："谢谢您夸奖，您多喝点儿。"

老客人说："怎么你敬酒，你一口都不喝呀？这可不行！"

我回头看了一眼小聪，见小聪朝我示意，于是我把酒一口灌进肚子里，呛得连声咳嗽，话都说不出来了。只好捂着嘴巴，跑了出去。

小聪也追了出来，一边给我捶背，一边说："你理解错了，我是不让你喝呢，你反倒喝了？"

"是我误解了你的意思。"我一边咳嗽一边说。

"你去房间里休息吧。跑一天了，我也累了，也要休息一会儿。我们晚上再见吧？"

"嗯，你快回去吧，我就不送了。"

小聪走了，我便回到了房间，靠在床上休息。帐篷内，劝酒的声音一浪高过一浪，倒是屋内静悄悄的。小快妈呢？我突然想起了什么，正在这时，从另一个房间里传来了抽噎的声音。我睁大眼睛听着，果然是小快妈的哭声。于是，我下了地，轻轻走过去，探头一看，小快妈正坐在床板上，颤颤的手掌抚摸着小快的照片，轻轻抽噎着。

小快妈对着相框说:"小快,我的傻姑娘啊……你没有这个福气……你死得冤啊。"

听了这话,我心中一沉,立即低下了头,同时从心底里产生了一份愧疚感。于是,我喊声"妈",跪在她面前,说:"你别难过,你永远是我的亲妈妈,小快永远都是我的未婚妻,我不会忘记她的。"

小快妈擦了一把鼻涕,强颜笑道:"心亮,你咋进来了?是妈不对,不该在今天你的大喜日子提小快,惹你伤心了。"

"妈,你做得对。越是在今天这样的日子,我们越是应该记住小快妹妹。"

"要不这样,心亮啊,你去给小快说说话吧,就说你今天又和小聪订婚了,让她也替你高兴高兴。"

"嗯。"我顺从地站起来,转身走了出去,绕过帐篷,去了村前的菜地。

埋着小快衣服和用品的小土丘依然隆在那里,只是上面长满了深深的杂草。我蹲下地,把坟头正面的野草和野蒿都拔掉,然后说道:"小快妹妹,我和小聪今天订婚了,特地来告诉你一声。我不知道你是高兴,还是伤心。但我想,凭你的善良和体贴,你应该是高兴的,你肯定在九泉之下,在祝福我们吧。如果是这样,我从心底里感谢你!"

我想了想,一边拔坟前的草,一边说:"记得去年,我在这里跟你告别时,说我要去出家当和尚,为你超度亡灵,为你祷告一辈子。我去了,去干了几个月的活儿,可是我没有坚持下去。一方面是因为我吃不了这个苦,一方面是我相信,给你的父母当儿子,替你孝敬他们,比出家更有意义。所以,我就回来了。但这毕竟不是什么光彩的事,我就没好意思告诉你。值得欣慰的是,我的诚心终于感动了你的父母,让他们接纳了我,使我成为王家的一员。现在,我和小聪订婚,就可以巩固我在王家的地位了,更方便我以后孝敬你的父母。小快,你一定感到高兴吧。"

顿了顿,我又说道:"不过,我向你保证,这并不意味着我背叛了你,忘记了你的父母,决不!跟小聪订婚,还可以让你的父母觉得我可以在王家生活下去,让他们放下心来。当然,不和小聪订婚,我也不会离开你们家的。小聪,她是你的堂妹,人也不错,你是知道的,她也像你一样,对我很好,她不会欺负我的,这个请你放心。"

"我爱你,我把你当做生命中的第一个女孩,第一个总是令人难忘的,你说是吗?"我吸了吸鼻涕,"刚才,你妈哭了,她看我和小聪今天幸福的样子,便想起了你。小快,我并没有忘记你,永远不会的。请你祝福我们吧。"

拔光了坟头四周的芳草,我蹲在坟前,继续和她说个没完没了……

第八章 爱火再次点燃

第九章

为了梦里的花果山

1

天渐渐暗了下来。

当我向小快告完别，一步一回头地离开小小的土丘，回到王家门口时，客人早就散了，帐篷也撤了下来。小聪站在门口，焦急地转来转去。见了我，大步迎过来，喘着粗气，有些不满地说：

"跟我姐姐的旧情叙完了？够长啊！"

"对不起，我有很多话要对小快说。"我仍然沉浸在刚才的伤感之中。

小聪凑到我跟前，审视了一番我的脸，酸溜溜地说："哭了？一定是向姐姐忏悔了吧？是啊，姐姐尸骨未寒，你又订婚了，而且那人还是她的妹妹，又是情敌，是应该向她表示歉意。对吧？"

"小聪，小快要是听到你这些话，会伤心的！她是一个心地善良的女孩子，她的心眼儿可没有你小，她要是泉下有知，会祝福我们的。"我也有些不悦。

"好啦好啦，我知道你是一个知情重义的男子汉！"小聪又恢复了调皮样子，挽起我的手，"就算我是小肚鸡肠行了吧？走，去我家。"

"在这里吃点儿饭再去吧。"我说。

"你的准丈母娘，为你准备了一桌子好吃的，在等你呐。走吧，我的小情哥哥！"小聪爱怜地冲我笑。

餐桌上，小聪妈果然做了一桌子好菜，都是我爱吃的。王大地已经喝得酩酊大醉，正躺在房间里酣睡。我们三人坐在一起，一边喝着小香槟，一边享受着盘子里的美味。

"明天，"小聪嚼着鸡翅说，"我就要去爸爸的林科所，正式当徒弟了。"

"是叔叔手把手教你吗？"我问。

"也不见得，他会给我安排技术员的，从基础学起。心亮哥，明天陪我去玩几天，给我做啦啦队吧。"

"我也去？"我有些意外。

小聪妈接口说："心亮，你也去吧，你也跟着学学。学了技术，走到哪里吃不开呀！"

"行，我也去见识见识。"我答应了下来。

"不行，"小聪噘着嘴巴，"你那么聪明，你要是学会了，还不把我饿死了？"

"放心吧，我这个人其实很笨，肯定比不上你。我只配给你打下手、递东西。"

"这还差不多，"小聪摇头晃脑，"要是你什么都会了，我将来就没有什么家庭地位了。嘿嘿。"

吃着聊着，夜色慢慢深了。

晚饭后，我们又闲聊了一阵儿。小聪妈在收拾完碗筷之后，又给我们端来瓜子和花生，三人接着吃了半天，直到半夜时分，吃得狼藉满地才结束。小聪妈早已打起了哈欠。

见小聪妈实在太困了，我起身说："婶，你休息吧，我也该回去了。"

"心亮，这儿也是你的家嘛，"小聪妈说，"家里宽敞得很，你就到那个空房子里睡吧，我给你拿一床被子。"

"要不，你睡我的床，我去那间空屋子。"小聪也说。

"算了吧，你的闺房，我哪敢随便进。睡了，恐怕今夜会有两个人一起失眠的。"我做了鬼脸，"晚安。"

"等一等，去年你在我姐姐的房间睡了那么久，怎么从来就没有失眠过？"小聪觉得我的话有问题。

"因为，因为……"

"我替你说吧，你把姐姐当自己人，对我却没有。"小聪上纲上线。

"好，我知道你厉害。我还是去你房间里睡吧，不然我就和你生分了。"我调转身子。

"不行，已经晚了。"小聪拦住了我，"人还是不要做违心的事吧，否则就太委屈了。"

小聪妈笑起来："你们俩啊！我看今天就该给你们办个正式的婚礼，省得你们为睡哪间房争争吵吵！"

小聪冲我笑了一下，脸上飞满了红晕。

我也红着脸说："你就让我去空房子里吧，好妹妹。"

小聪说："行，不跟你争了。"

我这才去了那间空房子，那里已经摆着一张现成的床。

小聪妈从自己的房间里抱出一床被子，送到空房子里，铺在床上。

我脱掉裤子和上衣，叠起来当枕头使，背靠在床头上，却毫无睡意。此时，我想得最多的还是小快，小快的音容笑貌不断在脑子中回放，一阵阵的歉意从心底里溢出。不久前，我还山盟海誓，要抱着小快的照片度过余生，现在，却很快把誓言抛之脑后。虽然这样做，也有合理的成分，但毕竟是太仓促了啊。古人还讲究，男人丧偶三年不娶，女人守寡三年不嫁呢。我不由得长长地叹了口气！

这时，房门轻轻被人推开了，是小聪抱着枕头溜了进来。我刚想说什么，她却朝我打了个嘘声，轻声说："哥，我给你送枕头来了。"

"谢谢。"我欠起身子，接过枕头，也轻声说，"你快去睡觉，明天不是要去县城吗？"

站在我床边的小聪，却突然抱着我的腰，把头靠在我的肩膀上。我怔住了，顿感少女那清香温婉的气息，轻轻地吹拂在我的脸上，进入我的鼻腔，传入我的心头。这突如其来的动作，让我的心脏突突跳起来，手心冒出了冷汗，不知道将要发生什么事。我就像瞬间窒息了，整个身子一动也不敢动，只是一双手情不自禁地按在她的背上。

"不准动，"小聪严厉地吩咐道，"就这样，只许我靠在你身上。"

"唉，唉。"我连忙答应道。

"哥，我有一个要求，你答应吗？"

"你的要求，我一定答应。"我紧张得喘不过气来。

"忘掉姐姐吧，不要再想小快了。"

"不是想她，是怀念她。"我觉得这个词用得不对。

"可我分明看到，在你的心目中，小快比我的分量还重。"小聪吸着鼻涕，"姐姐给你的一切，我也会给你的，什么都能从我这里得到。难道我不如姐姐吗？"

"行，我今天已经把我的心里话对小快全说了，我也轻松了。过去的事，让它过去吧。一切让我们俩重新开始！"

"还有，今后不许你在我的面前提姐姐的名字。"

"行，我知道了。"

"谢谢你，"小聪这才松开了手，"心亮哥，你休息吧，养足精神，明天还要带我去县里呢。"

"当然，我这就睡了。"

小聪朝我深情地注视之后，款款离去。听见房门轻轻关上了，我才重新靠在床头上，心里忽然产生了一丝落寞感，一股从来没有的莫名的失意掠过心头，不由得再次叹了口气。

2

第二天，吃了早饭，我便穿起整洁的西装，骑着自行车，载着小聪去了县城。

林科所在城郊，建在一座林园之内。林园也属于林科所，是供科研试验所用，里面栽种着各式各样的水果树和经济林木。进入大门，小聪跳下车，要求我们步行去爸爸的住所。我推着车行走，小聪紧挨我的身边，见许多职工进出，便挽起我的手臂。许多认识她的女工，都打招呼说："小聪，有对象啦？""小聪，你的对象真帅。"听到夸奖，小聪挽得更紧了，脸上洋溢着自豪的笑意。

进了她爸爸的居室，小聪看了看钟表，说："时候不早了，我要去拜师父了，你要不要一起去？"

我打量了一下院子的四周："你看，院子里有许多东西要收拾呢，你先去踩个场儿，我下午或明天再去吧。"

"也行。"小聪笑起来，脱下她的外衣，换上工作服，出门了。

小聪走后，我也脱掉西服，找到一件破旧的衣服穿上，估计这是小聪爸爸的工作服。穿上后，我把门口的一堆杂乱的木柴一一搬到厨房旁边，整齐地码好。又找来斧头，将未劈开的木段，一一劈成四瓣。忙得满头大汗。直到活儿都干完了，这才伸袖子擦了一把脸，美滋滋地想：干了一大堆活儿，待会儿小聪看见了，还不美死！

可是，小聪回来时，却一脸不高兴，朝我叫了一声："哥，进屋！"率先回到屋里，把工作服一脱，扔在椅子上，问："谁让你穿这么一身衣服的？"

"我要干活呀。瞧，我把这一堆木柴都劈完了。"我以为她没有看见我的"成绩"。

"谁让你劈的？我的心亮哥哥？"小聪更不屑了，"瞧你这身打扮，你知道邻居怎么对我说的吗？他们居然问我，你们家请来一个干杂工的，一天开多少钱呀？"

我笑起来，道："那有什么？就说分文不要呗。"

"哥，你严肃点儿！"小聪气得直跺脚，"人家这是讽刺我呢，你却信以为真了？你不怕丢脸，我可怕丢脸！"

"我到底怎么啦？"我听出话中有话。

"我爸好歹也是县里的职工，我好歹也是职工的女儿，如果大家都知道我的未婚夫是一个干杂活儿的庄稼汉，我们还怎么在人前抬头呀？"

"我本来就是一个庄稼汉呀？"我有点儿挂不住了。

"庄稼汉也有好歹之分！你就不能把自己打扮得洋气一点儿、举止斯文一点儿，让人觉得你不是一个一般的人？"

我长叹一声，脸色涨得通红。

"行啦，哥哥！"小聪这才恢复了可爱的模样，"我是给你提个醒儿，往后注意就行了。走，咱们看看吃点儿什么，下午进林园吧，许多人还要认识认识你呢。"

吃了午饭后，小聪又要出发了。我问："我也要去吗？"

小聪想了想，道："哥，正好我要让他们看看，我的对象是多么的帅。但出去后，你要看我的眼色，不要多说话。"

我点点头，穿着西服，打扮得光光鲜鲜，跟着小聪去了林园。一路上，老老少少一帮同事，都冲小聪笑。一位女孩竖着大拇指说："小聪，你的对象是这个！"

"是吗？是嘲笑我吧？我怎么能找到这么好的对象呢？"小聪洋洋得意地说，"听说你的对象才是真帅呢？"

"行啦,别臭美啦。我怎么能跟你王小聪比!真是的,得了便宜还卖乖!"那女孩不满地说。

一位中年男人笑眯眯地对我说:"小伙子,你是在哪个单位工作呀?"

没等我开口,小聪抢先回答:"啊,心亮哥正在待业呢,安排了许多工作,都觉得不合适,正在筛选。"

"那他爸爸妈妈在哪个单位呢?"那中年男人又问。

"他爸爸妈妈的工作单位不在这里,不在我们县城,在市里。是不是,心亮哥?"小聪又接口说。

我低下头,没好意思回答。

"小聪,怎么总是你替他回答呀?"在场的人并不傻。

"他是外地人,听不懂我们的口音,不好意思啊!"小聪又抢着说。

"那他是哪里人呀?"

"暂时保密!"小聪笑嘻嘻地卖了个关子。

听了小聪的话,我感觉十分别扭。我不知道她撒这些谎是什么意思,是真的在撒谎,还是故意卖关子。好在他们闲聊了几句,重新把注意力放在工作上。他们个个拿着大剪刀在小心翼翼地剪树枝,先把树枝的某一个部位削成凹形,把从别处剪下的树枝削成凸形,然后把它们连接在一起,再缠起来。我知道,这就是所谓的嫁接了!

正聚精会神地观赏着,一群女孩突然围住了我,笑嘻嘻地向我打听什么,叽叽喳喳的,像一群麻雀叫唤。我没有听懂,扭头看着小聪,向她请示。小聪说:"听不懂吧,就别理她们。"

女孩们又用并不标准的普通话同我搭讪,听得似懂非懂。意思是:你是怎么跟小聪恋爱的?是谁先追的谁?两人好到什么程度?什么时候喝喜酒。仍然是小聪抢着回答:"是他追的我,死乞白赖的,要不是看在他心诚的分儿上,我才不答应呢。"

几个女孩子这时互相递了个眼色,其中三个女孩奔向小聪,两个人扭住她的手,一个人蹲到她背后,捂住她的嘴巴。小聪在尖叫声中动弹不得,朝我"呜呜"地叫唤着。

我刚要去"解救"小聪,被留下来的两个女孩截住了。一个抓住我的衣

第九章 为了梦里的花果山

服，一个站在我面前盘问："说实话，未来的小妹夫，不说实话，我们今天就不放过王小聪！"

"你问吧。"我回答道。

"你叫什么名字？"

"金心亮。"我用标准的老家豫南话回答。

"尽心量？"众人都笑起来，"用普通话回答。"

"我不会普通话呀。"我故意说。

"家是哪里的？"

"豫南。"

"玉兰？玉兰是一个县还是一个市？"

"是专区。"

"你是怎么到我们这里来的？"

"打工。"我说出一个刚刚流行不久的新名词。

"段工？你是什么职业？"

"农民工。"

"弄米工？是大米加工厂的？具体干什么？"

"种田。"

"总……总什么？总会计？是个小领导？"

正当我不知如何回答时，小聪总算挣脱了她们，哈哈大笑道："你们像审贼一样，审了他半天，总该满足了吧？快放了人家！"

"行啊，小聪，你的对象不简单啊。"

众姑娘又来哈小聪的胳肢窝，逗得小聪左右招架，不停地大笑，直到她答应请她们的客为止。

然后，笑意未尽的小聪，又把我拉到一旁，说："哥，要不你先回去休息吧。她们老跟你捣蛋，故意问这问那。你是一个老实人，万一说漏了嘴，又让她们笑话了。"

"你让我学嫁接不行吗？"我提出了自己的要求，"我离她们远远的，不理她们。"

"不行，你不理她们，她们会挑理的，说你是一个傲慢的家伙，不好相处。"小聪摇摇头，"还是不出门最合适。"

"也行！"我扭头走了。刹那间，一种莫名的失落感，像微风一样掠过了我的心头。

回到家里，我照直去了小聪爸爸的房间，躺在床上，心里沉甸甸的，感到自己在这里变成了一个多余的人。

下午后，小聪探头探脑地进了房间，看我直挺挺地躺在床板上，眼睛一眨不眨地盯着屋顶，便跑过来捂了一下我的头，说："哥，你怎么啦？"

"没、没什么。"我依然一动不动。

"我知道，下午我把你赶回来了，你不痛快，是不是？"

我没有说话。

"哥，你咋不理解我呢？"小聪坐在我身边，"我是怕她们老缠着你，你一不小心，把不该说的话说了。"

"为什么要把真实的事情隐瞒起来呢？"我迷惑不解。

"你知道我为什么不能说，你是一个到我们这里来打工的庄稼汉吗？我是为了爸爸着想！爸爸好歹也是这里的老职工，一个小领导。他的女儿高中毕业，长得也不丑，如果大家知道了他未来的女婿，是一个没有地位、没有职位的农村青年，又不是本地人，他的脸上是没有光的。因为爸爸的同事、朋友和领导的子女，都是有工作的职工，找的对象肯定也差不了多少。我们不能让他们小看爸爸，你说呢？"

"既然这样，他就别答应我们订婚好啦。"我有些气短。

"我爸爸当初是不答应来着，这个你也知道。后来，妈妈做爸爸的工作，说爸爸就小聪一个独生女儿，如果找了个家庭太好的对象，他是决不会答应做上门女婿的。妈妈还认为，虽然你的条件达不到要求，但你人品好，有理想有志向，如果拉你一把，你将来也不会太差。就这样，爸爸最终点头了。但是，我们也得替爸爸想一想对不对？"

"你呢，难道也是这样认为的吗？"

"我承认，我也好面子，我也希望我的同学、朋友和同龄人知道我的对象并不差。可你现在的条件并不是很好，只能等来年改观了。我看中的是你的未来，不是现在。我总不能对他们说：我的对象虽然现在很普通，将来一

第九章　为了梦里的花果山

定比你们的都强的。这样的话说出来是不是很可笑？"

我叹了口气，坐了起来说："小聪，你的话倒是提醒了我，我不能再这样沉醉在幸福的现实之中了，我要赶回去，为实现我的理想去奋斗。小快的爸爸这几天一直为承包荒山的事忙碌，我得回去助他一臂之力，早日把这件事办成。"

"嗯，支持。我就知道心亮哥哥不是一般人，你一定会超过所有同龄人的，你一定会为我争脸的！我说得没错吧？"

我点点头，再没有说话。

3

然而，回到王大天家里后，我听到的消息却是那样令人沮丧。小快妈告诉我：小快爸这几天去家家户户做工作，希望大家把自己的荒山承包给心亮，但他们都说这些山在前年就包给了刘有仁，合同期是五年，才过了两年，只能到三年后才能转包。

我突然想起什么了，问："刘有仁不是出事了吗？"

原来，刘有仁年前在砖窑场参与赌博，把卖柴的钱都输光了，还要赌，被拒绝了。他恼羞成怒，与砖窑老板们大打出手，却因为势单力薄，被一群人打成重残，早已带着老婆孩子回到豫南老家休养去了。

小快妈说："听说那些合同又转给了他的弟弟刘有义。"

"他？"我禁不住笑起来，"他是一个老实憨厚的人，谁愿意跟他干呢？"

"心亮，你小看人家了。听说他今年又带着人来了，比去年的人还多呢。"

"是吗？可是，还要等三年，我实在等不及呀。"我心里沉甸甸的。

"别急，你爸爸又去邻村打听了，看他们的情况怎么样。都出去了大半天了，午饭也没有回来吃。"

晚上，王大天回来了，一屁股坐在椅子上，狠命地抽烟。

看那不愉快的神情，我和小快妈忐忑不安地坐在他面前，知道他没有带来什么好消息，又不敢多打听。我的心一揪一揪的，把头低了下来。

小快妈说:"她爸,心亮正等着你的消息呢。是好是歹,你都得说话呀。"

王大天紧蹙着眉毛说:"我去了虬津湾,迟了一步。他们的荒山都包给了剃山佬,刚包下来不久。再包,得等五年之后。都怪我,太大意了。"

"都包给谁啦?"小快妈问。

"说是豫南人,跟刘有仁一个地方的。"

"爸,刘有仁他们怎么说也是外乡人,咱们也算是本乡本土的。难道我们还斗不过外地人?我有个建议,请乡亲们看在乡亲的面上,让他们再把合同转给我们,条件都好说。"

"心亮,我不是没提过,我也提过了。"王大天大口抽着烟道,"他们说,剃山佬虽然是外地人,但来包山的老板却是我们本地人,还是一个女的,估计跟刘有仁一样,是哪个豫南人娶了我们江西本地的妹子,然后让她出面办的这件事。"

"那这个媳妇儿是谁家姑娘呀?"小快妈问。

"听说,那媳妇儿不愿说,反正是我们本地人,长得像,口音也是的,这个错不了。"

"妈呀,我们心亮咋这么背呢?想做点儿事,处处都不顺利。"小快妈忧郁起来。

王大天说:"也别急,我明天再去其他的村问问。"

"爸,我和你一起去。"

"睡吧,明天再说。"

次日,我和王大天骑着自行车,走了十多里路,去了虬津湾前边的村子,找了一个熟人,去了他家里。熟人听了王大天的来意,拍着大腿道:"你们又晚了,我们村的山,也包给了剃头佬,听说这周围的山,都包出去了,是一个人包的。"

"你知道都包给了谁吗?"我急切地问。

"老板是豫南人,老板的媳妇儿据说还是我们本地人呢。"

我看了一眼王大天,王大天说:"是哪家的闺女,有这么大的能耐?"

熟人说:"我们问她了,她笑嘻嘻的,就是不肯说。我们想,反正都得包，包谁不都一样吗？人家多少都给了订钱，答应年底前一定要结清当年的账，钱直接从窑主那里领，反正也跑不了他们。"

这一天，又白跑了。

回到家里，我倒在床上便睡，心里十分郁闷。看这个样子，就是有心包山种树，也得几年之后。我哪能耗得起几年的光阴？这几年，难道我只能闲着？内心的焦虑和理想的失落，让我痛苦不堪，除了叹气，无以表达。

晚上，小快妈叫起我，说："心亮，你的准丈母娘叫你晚上去她那里吃饭，给你做了好吃的呢。精神点儿，别愁坏了啊。"

我说："没有胃口，不想吃。"

"去吃吧，不去不行的。心亮啊，世上哪有过不去的坎？车到山前必有路，再大的难处，也得吃饭睡觉。去了，小聪妈有话说呢，不去，人家不是有想法吗？"

我想也对，便勉强下地，整理了一下衣服，梳了一下头发，晃晃悠悠地去了。小聪妈果然把好菜做好了，端在桌子上，等着我。见我来了，便给我盛来一碗米饭，让我坐下来，慢慢吃。

我吃了一口，却没有尝出一点儿香味。看到我忧愁的样子，小聪妈说："心亮啊，你就大口吃吧，别愁坏了啊。你的事，小快妈告诉我了。我是这样想的，就算包不了山，也没有什么大不了的，还能饿着咱是咋的？"

我抬头说："婶，你知道，我的理想就是把这片荒山包起来，在山上种上橘子树。这不仅是我的理想，也是小快的理想，更是小聪的愿望。如果这个理想实现不了，就等于我和小聪的努力都失败了。"

小聪妈笑道："这么好的理想，要是实现了，我也替你们高兴。可万一实现不了，我也不替你们难过。心亮，如果一条路行不通，还有其他路可走。关键是，我们不能只认准一条道。"

我说："除了这条路，还有什么路？种田？继续给人打工？这些路对于我来说，都是死路。"

小聪妈说："除了这些路，咱们还有其他路可走啊。小聪爸都说了，不行的话，就把你也弄到林科所去，做个临时工，学学技术。这总比在家里种田要体面一些吧？"

"那小聪的意思？"我心头一亮。

"小聪也答应过了，如果承包荒山的事搞不好，也同意你去那里上班，你们天天在一起工作，有事帮着点儿，不也是挺好吗？"

"可是，我知道的情况不是这样。小聪觉得我的身份太卑微了，和她在一起，会让她觉得很难堪的。"我想起了过去几天的情景。

"别听她瞎说！这孩子，就是虚荣心、讲面子，跟她爸一样！她要是再敢这么说，我就批评她！她有什么好牛的，她不也是一个农民的孩子吗？家里还有她的几亩地呢。以为她爸爸有个工作，她就是公主了？"小聪妈说，"心亮，你别把她的话放在心上，有我呢。"

"婶，你让我再想一想。这件事，我还没有放弃，让我再碰碰运气吧。如果真的不行，我再想其他办法。"

"唉，这就对了嘛。"小聪妈拿起筷子，往我碗里压菜，"就算县里去不了，小快妈也说了，让小快爸到村里活动活动，要么到学校给你弄个民办教师做做，要么去村里当个会计啥的。凭你的学历，准能成。如果小快爸做不到，我再让小聪爸一起试试，我就不相信还有办不成的事。"

"两家都在为我操心，让我心里实在过意不去。"我叹了口气。

"说啥话，孩子。你是我们两家的什么人？大家不帮你帮谁呀。"

4

三天后，小聪和王大地从县里匆匆赶回来了，两家人聚在一起商量我的事。

小聪已经知道我承包荒山不利的消息。但她反对我等几年之后再接手承包，那样就把宝贵时间给耽误过去了。她也不同意我到村里谋一个差事，说那样到底也脱不掉农民的身份。她已经在姐妹面前吹嘘过，如果跟一个农民结婚，会遭人嘲笑。同时，她也反对我去林科所上班，一去，我的身份就暴露了，她就更抬不起头来。她的意见，是想让爸爸到其他单位问问，争取到条件好的部门谋个差事，这样才能与她平起平坐，也不至于遭人笑话。

王大地说："别的部门就那么好进吗？要好进，我会让你去林科所接班？"

"爸，你肯定能。你肯定是没有尽到你的最大努力。"小聪坚持说。

王大天接口说："小聪，要不这样，先让心亮在村子里谋个差事，县里那边也不闲着，等你爸找到了，然后再把心亮往县里转，这样总可以吧？"

小聪说："不行，要是那样，县里就永远去不了。"

"你这孩子，到哪里干不都是一样吗？"王大地生气了。

见他们为我的事个个愁眉不展，也达不成统一意见，我便说："我呀，现在哪里都不想去，我就想扎根农村，争取干一番大事业。"

"哥，你倒是干一番我瞧瞧呀。我知道你有你的理想，可理想和现实总是有距离的，当理想不能实现时，我们只能再现实一些。"小聪说。

"不，我不认为我的理想就不能实现，只是遇到了一点儿麻烦而已。"我也坚持说。

"你的理想，不就是当一个农场主吗？可你除了我们两家的荒山外，连一片其他荒山都包不下来，还怎么实现？"

"事在人为。"

"就算你把所有荒山全包了下来，把它们全变成了橘子园，又得经过多少曲折？你不会想不到吧？"

"正因为有困难，才显示创业的艰难和宝贵。我不相信我不会成功。"

"哥，你要是再这样固执，我就不管你了，等你的橘子园建成了，你再找我！"小聪气得要哭了。

众人赶紧安慰小聪。小快妈在安慰的同时，也批评我说话太冲，太固执，没有好好同小聪商量。然后，她冲我使个眼色，说："心亮啊，你先回去休息，我们几个再商量一会儿。"

我答应了一声，起身走了出去。

但他们依然没有商量出任何结果，由于小聪的要求和其他人的建议相差太大，他们又不欢而散了。

傍晚时，小聪就离开了家。临行前，她满面忧悒地面向我，欲言又止，后来摘下自己的墨色眼镜塞在我的手上，说："哥，夏天太阳紫外线太强，你白天在太阳底下活动，要注意保护。"

我接过眼镜，还想说什么，但小聪骑上自行车，匆匆走了。

这天晚上，我又失眠了。

我脑子里不断浮现小聪说的话，她虽然好面子，但说得也在理。毕竟，我现在的身份确实不如她呀。一个女孩子，找一个不如自己的对象，不仅是她没面子，恐怕男孩子也没有面子吧。如果小聪真的比我强，我的面子也不好是不是？本来，我是应该比她强的，比她强的唯一希望，就是把这方圆数十里的荒山全部包过来，一边剃山卖钱，一边栽种橘子树，那样，用小聪的话说，自己就是一个"农场主"了，就是远近闻名的"能人"了，到那时，小聪也就不会没面子是吧？

然而，这条路到底走得通走不通，始终是一个未知数。

不过，虽然承包荒山的事遇到了麻烦，但也不是无药可救。第一，那个剃山佬的合同期，最长是五年，过了五年，我仍然可以再承包过来；第二，如果我们再努力一把，把对方的合同转买一部分过来，也不是没有可能。前者，时间太长，等不起；后者，需要做什么样的努力，却也是两眼茫然。我回想着王大天和我去承包荒山的情况，基本可以断定，这些荒山都是我的老家人承包的，而出面的人则是本地女子。除了刘有仁之外，还有谁有这个面子呢？这个老板是不是我认识的人呢？万一这个女子坚持不转让怎么办？

辗转反侧大半夜，也没有想出一个头绪，待到天亮时，才眯了一觉。醒来时，早饭早已凉了。我决定，吃了饭，去山上看看：不入虎穴，难求虎子。我只有先去侦察一番，才能找到应对之策。

于是，我告诉王大天说："爸，我想进山，和剃山佬们谈谈。"

"去去也好，"王大天高兴起来，"本来，我也有这个想法。晚上我想了一夜，走哪条路，都不如在我们的山上做文章，要做成了，比干什么都强。小聪好面子，但面子不能当饭吃是不是？"

"嗯。我今天就去看看，这个剃山佬到底凭什么有这么大的能耐。"

"心亮，去跟人家交交朋友，有话好好说，别跟人家闹僵啊。人家能包到荒山，肯定有人家的门道。"王大天吩咐道。

"我知道。"

王大天这才把自行车推出来，给轮胎打了一通气，交给了我。

第九章　为了梦里的花果山

我骑上自行车走了。小快妈赶出来喊："心亮，早点回来吃饭啊，别在外面待太久了。"

我"嗯"了一声，看了一眼太阳，便戴上墨色眼镜，骑车朝马路上奔去。

5

沿着颠簸的山路走走停停，自行车推推骑骑，不一会儿就累出一身汗。走了二三十里山坡路，一路看到的山全是被往年剃过的，刚刚长出长长的新芽，覆满了山的每一个角落。路上偶尔也遇见一两个行人，有剃山佬，有当地的农民，也有不知身份的路人。每遇到一个人，我都向他们打听附近哪里有剃山的山棚。一边问一边寻找，直到太阳西斜，才终于在一座背风向阳的山坳间，找到了一座极长的草棚，规模可是比去年我们住的山棚大多了。

草棚前面有宽大的平地，长满了芳草，芳草中间有一条小路，通向对面的小河，小河边上有水井，有洗衣石板。水清清亮亮的，还哗哗地唱着歌儿。——这里与去年我们生活的那个环境，有七八分相似，难怪觉得那样熟悉，不由得喜从心来。小河旁，一个剃山佬正在埋头洗着南瓜和青菜，缺一块毛的脑袋正对着我，不停地摇晃。许久，他才把头抬起来，依然注视着手里的工作。看清了他的脸，我的心立即狂跳起来，也越发喜不自禁。

这个中年人不是别人，正是刘有义——老板刘有仁的弟弟，去年把我从山棚里放出来的那位好心汉，我的同乡。看得出来，他依然在干他的本行：做饭。难道老板还是他的哥哥刘有仁？这不可能。但为什么他还在干老本行呢？老板跟他是什么关系？

正琢磨着，刘有义发现了我，朝我忽闪了几下眼睛，紧张地注视了几下，也就不再理会我，依然埋头干活。没认出我？我低头朝自己打量一番：整齐干净的西服，脚踏皮鞋，再加上鼻梁上的一副墨镜，与去年的模样自然判若两人，也难怪他认不出来了！

我只好主动打招呼，大声喊："喂，你好！认识我吗？"

刘有义再次抬起头，接着又站了起来，朝我注视了半天，慢慢笑起来，道："你不是大队的干部吗？"

干部？我觉得好笑。再次打量了一眼自己，确实不像一个种田的农民，再加上半口赣北口音，他一时听不出来，倒也在情理之中。

"见过我吗？"我继续问。

"好像见过。"刘有义依然笑道。

我机灵一动，忽然产生了一个念头：继续演下去。于是，我跳下自行车，叉着双手问："你们到这里来干什么？"

"来剃山呀。"刘有义有些不解。

"包了多少山？"

"这四周的山，全包了，有好几千亩呢。"

"王家畈的山，也是你们包的吗？"

"是，是我和别人合伙包的。"

"好嘛！我说，你们的胃口也太大了点儿吧！去年你们包的山，还没有跟人家结清账呢，今年又来包山！你们好大的胆！"我吓唬吓唬道。

"谁说我们去年包的山没有结清账？"刘有义问。

"去年的老板，是不是叫刘有仁？"

"是。"

"他给剃山佬们算过账吗？"

"刘有仁虽然去年没有给剃山佬算账，但这个账还在，转到今年的新老板身上了。肯定会算的。"

"请问，有个叫金心亮的，你们给他算了吗？"

"哦，你说的是他呀？你大概不知道吧，去年他就掉进鄱阳湖被淹死了。"

"什么？他被淹死了？"我觉得好笑，"你听谁说的？"

"妈呀，这事谁不知道哇？我们老家那里的人都知道了。去年冬天，他跳进鄱阳湖救他的媳妇儿，由于不会水，当时就被活活淹死了。"

我捂着嘴巴，好一阵儿偷乐。

许久我咳嗽一声，正色道："就算他真的淹死了，你们也不能不结账呀？拖欠工钱，于理于法，都是不能容忍的！"

"结了，算在他妈的头上了。"

"这还差不多！"我假装松了口气，"就算去年的事解决了，那么今年呢？"

"今年又有什么事？"刘有义奇怪了。

"装什么呢？"我假装不满，"这么大的一片山，让你们一伙的全包去了，难道就只许你们活，不让别人活吗？难道你们想做山大王，占山为王，当地主老财吗？"

"这是我们老板包的，连我哥哥包的山，现在也归了我们老板了。"刘有义看出我来者不善。

"我不管是谁包的。我今天就是来告诉你们，赶快收手吧，不要贪得无厌！你们必须在三天之内，把你们包的山全部退回去，至少也要退还一半。否则，你知道我们是干什么的！"

"我们老板可是跟人家签了约的。"

"签了约，难道就不能毁约吗？你们私自签的约，有政府支持了吗？有司法公证了吗？这些都是无效合同，一张废纸而已！"

"行行行，我一定跟我们老板说说！"刘有义提着刚洗过的蔬菜，匆匆走了。

正在这时，工棚里突然跳出一个人来，大声说："哪个羊羔子在这里胡说八道？"

原来是一位五大三粗的老太太！再仔细一辨认，不由得大吃一惊，差点让我叫出声来了！

没等我开口，老太太就从草棚门口跳过来，一边指着我，一边操着家乡口音破口大骂："你是哪里的羊羔子？老娘在棚子里瞧你半天了，越瞧越觉得你不是一个好东西！你是什么大队干部？老娘我活了大半辈子了，当干部的有你这么蛮不讲理的吗？你口口声声说我们的合同无效，必须把山退回去，我看你是想留给自己包吧？你是想给你的亲戚自家人包吧？可惜你们来迟了一步，就药铺里挂蛇皮——打着吓人的幌子，就披着老虎皮下山——专门吓唬老实百姓！我告诉你，小子，狗嘴巴贴对联——没门！"

老太太机关枪似的叫骂声，对我来说是那样熟悉和亲切！有一年多没有听见这样的骂声了吧？我不仅没有生气，还满脸笑开了花。我想：我妈怎么也来了？她这么大岁数，也来给剃山佬做饭？

刘有义赶紧拉住老太太，一边回头瞧我，一边用纯粹的老家话说："金嫂子，赶紧进屋吧。看他那样子，不是一个地痞，就是一个流氓，咱不跟他计较！"

"老娘这么大岁数，还真不怕他！"我妈虎起脸，犯起了牛性子。

我扔掉车子，跨过小河，朝他们走去，并且挽了挽袖子。母亲看着我的样子，一边后退，一边说："你想干什么？你还想打我不成？"

"妈！"我大吼一声，声音有些走样儿，"你就一点儿也没有认出你的亲生儿子来吗？"

"儿子？我可没有你这样的儿子。"母亲哼了一声。

"不认也行，"我摘下眼镜，"可你千万别后悔呀。"

刘有义认出来了，惊叫道："妈也，我说怎么这么像，还真是金心亮！心亮他还活着！"

母亲却吓得倒退三步，脸上煞白起来，一边朝我摇着手，一边说："心亮，别吓唬妈！妈有心脏病，别吓唬妈！"

"妈，我是心亮，你怎么不认呢？"我有点儿急了。

"心亮啊，"母亲一边躲避我，一边痛哭起来，"我知道你死得冤枉，妈不该让你来江西，是妈害了你！可妈也难过呀，过年时，妈给你烧了厚厚一摞纸呢。妈来江西时，又在湖边上烧了一堆纸，就是让你在那边有钱花。心亮啊，你快回你来的地方去，妈胆小，别让妈再见到你呀。"

"妈，我没有死！"我都急得快流泪了。

"你没死？不可能呀。"母亲揉了揉眼睛。

"要不，你掐我一下。"我朝她伸出了手。

"你等我一下。"母亲扭头去了厨房，从里面端出一碗红红的液体，又小心翼翼地走了出来，远远地，一扬碗朝我泼来，我一躲避，那碗液体全泼洒在我的裤脚下了。

"妈，我不是鬼，不怕鸡血。"我哭笑不得。

"儿啊，你真不是鬼呀。"母亲的眼睛又湿润了。

"是鬼，能在这里跟你说半天人话吗？"

第九章　为了梦里的花果山

"你站着别动！"母亲拉着刘有义的手，慢慢靠近我，在我脸上看了看，然后，壮起胆子，出其不意，朝我的脸狠狠拧了一把，痛得我"嗷"一声，捂着脸跳起来。

母亲端详着我发紫的伤痕，突然扑到我身上，一边捶我，一边哭："你这个混蛋小子，真是你呀，你咋没有死呢？"

"妈，难道你想让我死吗？"

"我想让你死？听说你死了，妈都死了好几回了。要不是小快这孩子……是她救了我呀。"母亲又放声痛哭起来。

"什么？妈，你说的是哪个小快呀？"

"就是王小快呀，你的未过门的媳妇儿！"母亲擤着鼻涕说。

"妈，她也还活着？"

"活得好好呢！你不知道吗？"母亲笑起来。

"妈，这不可能呀！"

"怎么不可能，难道还有两个王小快？"

"你是怎么见到她的？"

"她去年冬天，就去了我家呀，我们娘儿俩到现在都没有分开过！"母亲看着我奇怪的表情，禁不住笑起来。

"妈，这是真的？"

"是真的。"

"她在哪里。我要见她！我马上要见她！"我喜极而泣。

"再想见媳妇儿，也别太激动了！儿子，先回棚里歇歇，喝口水，妈再慢慢告诉你。"

钻进工棚，屁股刚一落下，我就迫不及待地说："妈，我们都以为小快淹死了，她真的还活着？"

"没活着，我咋知道有个王小快？"母亲鄙夷地说。

"她是怎么到我们家的呢？"

"你这个混蛋孩子！"母亲叹了口气，"小快告诉我，你们一起约好回我们家，没想到被一伙人追来了，其中有一个人，想做王家的上门女婿，就想把你整死。小快为了救你，跳进了那个破……什么湖。后来，你为救她，也跳进了这个湖，对吧？"

"对对。"我连忙点头。

"小快说，她在湖里乱划乱冲，划了老半天，也不知道划到哪里去了，差一点儿就憋过气了。亏得有一只机动船路过，小快抓住了船绳子，一直被拖到了湖边上，才被船上的人救上来了。"

"真的？这么说，她还真活着？"我激动得再次流下了眼泪。"可她怎么不回家呀？这些日子，急坏了多少人！"

"她哪敢！她说，她去了船主家，换了衣服，吃了点儿早饭，一刻儿都不敢耽误。她怕想做上门女婿的那个家伙找上门来，把她抢走了。她央求船主不要把她活着的消息说出来，自己当天就坐车走了。她还说，你们早已经约好了，不管是谁，如果还活着，就在过年之前，赶回豫南老家，如果没有赶回去，就说明已不在人世了。你这个混账小子，你还活着，你咋不回去呢？所有人都以为你被淹死了呢。"说着说着，母亲就流下了眼泪。

"妈，一言难尽啊。"我也擦了擦眼泪，"我也被人救上来了，可警察派人在湖里捞了整整一天，生不见人、死不见尸，就以为小快没了，连附近的人都说小快这次是凶多吉少。我苦苦守了好几天，不愿离开。我想，小快都没了，我还回去有个啥意思啊。所以、所以……"

"你这孩子，倒是有情有义！"母亲用埋怨的口气说道，"那你这一冬，都是在哪里度过的？"

"我……"我没好意思说出当和尚的那一幕，"我在小快家呀，我打算替小快赡养她的父母呀。"

"真是一对知情重义的冤家！"妈笑了，"这俗话说，不是一家人不进一家门。小快她呀，倒了几次车，才找到我们家，开口就喊我妈，说她是我的儿媳妇。我又喜又惊，问'心亮呢'？她就哭起来，把前因后果说了。我们听了，又喜又忧，就专等着你的消息。谁知，都等到过年了，也没有见到你的影子！就都当你跳进湖里，没能爬起来，喂了大鳖了！我的眼睛都哭瞎了！就在过年那天，小快'扑通'一声跪在我面前，说：'妈，从今之后，我就是你的亲闺女，一辈子不嫁人，直到伺候你百年之后！'"

"我知道小快会这么做的。"听了这话，我的眼泪又掉了下来，"那你们怎么又到江西来了呢？"

"开春之后，小快跟我说，心亮生前立志要承包一片荒山，在山上种橘子树，然后把我也接过去生活。为了实现你的遗愿，她说，她一定要把你想做的事做成。所以，我们就把原来刘有仁的那帮人都招了过来，把刘有仁跟人签的合同，也接了过来，由她当老板，在这里包山。打算先剃山，赚了钱后，再栽橘子树。心亮啊，她这样做都是为了你，世上哪里找得到这么好的媳妇儿啊！"

"妈，我也正在为包山的事奔忙啊。"我听得心里热乎乎的。

"是没有包成吧？唉，我看出来了！要不，你也不会找上门来，装腔作势地吓唬人。这下好了，小快都给你办好了。唉，要说小快这闺女，真好，真孝顺，又能干。她非要把我带到江西来，说是要亲自替你照顾我。回到江西，她一刻儿也不闲，跑东家奔西家，没多久就把山全包下来了。"

"那她怎么不回她妈她爸那里呀？她爸她妈就这么一个闺女，以为她死了，这段日子心里多难过呀，你知道吗？"

"知道！我能不知道吗？听说你不在了，我不也难过吗？我不是那种不讲理的人，一到江西，我就劝小快赶快回去看看她爸她妈，可小快还记恨她爸她妈，就是不想见他们。说是过一段日子再说！"

"妈，小快呢？难道她亲自上山砍柴去了？"

"没有！人家好歹也是一个老板呢。天天忙着跟窑场的老板谈生意呢。今天才得了空儿，在我的劝说下，下午到底回她娘家去了。"

"她回王家畈了？"我站起来。

"嗯呢。"

"我去找她！"我站起身，迅速跑了出去，把自行车调转头，顺着来路飞快离去。

"天黑了，小心啊！真是一对生死冤家。"母亲在背后嘟囔道。

第十章

死而复生的恋人

1

我骑在自行车上,使出浑身的力量,在山路上颠簸着,屁股震痛了,累出一身汗,也顾不得擦掉。终于在晚上掌灯之后,回到了王家。

我把车子摔到门口,大声喊:"妈,小快还活着!爸,小快还活着!"

小快妈和王大天一齐跑出来,高兴地说:"心亮,你也知道啦?"

"知道了!小快呢?她怎么不出来见我?我都急得不行了。"我一直往家里闯。

"怎么,你没有见到她呀?"两口子对视了一眼,"妈呀,她知道你也还活着,说啥也要回到山棚里去见你。"

"她又回山上了?我也要过去!"我扭转身子出了门。

王大天一把拉住我说:"都累成这样了,歇歇吧。你们都命大福大,个个活得好好的,还愁见不着?"

小快妈也递来一条毛巾,说:"心亮,快把汗擦了吧。气都没有喘定呢。"

虽然心里痒痒的,此刻我还是回到屋内坐着,捂着胸口,脸上写满了期待和兴奋。王大天给我倒一杯开水,让我喝下去。

喝了水,我问:"小快知道我还活着?"

小快妈抑不住兴奋地说:"知道了!她呀,原来以为你也淹死了,就回到了你的老家住下来了。瞧你们俩,谁都以为对方死了,谁都跑到对方家里住着,当儿子做闺女的,就是谁也没想到对方都还活着,而且活得好好的。"

"她知道我还活着,还不高兴死了?"我问,"反正我都快高兴死了。"

"能不高兴死了?都高兴地哭了。下午,她回到家里,一进门就喊妈,喊爸,把我们吓了一跳,都以为是小快还魂了,吓得直往后躲。后来,门口都聚满了乡亲,大家都来看热闹,我的胆子才大了点儿。走近跟前细细地看了看,看小快的一举一动:妈呀,是真的!不是真的,怎么浑身都发着汗味呢?我和你爸那个高兴呀,给我一个两个十个金娃娃也没有这样高兴,又哭又喊,抱着小快不放,都高兴得不知道自己还活着!我说:'小快呀,都以为你死了,你可把妈的心伤透了。'小快也哭,抹了抹眼泪,你猜怎么说:'妈,小快是死了。心亮哥都死了,我活着跟死有什么区别呢?'妈呀,她还以为心亮你死了。我赶紧说:'谁说心亮死了?人家活得好好的,还做了我们家的干儿子呢。'小快听了事情的原委,跟我们一样激动,又哭又喊,嗓子都哭哑了,问:'心亮哥呢?人在哪里呢?'我说:'去山棚里了。'你猜怎么着,跟你一样性子急,二话不说,拔腿就跑了,要去山上找你。我赶紧让你爸跟着她,谁知你爸一出门,就见不到她的影子了。"

"不行,我要赶快见到她!"我站起来,"她见不着我,还不急疯了。"

"心亮,吃点儿饭再说吧。"小快妈按住我,"饭都凉了,赶快吃点儿。就算马上要见,也要等吃饱了肚子呀。我给你盛米饭去。"

我扒了一口米饭,问:"小快妹妹她,还是那个样儿?长没长变呀?"

"长黑了,也长瘦了,不过也长懂事了,再不像一个莽撞的小姑娘,倒像一个会当家主事的小当家婆儿,跟我问这问那。"小快妈笑道。

"哦,那她刚才吃饭了没有?"

"没有。我让她吃,她吃不下,说走就走了。"

"妈,我也吃不下饭。我这就去找她!"我放下筷子。

"心亮,再急,也不在乎这一会儿工夫,天已黑了,就算明天、后天见,也没有什么大不了的。反正你们都还活着,这比什么都重要呢。"

"不行,我一定要走!"我跑了出去。

"心亮,我跟你一起去吧!"王大天喊。

"不用。"我顺着原路跑去,没有再骑自行车了。

2

我在山间小路上不停地跑,两个小时后,终于赶到了山棚外面。看见了草棚,我大老远就冲里面喊:"妈!妈!"

最先走出草棚的,是刚刚吃完晚饭的剃山佬们。他们个个光着脊背,捂着肚皮,出门看动静,把门口挤得严严实实的。母亲最后挤了出来,扒开人群说:"是心亮?心亮怎么啦?见到小快没?"

"妈,小快呢?"我喘着大气问。

"妈呀，你没有碰上她呀？"

"她、她到底去哪儿啦？"

"快进屋，儿子，歇口气再说。"母亲拨开人堆，把我拉进草棚。我坐下来喘着大气，结结巴巴地问："妈，你快说呀。她刚才回来没有？"

"回来了！一进棚里就喊我：'干妈，心亮哥来这里了吗？'我说：'来过。'她就哭起来，说：'心亮哥真的没有死？心亮哥真的没有死？他人呢？'我说：'他回湾子里去找你了呀，你没见着？'这孩子一跺脚，扭身就要往回跑。我一把拦住了她，说：'闺女，再急也要吃口饭，就是不吃饭，也得歇口气吧。'这孩子饭吃不进，水喝不进，气还没有喘定，起身又跑了。我说：'等等我，我也去。'可我一出门，就找不见她的影子了。"

"她是往哪条路走的呀？"我大失所望，心里干着急。

"不知道呀，说是好几条路都能到王家畈，我也不知道她到底走哪条。"

"妈，我还得快回去。"我站起来。

"那你等我一块儿去。"

"不成，你跑得太慢。"

我一溜烟跑了出去，看了看山底上的几条山路，不知道小快到底走哪条。不过，我也只知道一条路，就是走别的路，也不熟啊。想到这里，我依然走来时的路往回奔跑。

又跑了两个小时，一口气回到王家。我一边喘大气，一边问："小快，小快呢？"

小快妈走出房间，"嘿"的一声笑起来："你们这两个孩子呀，就是沉不住气，两头来回跑。刚才，她跑回来了，听说你去工棚里找她了，她连坐都顾不得坐，又跑了。你说你们这两个孩子，个个像烧尾巴猴似的，咋就都这样没有耐心呢？"

"妈，她往哪条路上走的呀？"我问。

"好几条路，谁知道她走哪条呀？让她等爸爸和她一起去，她都等不及。你说你们，命中注定的一样，咋就这样缺少缘分呢？"

"妈，要不这样。如果她再回来了，就让她在家里等着，千万不能再跑了，我回来找她。"

"唉，我知道了。"

然后，我又调头去追。追回山棚，母亲又跺脚说："小快没见到你，又跑回去了。你们这是干什么呀，跑来跑去的，咋就是碰不上面呢？"

"不行，我还得回去。"我说。

我妈一把抱住我说："小快说了，如果你再跑回来，就让我告诉你，等在这里别动窝，免得又走岔了。她说她会来找你的。"

"小快真是这么说的？"

"不信你问问大家伙儿。"

我这才坐下来，一边喘着气，一边等。我想：我也告诉了小快妈，让小快回去也别走呀，万一她在家里不再出来了呢？可是，万一我不等，去找她，她也像我一样的急性子，也不等我了呢？岂不又走岔了？

想了想，我觉得还是要等！我已经累得不行了，再跑，就是见到了小快，恐怕连说话的力气都没有了。

果然，后来我才知道，小快也像我想的那样，在她妈妈的劝说下，不再上山找我，她也一心待在家里等我了。这一夜，我失眠了，不！我根本就没有躺下来。我坐在大通铺的边缘，仰望了一夜月亮。远处，蛙鸣一片，一浪高过一浪，压低了其他任何风吹草动的声音；身边，剃山佬们的鼾声一阵紧似一阵，高低有别、参差不齐，比着赛响。我在想：小快呢？她是怎么度过这个晚上的呢？她睡得着吗？她也像我一样坐了一夜吗？肯定的，肯定的！此刻，她的心情，完全跟我一样啊！小快，我真想马上回到你的身边去，好好同你聊一聊，聊聊这大半年来的心路历程和所发生的沟沟坎坎，我有很多很多的话，要对你说啊。

可是，冷静过后，心情又慢慢变得沉静起来，一种异样的感觉，和别样的情怀，又让我不寒而栗！小快大概还不知道，虽然相爱的人仅仅相隔数月，情势却发生了巨大的逆转，逆转得令人不可想象和难以挽回。我已不再是去年那个专情的金心亮了，我和小聪已经订婚了。这个情况，她要是知道了，会怎么想？会怎么办？她会受到什么样的打击？她会怎么看待我？我和她还能在一起吗？我妈无疑也不知道这个情况，万一她知道了，我又该如何面对呢？还有小聪，她可能也不知道小快还活着，要是知道了，她又该如何

第十章 死而复生的恋人

面对小快和我们的婚约呢？

这不仅是一个严重的问题，也是一个迫切的问题，一个必须马上解决的问题！

夜深人静，无边的心思就这样在我的内心世界里膨胀发酵，折腾得人坐卧不安。我已从心底里产生了一股迷茫和无助感。我既高兴，又苦闷，既兴奋，又彷徨，既期待，又恐惧。我不知道结果会是怎样！

3

天微明时，剃山佬们开始喷着嘴巴，从好梦中陆续醒来，有的已经起床了。我知道，我也该出发了。便站起来，朝棚外走去。这时，身后有人说："心亮，等等，我也去。"

是母亲，原来她早已起床了，并且梳理完毕。

我和母亲一路无话，只是紧赶慢走。我低下头，对母亲的任何提问，都表现得不感兴趣。有的问题，我不想回答；有的问题，则暂时还不能回答。母亲又高兴又心疼，埋怨说："谈恋爱的孩子，就是不一样。一宿没睡吧？都把你的魂儿勾走了。"

我把脑袋低得更低了。

到了王家畈，天已经大亮了，东方的太阳已露出红红的脸庞。我们加快了步伐，但我的心却突突狂跳起来。到了王家门口，未及开口，门就被拉开了。小快还没有顾得梳理头发，就跑了出来，一声"心亮哥"，就扑到我的怀中，放声痛哭起来，哭得惊天动地。

哭过了，又笑道："心亮哥，我都打量你已经死了，没想到你还活着。你的命咋就这么大呢？昨天晚上，我激动得一夜都没有睡觉，我比什么都高兴。你还活着，这是我一生能听到的最好消息。"

我也沙哑着喉咙说："小快，我也以为你死了，那些日子，我绝望得都不想活下去，没想到我们今生还能见面。亏得我没有随你而去，不然就太冤枉了。"

"你这个坏小子，你既然活着，你春节前咋不回老家呢？害得我们彻底死心了！"小快噘着嘴巴说，"你知道心死是什么滋味吗？"

"对不起呀，小快。我也以为你死了，所以，就觉得没有必要再回去了。我当时想的是，我一定要在这里为你守灵的。"

"我猜也是！"小快抬起头，双手捧着我的脸看，"我就知道你是为我着想。来，再让我瞧瞧，长变没有。长白净了，长胖了，皮肤也护理过了，比以前更帅了。"

我也看着小快的脸，说："小快，你却比去年黑了，眼圈浮肿了，样子也显得长大了。"

"说白了，就是我长老了呗。"小快嘿嘿笑。

"我听我妈说了，她夸你是一个孝顺能干的闺女，心眼儿好，什么事都替我妈干，能不显老吗？我谢谢你！"

"一家人，谢什么？我也听我妈说了，你已经做了她的儿子，什么事都给他们干，还砍了一大堆木柴呢。这么说，我也要谢谢你啰！"

我嘿嘿地笑起来，看着依然调皮快乐的小快，笑过之后，心里忽然掠过一阵酸楚。

"好了，一切又可以重新开始了！"小快也嘿嘿地笑起来，拉起我的双手，但她眼眶下面依然还残留着一片泪痕。

这时，小快妈从房间里走出来，见到了我母亲，便走过来，拉住母亲的手道："你是心亮的妈吧？快进屋里坐，让他们好好说说话。"

母亲也高兴地说："你是小快的妈吧？你养了一个好闺女，就知道你做妈的肯定错不了。今日一见，果然是这样的。"

小快妈说："心亮这孩子也不错，心眼儿也好，我也要感谢你养了这么一个好儿子。"

"真是苍天有眼啊，苍天不会亏待好人的。书上说，有情人终成眷属。往后，就让他们小两口好好过日子吧。他们大难不死，必有后福。是不是，大妹子？"

听了这话，小快妈低了一下头，有点儿异样地笑了一声，说："是、是啊。"

"心亮哥！"身后，一声娇唤，打破了现场的和谐气氛。听了这个声音，我不由得哆嗦了一下，双手不自觉地从小快手里抽了出来。

第十章 死而复生的恋人

小快却扭过头去，兴奋地喊了起来："小聪，你这个胖丫头，你还好吗？姐姐想死你了。"

"小聪，你回来啦？"我也往前迎了一步。

小聪却把我往她身边拉了一把，面色凝重，眼含着泪水，对小快说："姐姐，听我妈在电话里说，你没有淹死，我一大早就赶了回来。你还活着，我替你高兴，也衷心祝福你以后有一个幸福的日子。可是，你今后不能再碰心亮了，更不能抢走心亮了。"

"我？抢心亮？"小快看着小聪的举动，脸色唰地变了。

"姐姐，你大概还不知道吧？心亮哥现在是我的对象了，你不能再和他在一起了。"小聪可怜兮兮地说。

"你胡说！"小快一听，愤怒极了，"我才半年多没有在家，他怎么就成了你的对象。你背着我，都做些什么了？"

"姐姐，不骗你，全世界的人都知道，我和心亮哥已经订婚了。"小聪大声说。

小快猛然回过头来瞪着我，想从我的脸上寻找答案。我却把头低了下来。我知道这个最难堪的时刻，迟早会到来的，却没有想到会来得这么快！

我母亲看到了眼前的情景，也暗吃了一惊。她看着小快妈说："大妹子，这到底是怎么回事呀？那个姑娘说的是真的吗？"

小快妈泪流满面，用袖子捂着嘴巴说："大嫂子，你们还不知道。这些日子，村里人谁都打量小快已经不在了，都觉得心亮这孩子特别好，加上小聪和心亮两人也投缘，我们就张罗着……都怪我们太性急了，我们不该太匆忙了哇。你说，这两个孩子，咋这样没有缘分呢？"

小快跳到我面前，揪着我的衣服，急切地问："心亮哥，这不是真的吧？你怎么能跟小聪订婚呢？我们不是说好了，一辈子都不分开吗？你怎么能跟别人订婚呢？这不是真的吧？你不会是骗人吧？你说话呀，心亮哥！"

我没敢抬头，任眼泪哗哗地淌下来。

小聪把小快轻轻推开，说："姐，这不能怪心亮哥。我们都以为你死了，心亮哥比我们谁都伤心难过！他在你的假坟墓旁守了好几个月，又到云居寺做了和尚，为的就是你。后来，他回来给大伯做了干儿子，也是为了报答你。他没有对不起你，他是问心无愧的，他没有错！"

"他没有错，一定是怪你！"小快指着小聪，两眼冒火，"小聪，我不在家，你怎么能跟心亮哥好呢？你不知道他心里有我吗？你不知道他对我好吗？你明明知道，你却非要跟他订婚。打去年我就知道，你就想跟心亮哥好对不对？你读过高中，又在县里有工作，什么样的男人找不着哇，为什么非要跟姐姐抢心亮呢？你不是一个好孩子，我没有你这么一个妹妹，我不想再见到你！"

"姐，不是我故意跟你抢，原因大家都知道的。心亮已经跟我订婚了，全世界的人也都知道，你不能让我离开心亮哥。"小聪也流下了眼泪。

这时，我母亲咳嗽了一声，来到小聪面前，说："姑娘，我都看明白了。你是小快的叔伯妹妹吧？你听我说，就算你跟心亮订婚了，这事也有救。订婚就是订婚，不还没有正式结婚吗？没结婚，就可以退，你说是不是姑娘？"

"不行，"小聪可怜巴巴地说，"你是心亮哥的母亲吧？婶，你不知道，在我们这里，两个人订婚了，就相当于结婚了，跟正式结婚没有什么两样。"

"订婚的事，我们老家也有。订婚是订婚，毕竟还没有圆房嘛，跟正式结婚还是大不一样的。是不是，姑娘？"

"不，"小聪把我妈拉到一边去，放低声音说："婶，你有所不知，我跟心亮哥、我跟他……"

"你跟他怎么啦？"我妈听得不对劲儿。

"自从我和心亮哥订婚后，我们就天天住在一起，包括……晚上。"

"什么，你是说……"

小聪扫了一眼周围的人，肯定地说："嗯，我们已经那样了……"

"你这个混蛋小子，这是真的吗？"母亲朝我瞪起了眼睛。

我正想辩解，就听小聪大声咳了一下，朝我使了个眼色。

我也咳嗽了一声，没有再吱声了。

"造孽呀，"母亲听得脸色都白了，"姑娘，这事千万别传出去，就当没有发生这种事吧，啊？完了，我和心亮赔偿你的一切损失，你要多少钱都行！"

"婶，你不知道，"小聪流着眼泪，"我都、都怀上你的孙子了。"

"啊？"母亲大惊失色，朝小聪上下打量了一下，"我怎么没有看出来，你到医院检查过了？"

"都两三个月大了，"小聪噘着嘴巴，"如果心亮不要我，我再也没有脸嫁人了。"

"混账的东西！"母亲扑到我面前，狠狠抽了我一个耳光，响起"啪"的一声脆响。

小聪迅速把我拉到一边去，朝母亲哀求说："婶，要错也不是他一个人的错，你就饶了他吧。"

"天啦，我怎么养了这个没脑子的孽种儿子呀？心亮，你这个混账，你会后悔的呀！"母亲捶胸顿足，放声大哭道。

小快也捂着脸，痛哭着跑回了自己的房间。

4

小聪也理直气壮地把我拉到她的家中，替我擦干脸上的泪痕，严肃地说："心亮哥，事情到了今天这一步，你必须明白，你已经是我的未婚夫了，在处理同姐姐的关系上，你必须把握分寸！姐姐充其量也只是你的前对象，你们不过是普通的兄妹关系了。"

见我低头不语，心事重重，小聪又说："好了，你刚才同姐姐拥抱，是因为你们久别重逢，是可以理解的，我也不会计较了。过去的事，让它过去吧，以后，我会好好待你，决不比姐姐待你差的。"

"小聪，"我终于抬起头来，"你怎么能在我妈妈面前胡说八道呢？我们俩，什么事也没有发生呀。"

"心亮哥，别怪我好吗？"小聪扶住我的肩膀，温柔地看着我，"我也是没有办法才这么说的，不然的话，你也看见了，你妈和我婶她们，一定会鼓动你跟我分手的。她们只顾及我姐姐的感受，却不顾及我的感受。如果真遂了她们的意，我可就太惨啦。幸亏你还算配合我！"

"这样说话，对小快不公正。"我生气道。

"难道对我就公正吗？"小聪也生气了，"不错，你们是曾经热烈地相爱过，可是，因为阴差阳错，你们分手了。我是在得知姐姐已经死亡的情况下，才跟你好的，我不是故意跟她抢你，我难道有错吗？姐姐大难不死，也够幸运的了，难道好事都让她占全吗？哥，我知道你还忘不了小快，我能理解，可你也应该替我想想啊。我现在是你的未婚妻呀！"

我重新低下头，除了流泪，说不出一句话。

"哥，忘了小快姐姐吧。"小聪重新拉住我的手，"就当是你的未婚妻在求你，好吗？"

"我现在脑子很乱。"我擦了一下眼泪。

"哥，你想过没有，难道我不如小快吗？小快人是不错，可她的文化没有我高呀，她的相貌也不如我呀。最起码，我可以在县城里找一个像模像样的工作，你也可以在那里找一个像模像样的工作。当然，你的理想是把这周围的荒山包下来，当一个农场主，我也全力支持你，并且我也可以亲自为未来的农场出力做贡献。而我的姐姐王小快呢，她能做到这一切吗？"

看见我没有吱声，小聪又说："好，就算你不在乎这些，可你无论如何也得在乎我呀。全世界的人，都知道我们是未婚夫妻，要是就这样分手了，我的同事怎么看我？我还有脸再找对象吗？换了谁，能咽下这口气呀？"

我找一张椅子坐下来，继续沉默不语。

这时，就听见门口有人喊："心亮。"我听出是母亲的声音，还没有站起来，母亲就已闯进来了。

小聪迎过去喊："婶！"

小聪妈也从房间里走出去，笑迎道："是心亮的妈吧？听说你来了，还没有顾得上去看你。"

"是小快姑娘的二婶吧？应该是我先来看你呢。"母亲应了一句。

"不用客气。往后，咱们都是亲家了，这家你就随便来吧。快坐下来，我给你冲杯茶喝。"

我妈叹了口气，说："水先别喝了。这两个孩子都在这里好好的，可小快却哭死哭活的，又不想活了。你说说，这孩子好不容易大难不死，今天又遇到这样的打击，换了哪个孩子能挺过这一关呢？大妹子，凡事不都是商量出来的吗？我想让心亮去安慰安慰小快几句。毕竟，他们都好长时间没见过面了，都有好多话要说。你说是不是？"

"是啊，"小聪妈附和道，"要不，让心亮先去看看小快吧？"

"不行！要去安慰，就让我妈去安慰，心亮哥不能去。"小聪抢先说道。

"这丫头，怎么这样跟你婆婆说话呢？"小聪妈批评道。

看到母亲沉着脸，小聪又改口说："对不起，婶。你想过没有，我姐姐和心亮哥虽然久别重逢，可心亮哥现在已经不是她的对象了，他们见了面，反而不好。姐姐要是心胸宽呢，至多也就是不理睬心亮哥，她要是心胸狭窄，还不掐死心亮哥呀。所以，为了他的安全，他暂时还是不能去。"

"没事，我在场呢。"母亲没好气地说。

"要不这样，大嫂子。"小聪妈接口了，"现在心亮也挺激动的，先让他冷静冷静，想想该怎么说。我呢，先去看看小快，劝劝她。"

母亲这才点点头。

看见小聪妈出去了，母亲便微笑地对小聪说："姑娘，你能出去一下吗？我想跟心亮单独说说话。"

尽管小聪的脸色显出很不情愿，但仍然说："好吧。"然后慢慢走出去，还朝我深情地注视了一下。

母亲拉了一张椅子，坐在我的对面，说："心亮，你告诉妈实话，你真的跟这个丫头订婚啦？"

我点了一下头。

"这么大的事，你怎么也不跟妈商量一下？你怎么能擅自作主呢？你也太目中无人了！你心里还有我这个亲妈吗？"

"妈，你不就是想让我娶个媳妇儿吗？"我不以为然地说，"难道你反对我找对象、结婚生子吗？"

"好，婚姻自主，这个妈管不了。可是，听说你都拜小快的爸妈为爸妈了，还打算在江西住一辈子。这个事，妈总该知道吧？"

"妈，"我流下眼泪说，"我和小快的感情非常好，她为了我，什么都不顾，连命都不要了，我替她孝顺父母，这难道不行吗？"

"行！妈没有说不行！就凭小快这么好的孩子，你为她做什么都不过分，我也认了。可是，你想过没有，当初就算她真的淹死了，她尸骨未寒，你就跟别的女孩子订婚，这也说不过去呀。"

"我看见小聪这孩子也不错，主动追我，我就答应了。这也是为了让王家人安心接纳我。我承认太仓促了点儿。"我抹了抹眼泪。

"你要是不这么性急，能发生今天的事吗？你知道你今天多么伤小快的心吗？小快为了跟你，命差点儿搭上了，好不容易死里逃生，你却不是她的了。孩子，这事换了谁，也接受不了啊。小快往后还怎么活呀，你想过没有？"

母亲流下了眼泪，我也哽咽失声！

"妈，"我擤了一下鼻涕，"好好劝劝她，别让她想不开。她要是再想不开，我犯的罪就更大了。妈，求求你，一定要好好劝她。"

"我能不劝她吗？她还是我的干女儿呢。可是，孩子呀，她这么一个重情重义的姑娘，今天落到这一步，你让她今后怎么面对你、面对我、面对身边的人？你们以后还怎么相处？"

"妈，那我该怎么办啦？"我离开椅子，跪在母亲的面前。

"起来，心亮。你起来，妈好好问你。"

我只好重新坐下来。

"你真的跟这个姑娘，住在一起了？"

"妈，没有的事。"

"那就好。我就知道这个姑娘撒谎。你告诉妈，能不能跟这个姑娘分手？"妈严肃地问。

"妈，这很难。"

"是这丫头不愿意，还是别的？"

"妈，我跟小聪相处好好的，又刚订了婚，也办了酒席，要是分手了，小快那边没事了，可小聪这边怎么办？小聪她，万一也像小快那样往湖里跳呢？"

"那就看你对谁更好了。你心里如果有小快，那就只能对不起小聪了，要是你心中有小聪……不光小快，连我也接受不了。"

"妈，你们别逼我，我心里不比小快更好受。妈，你也让我想想，好好想想……"

"好,"母亲站起来,"心亮,妈不逼你。你好好想想,你要是再做对不起小快的事,妈也不认你了。"

然后,母亲头也不回地走了出去,连门外小聪的招呼声,她也没有任何反应。

5

小聪默默地站在我面前,盯着我苍白无神的脸。然后,她蹲下来,抱着我的腰,把头靠在我的怀里,温情地说:"哥,别难过。换了谁,遇到这样的事,都会难过。不过,请你相信,一切都会过去的。振作起来吧,你失去了姐姐的爱情,却获得了小聪的爱情,有失才有得。我不会让你后悔的。"

我深吸了一口气,感到眼皮发涩,便说:"我困了。一宿没睡。"

"嗯,那就好好睡一觉吧。"小聪站起来,去了自己的房间,简单地收拾了一下,对我说:"哥,床铺好了,来睡吧。就睡在我的床上。"

我坐着不动,情思飘飞。

小聪拉住我的手:"睡吧,哥。不要担心我姐姐,那么多人在劝她,她会想通的。"

我只好站起来,跟着她去了房间,和衣躺在床上。

小聪把毛毯铺在我身上,却迟迟不离开。"哥。"她喊了一声。我也"嗯"了一声,说:"小聪,你走吧,让我一个人躺一会儿。"

"哥,早上,在外面,我不该对你妈,我未来的婆婆说瞎话。"

"什么?"我抬起头来。

"我说,我们已经住在一起了。"

"我知道你是故意说给我妈听的。"我重新把头低下。

"可是,那样对你太不公平了。"

"可以理解。"

"其实,两个人订婚了,就相当于办了一半的婚礼,成了一半的夫妻了。在县里,凡是订婚的人,都可以像夫妻一样同居,只是还不公开罢了。"小聪拉起我的手,按在她的脸上。

我沉默不语。

"哥,你需要我做什么,我都会答应的。反正我们是半个夫妻了,迟早都会这样的……我可以和你躺在一起吗?"

"不,一会儿你妈会回来的。"

"她们都在我婶家里,准备一起吃午饭呢。中午不会回来的。"

"小聪,我们还未结婚,还不能这样。"我抽开自己的手。

"那好吧,以后有的是机会。等我们回到县城,我再补偿你。你好好休息,我去给你做饭吃。"

小聪出去了,尽管我昏昏沉沉的,却没有一点睡意。我的心在小快身上,我知道这件事对小快的打击是最大的。将心比心,如果在我死而复生时,我为之倾情的人却成了别人的人,我该怎么去想?又该如何去面对?我虽然失去了小快,却拥有了小聪,而她失去了我,则什么也没有了。她像我一样,在得知对方死去后,把对对方的承诺和爱情,化为一种责任和义务,惠及对方的家庭,并准备用一生的努力去报答对方的父母。而当现实无情地敲碎了这个善良的愿望,之前所做的一切,也就失去了意义。还有什么比这更令人失落和痛苦的呢?

而这一切,全是因为我仓促和小聪订婚造成的。但这不是小聪的错。她也爱着我,我也爱着她,我们的爱情也是有基础的。如果小快没了,我就和她订婚,小快活着,我就和她分手,重新回到小快身边,我成什么人啦?心猿意马、朝三暮四!那样对小聪也不公平。小聪也非常在乎我啊!总之,一切都是我的错!是我的错,铸成了无法挽回的局面。如今,我只有自责,向小快忏悔,请她原谅。舍此,做什么都是枉然的!

我不断地叹着气,痛苦地直捶床板。

中午,小聪把午饭做好,叫我起床吃饭,我一直推托,因为我没有这个胃口和心思。后来,小聪又重新做了饭,并端到房间来,是一碗荷包蛋下挂面,说是我最爱吃的。我勉强坐在床上,端起碗,却怎么也咽不下去。

小聪坐在我的床边,一遍又一遍地哄着我吃,我仍然无动于衷。直到一碗热气腾腾的挂面变凉了,我仍然没有动一下筷子。

小聪接过我的碗,说:"哥,别这样糟蹋自己。你放心,姐姐那边,我会去向她求情的，她一定会理解你和我的共同选择。"

"不，应该我去，去跟她解释。"

"要不，我跟你一起去吧。"

我再次沉默不语。我不知道该说什么。

6

傍晚，小聪妈回来了，问我们吃没吃，小聪说做了，但没有吃。

小聪妈就叹口气，说："这两个孩子，命咋这样苦！有情无缘分。"

小聪一听，呜咽地说："妈，我的命也苦！刚和心亮哥订婚，就出了这样一桩事，我心里也不好受。"

小聪妈把小聪拉到自己身边，坐下来，说："我知道你也苦。我的闺女，我还能偏心？"

"妈，我们该怎么办呀？心亮哥到现在还神不守舍、恍恍惚惚的。他要是有个好歹，我可怎么办啦？"

"莫着急，"小聪妈说，"你们的事，最后还是要看心亮的。"

"妈，万一心亮哥总是放不下小快呢？要是他把我撇下了呢？要是这样，我也只好往鄱阳湖里跳。"小聪大声哭起来。

"傻孩子，你要是想不开，我和你爸怎么办？你要是跳，把妈也捎上，妈也跟着你一起跳，最好把你爸也捎上，一家人都淹死算了。女儿，千万不能动这个念头！"

"可是，心亮哥要是像陈世美一样变了心呢？他要是变了心，我也没有脸再活呀。我没有任何错，白白被我的未婚夫踹了，我死也冤枉啊！"

"听妈说，心亮不会的。心亮这孩子也是一个通情达理、知情重义的孩子，出了今天的事，心亮心里有一杆秤，这孩子会掂量掂量的，不会放下你不管的。"

"那你好好跟心亮哥说说。"

"心亮呢？"

我从房间里走出去，无精打采地来到堂屋内，坐下来。小聪妈问我饿不饿，小聪则深情地注视着我。我知道，该我说点儿什么了。我想了想，说：

"婶，小聪，你们放心！我不是那种见异思迁的人，我会对小聪负责到底的。虽然小快很难过，甚至接受不了这个事实，但我们都只能忍痛割爱。"

"我就说，心亮这孩子懂事吧。"小聪妈笑起来。

小聪也松了口气，说："哥，谢谢你！谢谢你的通情达理！"

"但我要好好同小快谈谈，让她平安度过这个最难熬的日子。在这期间，请允许我多和她在一起。"

"哥，我陪你一起去。"

小聪妈说："小聪，让心亮跟小快单独说说话吧。你心亮哥也表明了自己的态度，不要紧的啊。"

"那也要吃点儿饭再去。"

小聪妈站起来，道："我来给你们做一道汤吧。"

小聪一直坐在我的身边，把脑袋歪在我的大腿上，直到鲜香可口的鸡蛋豆粉汤端了上来。小聪接过汤，闻了闻，递到我的手上，说："哥，我妈可偏心啦，一年也没有给我做几次这样的汤。喝吧，可有营养啦。"

我接过碗，轻轻地喝了一口，递给小聪说："喝不下去。"

"是烫了吧。"小聪用勺子轻轻搅了搅，又吹吹气，一勺一勺地喂在我的嘴里。小聪的动作那样轻柔，让人感受到一股说不出的亲切和温暖。这让我的心慢慢坚定下来……

到了小快家门口时，听见王大天不断地抽打自己的脸，痛心疾首地说："都怪我呀，我不该管他们的事。是我害了小快呀！"

小快妈说："算了，她爸。你就是把脸打肿了，也不顶事。听天由命吧。小快能活着，就是天大的喜事！"

我一踏进门，眼泪就哗哗地流下来了。小快妈起身迎了出来，说："心亮，你没事吧？孩子呀，听妈的，不要太难过啊。"

我哽咽地说："没事。"

小快妈也流着眼泪说："你们俩啊，有缘没分，有情没命。孩子，你们都认了命吧！"

我哭着说："妈，爸，不管我和小快妹妹有没有缘分，我都是你们的儿子，永远都是！请相信我！"

"唉，我相信你，孩子。"小快妈用手掌拭去我脸上的泪水。

"小快妹呢？"我问。

"一个人在房间呢。你妈下午上了山，要带小快一起去。我把小快拦下来了，我说，小快死里复生，要让我好好瞧瞧她！"

"妈，我想去跟她谈谈。"

"那你去吧，心亮！"

我去了房间，小快披头散发坐在床边上，正面对着窗外发呆。

我站在她的身边，喊声"小快"，嗓子就哽噎了。

"你走吧，我不想理你了。"小快沙哑着嗓子说。

"小快妹，是我不好。一切都是我的错！"

"哥，你听说我淹死了，就急着再找媳妇儿，我能理解。我只恨我自己，当初为什么要奋力游泳，为什么不沉下去，活活淹死呢？这事只能怪我！要是把我淹死了，你们就不再有麻烦了！"

"小快，你要是这样说，我更无地自容了。这个错误肯定是我酿成的。最令人痛苦的，小快妹，你知道吗？是这个错误改都没法儿改过来呀。"

小快回过头来，说："怎么没法改？心亮哥，你根本就没同小聪同居，是她编的瞎话对不对？"

"我……"

"哥，同小聪分开吧，订了婚的人，也是可以分开的。小聪其实并没有受多大的损失。"小快站起来，一把拉住我的手，"你带我一起走吧。你不是要承包荒山，种橘子树吗？我可以帮你。我已经包了很多很多的荒山，将来都归你。"

"小快，事情不像你说的那样简单！"我放声痛哭道。

"怎么不简单？也就是你一句话的事。你难道就不能下这个决心吗？"小快怨恨道。

"可小聪那边怎么交代呢？"我泣不成声。

"我就知道，你是让王小聪给迷住了！"小快狠狠地瞪着我，"可是，你们在一起不合适。小聪心高，从小就不把种田人放在眼里。她将来到县里上班，更不会看上你的。你会后悔的，你知道吗？"

"小快,你不知道,即使真是这样,我也下不了这个决心呀!我夹在中间,其实很难很难的啊。"我继续痛哭失声。

小快失望地松开手,重新坐在床边,面对窗外,说:"我知道我的命苦,从小到大都命苦。我也认命,什么命我都认!大不了……"

"小快,千万不要胡思乱想。你爸你妈离不开你,我也离不开你呀。最起码,我还是你的哥呀!"我四肢瘫软,直溜溜地跪在了地上。

"你走吧,最好我们永远永远不见面!"小快说。

"小快,我心里很难受哇。我对不起你,已经够难受的,你要再有一个好歹,我就一辈子不得安生,活着还不如死呀。只有你好好活着,活得比我强,比任何人都强,我才能心安理得。小快,你理解我的意思吗?"我痛哭流涕,哽咽失声。

小快坐着一动不动。

窗外,小聪的声音突然传来:"姐姐,我能跟你说说话吗?这事不怪心亮哥。心亮哥其实已经很对得起你,对得起大伯大婶了。你想想,如果你当时死里逃生,早点儿回来,能发生今天的事吗?"

"我没有怪他的意思!"小快恶狠狠地回敬道,"我一点儿都不怪他。我听出来了,怪就怪我没有被淹死!你放心,王小聪,我再死,还来得及,不耽误你的好事!你会称心如意的!"

"我也没有怪你的意思,更不希望你淹死。你是我姐姐,我怎么能那样想呢?姐,怪就怪命运,怪缘分吧,一切都是上天注定的。姐,你不觉得是吗?你要想开点儿!"

"滚,我用不着你来教训!我知道,你打去年就对心亮哥有意思,只是落后我一步,后来听说我死了,你就迫不及待地勾引他,把他抢到手。心亮哥是一个心软的人,经不住你的引诱,才上了你的当。王小聪,不怪心亮,不怪我,一切都怪你!我王小快恨死你了!"

"姐,你要是这样说,我也没有办法!请把心亮哥还给我!"

"我没有捆住他的手脚。"小快怒吼道。

"他都在你面前跪了半天,你都不拉他一把。你的心真狠!"

"我没有让他跪!滚,你们都滚,别让我再见到你们这对狼心狗肺的东西！"小快又冲我吼道。

小聪气呼呼地从外面冲进了房间，把我从地上拉起来。然而，小快却突然一把抓住了小聪，换了一个口气说："小聪，好妹妹，姐求求你，请你把心亮哥还给我好吗？就算姐姐求你了，好不好？"

小快的话，让小聪愣了一下，但她毅然决然地说："姐，心亮哥又不是什么物品，如果是物品，即使是无价之宝，我也会让给你。但他是人，他代表着我的爱情和未来，对不起，姐姐，我真的不能让。"

"不，你还会得到爱情的。你聪明、漂亮，比有我文化，打上初中时，就有男孩子给你递纸条，你将来还会有很好的工作，前途无量，会有许多比心亮哥更好的男孩子追你的，请你把心亮哥还给我，好不好？姐姐一辈子就求你一件事，难道你也不给面子吗？"

"姐，我说过，不能让。"小聪坚定地说。

"好，好，那你滚！"小快愤怒地松开手，大声吼道，"你们都给我滚，永远永远不要在我面前出现！"

小聪拉住我的手，头也不回，一直把我拉到了门外。

我知道，这一切的一切都已经铸成了，再也没有和解的指望了。我的眼里只有泪水。

第十一章

为爱付出的代价

1

我在内心的煎熬中，又度过了一个失眠的晚上。起床时，已头昏脑涨。

一大早，小聪就催我起床，匆匆吃了碗早饭，然后带着我，绕开王大天的门口，上了公路，骑车回到了县林科所，见到了王大地。

这几天，王大地对小快的死而复生，表现得毫无兴致，却天天往外面跑关系，说是为了给小聪办事。我的心情郁闷，也懒得打听内情。成天就是歪在床上，半躺着，抱着一本书，是看也看不进、放也放不下的那种状态。

而小聪则向单位请了假，理由是她的对象不舒服，她要全程照料。她也成天坐在我的身边，捧着一本书读，也是看也看不进、放也放不下的那种状态。

我仍然是少言寡语、心思恍惚，满脑子全是小快的那副可怜又无助的形象。但愿她能挺过这段艰难的日子吧，但愿她最终接受这个残酷的现实吧。小快，你恨我吧！你骂我、咒我都行，只要你平安无事就好……连日来，我的眼泪总是情不自禁地往心里流，我背负着巨大的良心债！

小聪为了哄我高兴，不断地给我递饮料、泡绿茶，或给我做好吃的，或去小卖部购买小食品。对于我的心情和状态，她表现了极大的耐心和理解。但我也能看到，她正在极力把我的心思从小快身边拉回来。

在我沉默无语的时候，她还会拿起她的口琴，在我的身边轻轻吹奏着流行歌曲。一首《年轻的朋友来相会》让人心情振奋，意志昂扬；一首《我们的生活充满阳光》让人似乎看到了希望和未来；一首《在希望的田野上》让人感动和神往；一首《我们的家乡在橘子山下》，又让人重新燃起了生活的勇气和对现实的梦想。我陶醉在她的琴声中，慢慢忘记了烦恼，忘记了忧伤，忘记所有的痛苦和忧愁。这琴声无一例外地把我彻底迷醉，让靠在床上的我，一次又一次进入了梦乡。

心情好的时候，我问小聪："小聪，你觉得当农民不好是吗？"

"不是不好，而是当农民的，总是一些没有文化的人。有能力和有文化的人，就不会做农民。"小聪说。

"那，要是我一辈子都当农民呢？你是不是看不起我？"我试探地问。

"首先，你就是当农民，肯定也不是一般的农民，你不是在为实现你的农场梦而奔波吗？这样的农民，哪一点不比工人强呢？是不是，心亮哥？"

"那要是这个梦想难以实现呢？"我说出了我的担忧。

"这个梦，你肯定实现不了。我听说，小快已经把荒山都包过去了，她能转包给你吗？她那么恨你！不过，不要紧。就算你的这个梦想不能实现，我和爸爸也不会坐视不管的。爸爸会在县城里为你谋个好差事，决不会让你在农村待一辈子，和农田打交道。"

"那你不觉得，这样会丢了你的人吗？"我苦笑道。

"唉，真是那样，我也认了。"小聪叹了口气，"此一时彼一时，没有办法的事。哥，我知道你的担心、你的疑虑。要不，为了表明我的真心，我们结婚吧，正式结婚！"

"不，你还小，还不到法定年龄呀。"我对她的提议吃了一惊。

"我们可以先结婚，后登记。"

"你违背了《婚姻法》，你的工作是要受到影响的。"我提醒说。

"嗯，这几乎是肯定的。"小聪点点头说，"这一点，还是农民好，他们要是早婚了，谁也奈何他们不得。"

"小聪，谢谢你这段日子在家里陪着我！我没事，你想去工作的话，可以去了。"

"你真的想开了，心亮哥？"

"想开了，你去吧。"

小聪蹲在我身边，再次把头靠在我的胸前，表现得很温顺，很依恋。"谢谢我的情哥哥！"她温柔地说，"也祝贺你，终于度过了最痛苦、最难熬的时期。我真的很高兴！"

半个月后，是首季稻开镰的日子。我告诉小聪说："我想回去，帮助家里收稻子。"

小聪拦住我说："哥，你不必回去。我听我妈说了，给小快干活的剃山佬，都会去帮工的，根本用不着你。"

"那我也得回去看看，不然，就太不近人情了。毕竟我是王家的男人，对这么大的农事，怎么能袖手旁观呢？"

"哥，等两天吧。我知道你是一个情义重的人，收稻刚开始，你要是从头干到尾，会把你累坏的。等收尾了，你再回去看看，象征性地看看你的劳动成果就行了。听我的话，啊？"

听她这么说，我又犹豫起来。

又过半个月，我再次要求回去。这次，小聪没有阻拦。她吩咐我，不必待得太久，两三天就回来，不然她就会找过去的。我答应了。

2

回到王家，果然稻子都差不多收完了，四周的稻田上，都变得空荡荡的，稻草都堆在田埂上。给王家帮工的剃山佬们，已离开了王家，回到了山上。小快也回到了山上，只有王大天夫妻和小聪妈，在晾晒刚收回来的稻子。我帮助王大天和小聪妈晾晒稻谷，直到颗粒归仓，并送到了粮店销售。这一晃，十天又过去了。因为小聪妈给她打过电话，汇报过家里的情况，小聪知道小快不在家里，倒也没有回来对我兴师问罪。

这十多天，我一直没有打听小快的消息，他们也不主动告知，这让我忧心如焚。其实我太想了解她的消息了，等这些活儿完结了，我终于鼓足勇气向他们提起小快。小快妈说，那些日子，小快一直沉默不语，一天也没有说上一句话，对谁都不爱搭理，也不爱吃饭，人早已瘦成了一副架子。要不是我母亲一勺勺地逼她吃饭，她根本不吃。亏了我母亲，处处心疼她、安慰她。她除了听我母亲的，对谁的话也不想听。

"妈，我想进山，去看看她。"听了这些话，我流下了眼泪。

小快妈叹了口气，说："孩子呀，既然你们俩没有缘分，还是不去吧。去了，反而不知道说什么好。让她一个人好好想想吧。"

我只好静坐无语。

小聪妈却向我传话说，小聪又打来了电话，让我抓紧回去。爸爸正在为她的事操劳，成天在外面跑，她一个人在家里很孤单，很害怕。我叹了口气，想继续待在王大天家，陪着他们，又害怕小聪怪罪。我告诉小聪妈说："这些天我累了，歇歇再回县里好不好？"小聪妈通情达理地说："你歇吧，心亮，歇好了再说。不要处处听小聪的！"

刚歇了一天，次日一大早，突然从山上跑下一个剃山佬，是刘有义，他说要找王大天说事。可是，王家只有我一人在，他便上气不接下气地说："你妈让我来送信，王小快出事了，让你们派人去看看。"

"她出了什么事？"我跳起来，脑子嗡了一声。

"她、她不见了。"

"她去哪里了？"我吓蒙了。

"我要是知道，还来找你们？"刘有义笑起来。

我不再说话，拔腿就往山上跑去。

3

一口气跑到小快的承包山，一头扎进草棚里，发现只有我母亲一个人正坐在木凳上发呆，两只眼睛木讷讷的，一动不动。我喘着大气，蹲在她的面前，问："妈，小快她怎么啦？"

半天，母亲才晃了一下脑袋，一巴掌扫在我的脸上，痛骂起来："你这个孽障！你这个没良心的东西！你命中注定，要得不到好报哇！"骂完了，就放声痛哭起来。

"妈，她到底怎么啦？"我顾不上疼痛的脸，扶着她的手臂，也哭起来。

"多好的一个姑娘啊，那么孝顺，那么在乎你，把命都交给了你，你、你却三心二意，一点儿也不珍惜。是你害了小快呀，你这个不知好歹的孩子！你气死我了！"母亲吸溜着鼻涕，泣不成声，"你要是娶了她，活活掉进福窝里，一辈子有人疼、有人爱。你却不领情！人家刚刚为你跳进湖里了，你就马上又谈了一个，你年纪轻轻的，就那么着急要找媳妇儿吗？现在，小快回来了，你一点儿也不回心转意，既不跟人家好好说话，又不好好陪陪人家。一个多月里，你待在县里，连农忙都不回来看一眼，成天让那个王小聪迷着！是你伤透了人家的心啊！换了我，也想不开呀，你这个得不到好报的狼崽子！"

"妈！妈！我知道，可我也为难啊！我要是离开了王小聪，她、她也会跳湖的呀。你知道吗，妈？"我跪在母亲面前，向她忏悔。

"都这么多人看住她，她跳哪门子湖哟，你这个痴心的儿子！你就不想一想，那孩子一看就会玩心计，一见面就跟我说瞎话，可比你精明多了！将来日子长着呢，你玩不过她呀，你肯定玩不过她的，你知道吗？"

"玩不过，也得玩呀，我没有任何理由要离开她，何况她也那样在乎我。妈，你们要是再逼我，连我都不想活啦！"我拉着母亲的手，哽咽无声。

"王小聪她跟你根本就不是一路人，你知道吗？你骨子里就是一个农民，只不过多认识几个字而已。人家王小聪骨子里不是，她迟早会丢下你这个老实本分的乡巴佬，妈这么大年纪，什么事看不出来？我都看得清清楚楚，不会骗你的。而小快就不一样，她不光在乎你，也跟你是实实在在的般配！你这孩子，咋就看不透这一点儿呢？"母亲抽开手，点着我的脑袋不断地数落。

"妈，这事以后再说好不好？小快呢？她怎么不见啦？她什么时候丢的呀？你怎么不去找她呀？"我急切地问。

"这丫头，也是一个痴心的孩子啊！早上我一醒来，她就不见了，把一包东西留在我的枕头上。我一看，都是她跟人家签的包山合同。我猜测，她是想把这些东西交给你，让你来包这些山，她自己就走了。"母亲擦着眼泪说。

"妈，你怎么不派人找呢？把剃山的人都叫回来，每条河、每口塘、每座山上去找呀。你到底派人找没找啊？"我站起来。

母亲叹气，说："我怎么不派人找呀？这孩子，她不像去寻死。我猜测、我猜测……"

"妈，你猜测她会去哪里？你快说呀，我去找她！"看见母亲吞吞吐吐的，我越发着急了。

"昨天晚上，她一再地问我，妈，真有上辈子和来世吗？人这一辈子遭了难，真是上辈子欠了债吗？人要是信了菩萨，守一辈子菩萨，就会赎罪，来世才能得到好报是吗？"母亲不慌不忙地说，"我怕这孩子想不开，就劝她，不要乱想，啥罪不罪的，人家欠咱的，那是人家对咱犯的罪，咱不欠人家的，能有什么罪？我心里就担心这孩子有什么想法，一直陪着她。可是到了后半夜，她说，妈，我要写封信，你先睡吧。我怕打扰她写信，就先睡了。谁知，一早醒来，这孩子就走了，被窝都没有动过。"

"妈，你是说，小快她？"我若有所悟。

"八成是去那些地方了！"

"我明白了！"

我立即跑出草棚，朝来时的路奋力跑去！跑跑停停，拐了一道又一道山路，直跑到中午过后，我才赶到了那座著名的尼姑庵——圆心寺。我站在门口，按了按胸口，匀了匀气息，实在等不及让心跳平稳，便迈了进去，穿过空荡荡的天王殿，从前厅直奔中院。

刚往中院侧边的一间禅房里闯去，就从里面低头走出一个尼姑，看见我，吓了一跳，本能地举起一只手掌，行单手礼，并喊着法号道："阿弥陀佛，此地是禅房静地，施主有何贵干？"

我连忙挤出笑脸，朝她鞠了一躬，道："师父，不好意思，我向您打听一个人，请您务必……"

"施主，你慌里慌张，心怀功利，实在不宜在佛祖面前久留，你还是向菩萨认个错吧。"尼姑鞠了一躬，道。

"对对对。"我只好退出中院，找到菩萨像，跪在菩萨面前，祷告说："佛祖恕罪，实在是俗人寻人心切，才打搅了佛门的清静，怠慢了佛祖！请佛祖见谅，并帮我找到我要找的人吧。求求您老人家了！"

说完，我又朝菩萨像磕了三个响头。

我害怕菩萨责怪我心不诚，继续跪在那里，向佛祖诉说我和王小快恋爱的来龙去脉，所遭受的阴差阳错，以及由此给我们造成的精神痛苦，直到一身臭汗都干了，这才站了起来。

当我怀着虔诚之心，准备再次走向中院的禅房时，刚才那位尼姑似乎早已站在我面前了，她迎上我，低头道："施主，请问你来本庵，有什么事？是要找人吗？"

"师父，正是。我要找的人叫王小快，请问她到过贵寺没有哇？"

"阿弥陀佛，请问施主是不是叫做金心亮呢？"

"我正是金心亮。"我激动地回答道。

"这是一位缘中人托我转交给你的一封信，请收好。"尼姑把几张叠在一起的白纸，双手递到我面前。

"请问，她人呢？"我既兴奋，又有些不安。

"缘中人还托我转告施主，请你收到信后马上离开，也请你以后不要再来寻找她了。她说，所有的话都写在纸上了。施主，请吧。"

"你让我见她一面行吗？看一眼就走！"我朝中院挤去。

"阿弥陀佛，出家人不打诳语，缘中人亲口说的，请走吧。"尼姑挡在我前面，低头祷告，"佛门静地，请施主好自为之。"

"哦，好，好。"看到尼姑转身离去的背影，我惶惶然，不知所措，只好退出大厅，走到寺外，满心失落，那个不祥的预感，越发强烈了。

我打开信，却迟迟不敢读下去。我知道，这决不是一封普通的信，它很可能就是一封诀别书，读它，肯定不会轻松和平静的。因为，许多征兆已说明了一切！

但是，当我心中的期望值一而再地降低下来，直降到最低点，当我确信自己不会因此崩溃时，最终还是一个字一个字读下去——

心亮哥，我走了，去一个为我赎罪的地方。别到处找我，也不要对我说什么了。不管是谁，说什么都已晚了。因为，我已经决定出家了，这个决定是不会改变的。

做出这个决定，是很艰难的，比选择死还艰难。但我不能再选择死，我已经"死"过一回了，当我得知我的"死"给你、给我的爸妈造成了很大的伤害时，我犹豫了，我不能再让你们重新受一次那样的伤害。所以，我决定出家了。今后，不管我过得是好是坏，是苦是甜，毕竟我还活着，对不对？

小时候，我们队里有一个姑姑，因为被父母包办婚姻，失去了自己的爱情，她便一气之下，做了尼姑。那时，许多人谈论这事，都说那位姑姑太死心眼儿了，硬是解不开自己的心结。当时，我也这样认为。但现在，我似乎理解了，当自己不能跟心爱的人在一起，又眼睁睁地看着心上人跟情敌牵手时，除了死，出家才是最好的逃避方式。不幸，我今天也选择了这条路。

小时候，我还常听大人们说：人生都是有罪的，人世都是轮回的，上一辈子的罪，要等下一辈子才能赎回。而赎罪的最好形式，就是遁入空门，当佛祖的弟子，守着青灯度过一生。这样，来世才会好转。我有今天的厄运，只怪我前世做了恶，今世遭到了报应。所以，我就出家，向菩萨忏悔。

哥，我也想尝试着接受这个事实，可我没法让自己接受。我早已把我的生命和你、你们金家融合在一起了，如今却发生了巨大的逆转，就好像我突然被抛向了一边一样。我不忍心看到你们在一起的身影，也不忍看到我的心亮哥，成了我妹妹的丈夫。我绝对接受不了那样的现实！如果再看见你们结婚生子，天天生活在一起，我就会更加崩溃的。我相信你会劝我，可是，原谅我，哥，我真的不能接受那样的事实。也许，只有陪在佛祖身边，侍奉佛祖一辈子，才能让我解脱吧。

哥，我到过去年的那棵橘子树下，一共去了两趟。第一趟，橘子花已经开了，开得满树都是，就像披上了一层花衣，清清香香的。那天，我面对着橘子花，流下了眼泪。那时，我不知道你还活着，所以，我就对橘子花说：橘子花、橘子花，谢谢你的香气！你知道我和心亮哥感情好，所以就用花香来迎接我们……你想问心亮哥为什么没有来是吗？我告诉你，他来了，他正在我的心中！我走到哪里，他就会跟到哪里。第二趟，是几天前，也是我一个人去的。这时，橘子花已经谢了，结着一树的小果实，面对着小橘子，我也流下了眼泪。但我没有语言，因为我已经说不出话来。我只在心里说：橘子树、橘子树，你骗了我，你不该把花开得那么香，心亮哥已经是别人的了，你为什么还开得那么香？我恨你，我再也不相信你的橘子花了……

但我不恨你，也不恨小聪。你们是上辈子修来的福分，应该在一起的。我祝你们好运，从此过得幸幸福福的，为王家延续后代。

哥，让我再一次叫你一声哥吧。我俩的俗世缘分已经了断。从此，你我就是两条道上的人，也是两个世界的人，希望你不要再来打扰我，我也不会打扰你了。今后，我心里只有菩萨，希望你心里只有你身边的人吧。你是一个很有孝心的男人，我的爸妈就拜托给你了。相信你做得比我希望的还好。

第十一章　为爱付出的代价

还有，你是一个有理想和志气的青年，我也知道你为承包荒山的事跑了不少路，费了不少心。现在，你不用再忙了。所有的合同，现在都是你的了。我希望有一天，当我云游四方，路过门前的大山时，会闻到一阵阵的橘子花香。那将是我最陶醉的一种花香，是你送给佛家弟子的最好礼物，它会早一天带我进入极乐世界。

好了，一切都结束了。今后的路还很长，请你珍重！

阿弥陀佛！

4

我边走边读着信，脸上挂满了泪水。每读一段，就要抬起头，让自己平静一下，呼吸一下空气，否则，就感觉即将被憋死。

我没想到事情已经发展到了这一步。小快用她的方式，为我们的这场爱情做了了断，而我却找不到最恰当的方式。我会一生背负着沉重的十字架，怀着内疚度过一生。想到这里，我两腿发软，瘫在地上，半天没有起来。

而我确信，这一切，都是我造成的。虽然我的选择表面上看无可厚非，但我当时并没有做到去努力一下，更没有表现得有一点儿耐心，就匆忙与小聪订婚，这才是这场悲剧的根源。我的良心进一步受到了煎熬！

我好不容易爬起来，一路蹒跚，艰难地朝王家走去。走得两腿如铅，走得夜色沉沉，走得繁星满天，才茫然失措地推开了王家的门。四野的蛙声就像来自天国的颂歌，一路敲击着我的耳鼓！

王家老两口正坐在一起发呆，脸上写满了忧郁和无奈。此刻，他们无疑也听到了这个消息。我低下头，径直走到他们面前，扑通跪下，放声大哭。

"心亮，你去找小快了？她去了哪个寺？"小快妈吸吸鼻涕，哑着嗓子说。

"妈，都是我的错！都是我铸成的错！我该死呀！该死呀！"我把脑袋磕在地上。

"心亮，怎么能是你的错呢？怪就怪小快这孩子想不开。你千万不要跟她似的，胡思乱想啊！"小快妈把我往起拉。

"我不该呀，我不该来江西！不该来你们王家！不该跟小快好！如果不是我，你们王家一点儿事也没有。都是我惹的祸呀！"

"傻孩子，话不能这样说！"小快妈一边哭一边说，"你到哪里去，那是你的自由，你有什么错？你跟小快好，也没有错，错的是她的命不好，她生成就是当尼姑的命！"

"妈，她不是生成当尼姑的命，都是我逼的！是我逼的！我没法活下去了，妈，连我也想出家了！"

"心亮，千万别这样想。你要是这样想，小快也不能答应呀！小快走了，你再走，我们老两口怎么办啦？我们已经把你当做我们的亲生儿子了，你要是有个好歹，我们就更没法儿活呀。是不是，心亮？"小快妈也痛哭起来。

"妈，我心里好苦好苦呀！"我抱着小快妈的双腿，号啕大哭。

王大天一边大口大口地抽烟，一边擦着鼻涕。当我们的哭声接近尾声时，王大天才清清嗓子，说话了："心亮，这事不怪你，怪的是我！都是我一时糊涂，干涉你们的婚姻自由，才造成这样的结果。要自责，也该我了。心亮，你谁也不要埋怨，你就埋怨我吧。我是一失足而成千古恨！你打我、骂我都行。"

"不，是怪我，怪我优柔寡断，下不了决心。我要是和小聪一刀两断，小快也不会这样啊！"

王大天又大口大口地抽烟。

小快妈说："心亮，这话可不能在小聪和小聪妈面前说呀。再说了，你和小聪订婚，也是我们大家同意的，你又没有错。孩子，你就相信命，人的命是注定的，就应该那样走。事已至此，我们谁也不要埋怨，好好活着，这就是最大的理儿。就是小快，她虽然认死理儿，但她也希望我们一家过得好好的对吧？"

"妈，我背着良心债，一辈子也安生不了。我还怎么活下去呀？"

"心亮，你是个心眼儿好的孩子，看到小快这样，你心里比我这个做妈的还难受，妈心里理解，妈是过来人，怎么不理解呢？可是，孩子呀，各人有各人的路要走，不能因为人家走错了路，就替人家承担呀，也不能因为自己做过错事，就放在心里折腾自己一辈子呀。人还是活着为好，活得好就更好了。孩子，慢慢地，一天两天，一年两年，一切都会过去的，天大的事也会淡忘的。只要自己过得好，就能说明一切。你是一个有文化的人，你说妈说得对不对呢？"

"心亮，起来。"王大天把我拉起来，"小快的事，是她自己选择的，不怪你。从此以后，咱们爷儿俩好好干。小快不是已经把合同留给你了，你不是想种橘子树吗？咱俩说干就干。好不好？"

"爸呀，我现在什么也不想干，我没有那个心思呀！"

"那也好，你先休息，什么事也别干。我来替你打前站，把剃山佬管起来！等你的心情好了，再接手。好不好？"

回答他的，仍然是我哽咽的哭声。

第十二章

绿叶在泪光中飘落

1

  我一直躺在床上，只在吃饭时间起一下床。我吃着小快妈和小聪妈交替送来的好菜、好饭，尽管吃得那么少，吃得提不起胃口！开始，小聪妈给我转来的消息说，我因为没有按期返回县城，惹得小聪非常生气，气得永远永远都不想理我了，但不久，当她听说小快毅然出家了，又带回口信说，她不再强迫我去了，可以待在任何我想待的地方，但要调养休息，调节心理，保重身体，积极进取，准备早日创家立业……

  是的，种橘子树，把荒山变成果园，这是一个绕不过去的"坎"，已经成了攸关我人生命运的焦点。这当然也是我的理想和希望，因为有了它，我才觉得人生不再虚度，事业不再无成，身价不再被贬值；这也是王家的希望，因为有了它，才能最终拴住我的心，让我安安心心地在这里生活下去；这更是小聪的希望，因为有了它，不仅能够创造利润，也能提高我的地位和身份，让她在同事和朋友面前抬得起头来！如果不是小快的事，牵扯了我的心思和精力，击毁了我的精神和意志，我完全可以说干就干。但此时，我已四肢无力，满脑子空白，不想做任何事情，不想说任何话，我静静默默许着王大天为我所做的一切。

  因为小快出家了，群龙无首，视小快为亲生闺女的我的母亲，还有跟小快一起来干活儿的那些老家的妇女们，也无心再干下去了，她们选择了返乡。母亲在离开这里之前，把小快留给我的东西整理好，全部转交给我，并含着热泪又把我痛骂了一顿："你这个没有福气的东西，生就是一副吃苦受罪的命，放着好好的媳妇儿不要，却把眼珠往上轮，轮到摸不着的天空上。等着吧，我会看到你受气挨骂的那一天。"面对着这样的咒骂，我除了流下一脸泪，没有任何多余的语言，我的心像扎着无数的钢针。母亲还说："我想好了，你这一辈子不要再管我了，我也不想再见到你了。小快是为了你才去当尼姑的，你要是还讲良心的话，就别认我这个妈，留在这里好好孝敬小快的父母！"我这才回答一句："妈，您放心吧！我不会不管小快的爸妈，也不会不管您的。"

  就这样吃吃睡睡，睡睡吃吃，毫无表情。时间一天一天过去了，随着大脑的麻木和记忆的淡化，我离开房间，开始走出家门，到户外活动了。我成天站在山下，望着绵延起伏的青山，脑子又开始产生幻想，开始想象着未来的奇迹，为未来而期待着。

不久，从小聪那里传来了一个轰动全村的好消息。这个消息，对于小聪来说，无疑是具有决定意义和非凡价值的，却不能激起我的兴奋和激动，甚至还会产生一丝淡淡的担忧，只不过这种担忧稍纵即逝罢了。

那天，小聪妈兴冲冲地跑来报喜说："心亮啊，小聪马上就要去省里读大学了，她让我快点把这个消息告诉你呢。"原来，王大地这些日子四处活动，为的就是替小聪争取"代培入学"的机会。因为今年县政府有计划，决定选派几个高考落榜青年，以"委托代培"的形式，去省农大林木系学习，毕业后以"人才"的身份回到林业局发挥作用。小聪终于也争取到了这个名额。小聪在向她的母亲报告这个好消息后，还嘱咐说：这些日子她一直在县里做准备工作，不能回去了，让心亮哥也做做准备吧，到时让他亲自到县里来送她上路。

听到这个消息，王家畈所有的人都表现得惊喜和兴奋，只有我，没有说什么。我知道，小聪的身价又提高了，这对于我，不知是喜，还是忧。

听完小聪妈的报告，小快妈也兴奋地说："这是好事呀！过几天，我们就置几桌席，把亲近的客人都请来，好好庆贺庆贺。"

王大天也接口说："对呀，这么大的喜事，我们也不能错过去了。要请客，我来请。"

小聪妈想了想，却说："怕是来不及了。要请客，小聪也得回来给客人道声谢吧。我跟小聪提了，她说已经不赶趟了，回不来家了，干脆就别请了。再说，他们刚举办了订婚宴，眨眼儿又搞什么庆贺宴，就是我们不嫌烦，怕是人家客人也嫌烦吧。"

小快妈觉得有理，便对我说："那就等以后再补上来。心亮，过几天，你穿得漂漂亮亮的，送小聪去啊。往后，你们俩要好好相处。等她一毕业，我就和她妈商量，把你们的婚事正式办了。"

小聪妈点点头说："这是自然的，等小聪毕业了，就够登记的年龄了。记一登，就张罗着给他们办喜事。"

我顺从地答应了一声,也表现出极为高兴的样子,却掩饰不住内心的惶恐不安和茫然无助。

小快妈似乎捕捉到了我的微妙反应,对我说:"心亮啊,你也不要有什么想法,小聪也就是一个'代培'生,人从哪里来,还回哪里去,没有什么大不了的,不用担心她跑了。再说,等你的大果园建成了,要比她强十倍百倍呢。这些天,你爸老往山棚里跑,跟好多窑匠都熟了,赚了不少钱呢。"

"我知道,妈。"

小快妈又去了房间,张罗着给我挑出最好的衣服,依然是那套西服,送到一个有熨斗的家庭去,在那里熨了半天才回来,挂在房间内,准备届时再穿上。第二天一早,她还逼我上了一趟集市,进了一所大商店,替我买了一双正宗牛皮鞋和新领带,以及一件高档棉衬衫。

小聪入学的日子越来越近了,按行程,明天下午就该小聪他们上路了。然而,我的心里却越来越揪紧了,因为我始终没有接到去县城的通知。小快妈多次去找小聪妈打听,小聪妈也多次去大队打电话,也一直没有结果。直到傍晚,小聪妈才急匆匆地跑过来,转交了小聪写的一封信,说是小聪托熟人刚刚带回来的。

果然是小聪那手干净娟秀的字迹,我急迫地展信细读,字里行间充满着兴奋、激动和满足。但是,我却从这些兴奋、激动和满足中,品出了另类的声音和含义,这让我的心情重新沉重起来,甚至十分的沮丧和不安——

亲爱的心亮哥,当你得知我就要去读大学的消息,是不是跟我一样高兴和激动?我告诉你,我一连两天都失眠了,直到第三天晚上,才合上一会儿眼。能当上这个代培生,实在不容易啊,这意味着,我已经正式转为城镇户口了,正式成为林业局的一位职工了,将来作为技术骨干,一定会得到重用和提拔的。这就要感谢爸爸他老人家,他可是为我的事跑细了腿呢。

哥,我本来是让你来到县城里,亲自送我去省里读书的。可跟我一同去的,都是我熟悉的高中同学,这些天我们天天都在一起说说笑笑,请客吃饭。他们中间有人听说我找好了对象,都一齐逼问我那人是谁?

是干什么的，又嘲笑我性子太急，小小年龄就急着搞对象，骂我上辈子一定是个嫁不出的老处女。对此，为了面子，我只好一概否认，以免他们没完没了地取笑我、追问我。如果再让你来送我，岂不是不打自招吗？所以，我就临时改变了主意，不让你送了。

　　哥，请你理解，你千万不要生气哦。到了省里，我再给你写信，向你报告我的生活起居情况。以后，我还会经常给你写信的。同时，也希望你抓紧实现自己的"林场主"梦想。我知道，可怜的姐姐已出家了，不过她承包的荒山都归了你，这正是你大显身手的时候。好好干吧，等你的果园四季飘香了，我一定会把你介绍给那些嘲笑我的同学，让他们看看我的对象是多么不简单。到时，他们一定会佩服得五体投地，我的脸上也有光。对不对，我的亲亲哥？

　　匆匆此言，余不多说。改日再联系吧。

　　看了信，我合上信纸，长叹一声，把脑袋低了下来。
　　小快妈见状，焦急地问："怎么啦，心亮？信里说了什么？"
　　"哦，小聪在信里说，不用我去了，去省里的人很多，他们都会给小聪搭伴的。"我急忙把信纸送回信封里，装作若无其事的样子。
　　"这丫头，搞什么把戏！"小快妈骂了一句，"去省里的人多，也不在乎多你一个人啦？再说了，你是她的对象，你不送她，也说不过去呀？等她回来了，看我怎么骂她！"
　　"妈，也许人家不方便嘛。"我口不对心地说。
　　小快妈叹口气，安慰我说："心亮，也许小聪有她的难处，不去就不去吧，没有什么大不了的。莫放进心上，啊？"
　　"没事，妈。正好我也不想去呢。"
　　"你能这样想就对了，两个人相亲相恋，图的是彼此情投意合，情离了谁也难活，不要介意她。你爸明天要往乡里去，大队通知的，说是有要事沟通。没准儿，是贷款的事呢。等款贷了，秋后就可以购树苗了。"
　　"嗯，但愿如此吧。"我岔开话题说，"妈，我饿了。"
　　"唉，我给你做晚饭去。"

第十二章　绿叶在泪光中飘落

2

我继续躺在床上,耐心等候着与我有关的一切消息。我心里不再想小快,不再想小聪,也不再想其他任何事情,就当自己什么事也从来没有发生过。我现在唯一期待的,就是王家畈四周的那一片片荒山,赶快变成一片片果园。我不知道王大天在忙些什么,也不愿意打听,但我信任他,我相信他会替我做那些应该做的事情。

王大天去乡里沟通什么,我不知道,但很晚才回来。回来后,什么也没有说,而是把我叫出来吃晚饭,同我干杯喝酒,极力表现出没事的样子。但我从他的眼神里,读出了一丝忧虑和担心。小快妈问:"乡里请你去,到底谈什么事?你也要告诉心亮呀。"王大天说:"也没有什么大事,明天还要去谈呢。谈成了,再告诉也不迟。是不是,心亮?"听了这模棱两可的话,我的心情隐隐有些不祥之感。我也害怕起来,又假装镇静。我对自己说:"就往最坏处打算吧。"然后,我简单扒几口饭,又去蒙头大睡。

第二天,王大天晚上并没有回来。直到第三天晚上,我们都吃罢晚饭了,他才身心疲惫地回来了,把车子往地上一扔,回到家里,一屁股坐在椅子上,愁容满面,唉声叹气。

我和小快妈的心一沉,都忐忑不安地坐了过来。

小快妈一遍又一遍地催问王大天,到底发生了什么事?是好是坏都得说出来呀!王大天却一遍又一遍地朝我瞥来,不愿回答。我就知道,这个不幸的事,一定与我有关。我已经被一件又一件的不幸折磨得麻木了,心也凉了,便不在乎地说:"爸,有什么事,你就说吧,我能经受住任何考验。"

王大天这才点着一支烟,猛抽一口,痛苦地说道:"你说这两个孩子,做啥啥不顺,怎么都这样命苦呢?"

小快妈也看出了不好的苗头,便大声说:"她爸,不管是什么事,你就大胆说出来。你吞吞吐吐的,哪像个爷们儿?这人不都好好的吗?只要人还活着,还有什么大不了的事?你说呢?心亮?"

"妈说得对。爸,你说吧,我能猜得出来,肯定是我的坏消息。不过不要紧,我已经被一连串的坏消息打击过了,早已不在乎了。你说出来,我没事。"我"大度"地说，其实心里虚得要命。

王大天这才断断续续地说了实情。原来，县政府早些时候已经立项，准备创办一座国有大林场，我们这里附近几个乡的荒山，都要收回去，交还国家了。王大天头几天就得到了这个坏消息，他四处找人，说尽好话，试图打通关节，力挽狂澜。然而，蚍蜉撼树谈何容易，磨破了嘴皮，说什么都已经晚了。

听到这个消息，我的身子摇晃得差点摔倒。虽然我知道会有不好的事发生，但却想不到会是这种消息，它对我的打击几乎是致命的，等于断了我的后路！

小快妈急切地说："他爸，这是真的吗？我不信，怎么会这样巧呢？"

王大天苍凉地回答："是真的，小快跟人家签的合同，实际上是无效合同，得不到承认的。我已无力回天了。"

小快妈望了望我，她担心我会接受不了这个事实。我咽了咽唾沫，非常"男人"地说："妈，这个结果是我能够想象得到的。没什么，我不在乎了。"

但小快妈还是哭了："心亮，这是你的理想啊，你怎么会不在乎呢？你是心里苦不愿说，妈知道！你的命咋也这么背呀？"

我也擦擦眼眶，说："真的不在乎。天无绝人之路，我就不信，天下之大，就没有我金心亮的立锥之地。"

王大天说："孩子，你不用担心，就算这荒山包不了，我也不会让你种一辈子的田，我就是豁出老本，也会为你想一个好办法出来的。"

"我知道！我知道！"我站起来，"爸、妈，你们聊吧。我困了，想睡觉。"

"唉，那你睡吧。"小快妈赶紧去为我的房间开灯，问我蚊子咬不咬人？又吩咐我不要想些不愉快的事，直到看着我睡下去，这才关了灯。

我闭着眼睛，心里备受煎熬，一直难以入眠……

一连串的打击，也击溃了我内心的彷徨，我不再心存任何侥幸和幻想，倒是促成我痛下决心。

我知道，是到了该进行选择的时候了！

我想着自己今天的处境，从去年来到这里，其间发生了许多惊心动魄的大事，让我的生活发生了巨大的变化，痛苦过，也辉煌过，窝囊过，也幸福过，但痛苦却总是大于快乐。最终，我又回到起点，就像什么也没有发生一样。如果真的没有发生什么，我也就没有什么可想的，然而，我却害了王小快，进而也害了王小聪。也就是说，我来到王家，就像打开了魔盒的潘多拉，给王大天家带来的是种种不幸，让他们失去的却是唯一希望。我是这场不幸的始作俑者！现在，我仍和王小聪保持着恋人关系，但我心里很清楚，这根本就是一场不对称的恋爱。随着林场梦的破灭——这最后一个维系和平衡着恋爱关系的杠杆的断裂，恋爱基础再一次受到了毁灭性的破坏，实际上已荡然无存了。如果再维持这层关系，等待我们的肯定又是一场不幸。

是的，是该我做出选择的时候了。

想到了这一点，我既痛苦，又轻松。

在这痛苦和内疚的心情驱动下，我又度过了一个不眠之夜。其间，小快妈好几次都悄悄推开过我的房门，看我是否安然入睡。一听到动静，我就打着鼾声，假装睡着了，直到后半夜，她再也没有来过了。

凌晨时分，村子里的公鸡已叫了两遍了。经过一夜的思考和斗争，我终于决定，应该马上和王小聪的关系做个彻底了断了。

于是，我披衣起床，悄悄拉开了堂屋里的电灯，掏出笔和纸，趴在方桌上，开始构思一封再次决定命运的信——

小聪妹妹，你在大学里过得还好吗？请原谅我今天写了这封信，它会让你很突然很不可思议，但却在我的脑子里酝酿了许久。读了这封信，也许你很不理解，但请你相信，按我说的做，对你、对我都是有好处的。

我这封信想告诉你的想法是：我们分手吧，越早越好。

小聪妹妹，我今天想了一夜，不得不承认，王家所发生的一切，都是我造成的。或者说，我压根儿就不应该来到王家，因为我的到来，害了小快，害了小快的爸爸和妈妈，最终也害了你。

因此，不管其他人承认不承认，我都必须接受这样的事实：我来到王家，充当的是"占有者"的不光彩的角色！因为想占有小快，我让王家差点失去了小快；后来，又因为想占有你，又让你们王家彻底失去了小快——让她在青灯孤枕下，度过一个又一个难挨的晚上。并且，时至今日，我仍然在与你保持着恋爱关系，也使你陷入了一种进退两难的境地。

其实，我俩从骨子里来说，就不是一对好的伴侣。这一点儿，你我心里都清楚。但是，为了装得对爱情很忠诚，我却一再欺骗自己，欺骗你，欺骗小快，欺骗所有的人；同样，为了装得对爱情很守信，你也一再欺骗自己，欺骗我，欺骗所有的人。我们都是为了那点儿可怜的自尊、面子和虚荣心，做着自欺欺人的勾当。欺骗的结果，让小快遁入了空门，也让你不能正视现实。对于这种自欺欺人的表演，我们心里都很有数，只是不愿揭穿它和面对它罢了。

小聪妹妹，你就让我把心里话全说出来吧：我们的思想和世界观完全不一样，想走的路不一样，对生活的理解和希望也不一样，如果勉强走到一起，等待我们的将会是更深的痛苦和折磨。与其这样，不如让我们都醒过来吧，我们不要再误入歧途了。

当然，我来到王家，虽然给你们造成了不可挽回的心理负担，却也给我自己留下了许多珍贵的回忆。我结识了善良而美丽的王小快，并曾与她相爱过；我也结识了聪明俊俏的王小聪，并也曾与她恋爱过；我还成了王家的儿子，成为王家终生不渝的一员……这些都是我生命的珍宝，我在为做了对不起王家的事而自责的同时，也为发生在自己身上的这样美丽的故事而激动，我会永远记住你们的善良和美好，并信守自己对王家做出的承诺。

再见了，小聪妹妹。希望未来再见到你时，你已经变得更成熟、更美丽、更有才华，并且已经有了自己美满的新爱。

写了这封信后，我长长地舒了口气，又回过头，重新读了一遍，感觉自己的心越来越轻松了，就像是一个人憋了一肚子的废气，终于从屁股排放出来了一样；就像一个人背负着一身债，突然得到了解脱一样，我感到了内心的轻松和舒畅。是啊，我终于完成了一件大事，它让我最终卸掉了心头的重负，成为一个轻装前进的人。于是，我长舒了一口气，感到困意袭来，便趴在桌子上，呼呼睡去。

3

当我手脚麻木地抬起头，天已经大亮了。我眨眨眼睛，看到那封信还压在我的手臂下。小快妈和王大天站在我的身边，是他们将一件外衣披在我的身上。

小快妈说："心亮，你啥时起来的？是给谁写信呢？"

我活动了一下手脚，说："是给小聪写的信。"

"你要把这个消息告诉她？"小快妈不解。

"我没有提过这件事。"我把信收好，装进一只信封里，递给小快妈，"妈，等小聪回来了，你就把这封信交给她。"

"那你为什么不亲手交给她？或者寄到她的学校里去呢？"小快妈更奇怪了。

"妈，我已经决定跟小聪分手了。"我平静地说。

"妈呀！心亮，你们都订婚了，怎么能随便分手呢？不行不行！"小快妈吃了一惊，"要是分手了，小快和小聪，你一个都没有捞到手哇。这不亏大了吗？"

"妈，你觉得我和小聪的恋爱关系，还能维持下去吗？"我悲愤地问。

"这丫头说你什么啦？她要是上了大学就把你……有别的想法了，我也不答应！我去找她妈、找她爸，跟他们闹去！心亮为了跟小聪，连小快都不要了，她怎么还好意思不要心亮？不行，我这就去找她妈。"

"妈，回来！"我叫住了小快妈，"强扭的瓜不甜，连你都知道我和小聪不是一路呀。"

"你是说，你的林场搞不成了，怕小聪看不起你，你就主动和她分手？"小快妈似乎明白了什么。

"心亮，别自己看不起自己！"王大天这时也开口了，"我说了，就算你搞不成果园，我也会给你想办法的。我去找你二叔王大地，让他在县里替你跑跑门路，凭他的能耐，在县里给你谋一个职位，是不在话下的。到时，再看小聪还怎么小瞧你。"

"爸，谢谢你的美意！可是，你想过没有，县里各个单位，都是人满为患，都想占着位置，混一口饭吃，不仅工资少得可怜，也被人看不起。更重要的，在那样的单位苟且偷生，能有什么出头之日呢？"

王大天说："你说的也是。都想往县里的单位挤，都挤破头了。要不，我找村里，找乡政府，争取把你弄个教师干干，或当个村干部。凭你的文化程度，也不是难事。然后，你再做出一个人样来，让小聪瞧瞧。"

"爸，我的户口不在这里，恐怕没有那么容易吧？再说了，即使能成为一个民办教师，或村干部什么的，不照样是农民吗？谁又能把农民放在眼里呢？"

"是啊，"王大天叹口气，"小聪这孩子，从小到大就眼界高，就连同一个村的孩子，不入眼的，她都不跟人家往来。一般大的孩子，都骂她是'骄傲的公主'。我也听熟人讲过，在县里，追她的同学、同事有不少呢，哪一个都是干部的子弟。你和她的事，我早看出来了，是有点儿玄。"

"那要是小快知道你和小聪分手了，她会怎么想呢？"小快妈突然提出这个问题，"她就是因为你和小聪订婚了，才想不开的呀，现在她能不能再回来呢？"

"妈，已经晚了，太晚了！"我闭着眼睛，痛苦地摇摇头，"小快不是那种随便进、随便出的人。她也不是随随便便就去那种地方的，她是实在伤透了心才……现在说这件事，恐怕已是太晚太晚了！"

小快妈也流着眼泪说："可怜你们两个孩子，虽然情投意合的，总是阴差阳错，不是逢山就是遇水，硬是走不到一块儿去。这老天爷，对你们太不公平、太不公平了！"

"妈，说这些也晚了。"我抹了一下眼泪，"应该可怜的，是小快，而不是我。小快是我害的，而我却是自作自受。我所受的挫折，还远远不够。我应该受到更大的打击和惩罚，来弥补我对小快妹妹的伤害！"

"心亮啊，小快的事，你就别再想了，没有人逼她，啊？还是想想你自己今后该怎么办吧。"小快妈劝道。

"妈，我的今后，也不用你们担心，我早有自己的打算。前段时间，我妈对我说过，我有一位高中同学，正在北京一家公司搞文化产业，他认为我有一些文学基础，再锻炼锻炼，完全可以胜任那里的工作。春节时，他专程去过我的老家，想约我一起去。听说我被淹死了，他还惋惜得不得了。所以，我决定，过几天，我就去投奔他。"

"这同学可靠吗？"小快妈问。

"可靠。他是我多年的老同学，也是好朋友。"

"心亮，你可要想好了啊。"王大天说，"按说北京那样的大城市，凭你的文化，肯定能大显身手。不过，孩子，城市越大，越不是好待的地方。以我的想法，你先别着急。"

"可是，你想过没有？如果再这样待下去，我会崩溃的，爸！"我抱着脑袋说。

小快妈说："她爸，心亮想去北京闯一闯，也好，没准儿能闯出名堂呢。咱们也别再拦着他了。拦他，没准儿又是害了他呢。"

然后又抹着眼泪对我说："心亮，虽然我是舍不得你去的，可我也不能耽误你的前程不是？你去了那么远的地方，人生地不熟的，可要好好照顾自己。但有一点儿，如果那边不好干，你千万要回来，我们一起再为你想办法，啊？"

"妈，你放心，我记得你的话了，我会给你们争气的。"

"那，我去多为你准备一点儿盘缠，再给你准备秋冬的衣服吧？"

"好吧，妈。你们去准备吧，我正好补补觉。"

这一睡，一直到第二天早上才起床。吃了可口的早餐，我穿着整齐的衣服，拎着新买来的旅行包，准备上路了。望着满怀期待和依依不舍的王家老两口，我知道该向他们表白点儿什么了。我把包放下来，把他们拉到一起站着，然后后退几步，跪了下去，说："爸，妈，我走了。谢谢你们对我的关心和照顾。请你们记住，不管我走到哪里，我永远都是你们的儿子，你们永远是我的父母。我会关心和照顾你们一辈子的。"

小快妈抽噎失声，身子颤抖着，半天说不出来话。王大天把我拉起来，哽咽着嗓子说："心亮，咱们已经是一家人了，不说两家子话，啊？我和你妈昨天晚上，商量了一夜，中心意思就是，无论我们王家是穷是富，是好是坏，只要你心亮还看得起王家，你就永远是我们家的人。王家哪怕只有两间破房子，其中就有一间是你的，哪怕一年只收一担谷，其中就有一筐是你的。"

我也紧紧拉住王大天的手，强颜欢笑道："那是当然。爸，属于我的东西，我肯定要。谁让我是你的儿子呢？不过，你以后不要再抽烟了，也不要太辛苦了，多休息保养，多改善伙食。如果家里缺钱花，你就找我要，我也会按时把我的工资寄回来。"

"唉，孩子，咱们就这样说定了。"王大天不住地抖动我的双手。

我松开手，面向小快妈，说："妈，抱抱我。"

小快妈"嗯"了一声，紧紧地搂住我，放声痛哭起来。

等她哭够了，我为她拭去脸上的泪水，说："妈，这又不是生死离别，你哭什么？我还会回来的！在那边，我会经常给你们写信，你们也要给我回信。不管家里遇到了什么事，是高兴的事，还是烦恼的事，是好事，还是不好的事，是大事，还是小事，都要写信告诉我一声，让我知道。别忘了，你还有一个儿子，像亲生儿子一样的儿子。"

"我记得了，心亮。"小快妈含泪点点头。

"好，那你就别再哭了。以后，逢年过节，我都会回来的。"

"孩子呀，你一个人在外，有许多不方便，你要学会照顾自己，凡事悠着点，别让自己太受委屈啊？"

"嗯，记住了。"

"在外面有困难，就写信告诉一声，我和你爸跟你一起想办法。"

"妈，我会的。谁让你们是我的父母呢？"我笑起来。

我重新把旅行包背在身上。王大天却一把把包抢了下来，说："心亮，我来送你一程。"

小快妈也说："她爸，把心亮送远点儿，一直送他上火车啊？"

王大天说："这还用说？"

就这样上路了。走了几步，我回头张望了一眼，看了一眼王家的老屋，看了一眼站在门口泪流满面的小快妈，低着头，许久没有言语。

我们慢慢吞吞地走上了公路，总觉得意犹未尽。终于，我对王大天说："爸，我想去看看小快。"

王大天就像早已料到了似的，说："唉，去吧，心亮，跟小快好好说说话，说说你的心里话。"
　　王大天抱紧旅行包，坐在公路旁边的里程碑上，静静地等着我。我抬起头，大步朝云居山方向走去。

4

　　今天的天气异常的温暖，天上没有一丝风，一轮白白的太阳正孤独地行走在天际，把火热的温度投到地球上。秋的气息在田野上膨胀，大地开始变得老气横秋了。
　　我没有心思欣赏四周的风景，眼里只有一个方向。我不知道小快在干什么，也不知道怎么对小快说，但我知道，这将是一场比生死离别更痛苦的告别。
　　走进圆心寺，里面静悄悄的。穿过大殿，走近中院入口，发现许多尼姑正盘坐在院子中间，双手合掌，面对着佛堂。看样子，这里是要举办什么活动。我站住不动了。
　　一位尼姑从外面走了进来。我迎上前去，朝她施了个礼，问："师父，今天寺里要办什么大事吗？"
　　"一会儿要举行剃度仪式。"尼姑低着头说。
　　"请问，今天要给谁剃度呢？"我问。
　　"心慈。"尼姑边说边走。
　　"请问，王……"我追了过去。
　　然而，尼姑已匆匆走进了中院。
　　正考虑是不是要闯进中院去，突然听见盘坐的尼姑们一齐高唱起来，虽然音调简单、古板，却唱得十分虔诚和洪亮，是现在许多礼佛场所里经常听到的那种赞歌。伴随着歌声，在黑暗的佛堂里面，隐约可见一个长发女子正向佛像不停地跪拜。
　　歌声唱毕，在佛堂里跪拜的那个长发女子徐徐走了出来，穿着僧衣，双手合掌，低着头，慢步走到院子中间。我睁眼一看，眼珠立即瞪直了。她正是我朝思暮想的王小快呀！她的脸色更黑了，脸蛋更瘦了，满脸写满了庄重和虔诚。

"小快！"我本能地朝前走了几步，喊了一声。但没有人理睬，只有一个尼姑，回过头来，朝我合掌，念了一串佛号。

我只好退缩了。

看到小快走到人群中间，往一只蒲团上走去，我的呼吸霎时急促起来。

小快向北方拜了四拜，又向南方拜了四拜，然后向一位年长的尼姑拜了三拜，长跪合掌。这位年长的尼姑，似乎已等候多时了。

小快跟着老尼姑，含糊不清地念了一通偈文。

随后，年长的尼姑从年轻的尼姑手里接过一把剪刀。啊，原来她就是剃度的师父呀。

剃度师先把小快的长发剪下来，扔到小尼姑手中的托盘中。接着，剃度师又伸手从另一位年轻尼姑端来的净瓶中，舀起甘露水，一共舀了三次，三次往小快头上浇顶。然后，她拿起戒刀，先剃三刀，口里念念有词："第一刀，断除一切恶；第二刀，愿修一切善；第三刀，誓度一切众生。"

看到小快那头乌黑发亮的头发，正一块一块地消失，露出白皙的皮肤，我的眼睛湿润了。这头光滑和柔软的秀发，这头昭示着健康和活力的乌发，这头陪衬着那副漂亮脸蛋、相得益彰的乌发，这头像绿叶衬托着红花一样的乌发，曾吸引着我目不转睛、遐想联翩的乌发，如今一去不复返了！在朦胧的泪眼中，它们就像一片片绿叶，正在提前凋零，随风漂泊而去……从此，一个青春妙龄的少女，告别了自然纯美的天性，身裹另类服饰，正式加入另一个群体，加入另一个与世半隔的世界。霎时，我开始怀疑这世上，为什么会有那么多的宗教！

盘坐的尼姑们，并不理会在她们不远的地方，正站着一个孤独忧伤的男人，此时他的心底里正在流血。看见她们的身边，又多出一位朝夕相处的同伴，我不知道她们是高兴，还是叹息。她们只管按着礼序，放声同唱："金刀剃下娘生发，除却尘劳不净身……"

在单调乏味的歌声中，小快的头发全部落地，继而被一顶崭新的尼姑帽遮得严严实实。

我知道，这一切已成定局，永远也不可挽回了。

第十二章　绿叶在泪光中飘落

263

正式戴上尼姑帽的小快，朝剃度师又拜了三拜。在场的尼姑们开始起身陆续散去了。

小快却彷徨不前，她站在院子中间，朝四周张望了一下。

我急忙朝她走去，轻声喊道："小快。"

小快却低下头，朝我合掌道："阿弥陀佛，施主有何贵干？"

"小快，我是心亮啊。"我以为她没有认出我。

小快依然低头合掌道："阿弥陀佛，这里只有心慈，没有你要找的人。施主请回吧。"

"小快，我来找你，就是想告诉你一声，小聪上大学了，我和她也分手了。"我直奔主题说。

小快似乎愣了一下，却依然纹丝不动。只听她坚定地说："阿弥陀佛，心慈已出家为尼，与俗家无缘了。尘世的是是非非，已与心慈无关。除了与佛祖为伴，除了诵佛经唱佛歌，心慈已不想再听见和看到俗世里的任何东西。施主，以后请不要再来打搅贫尼好吗？"

"小快妹妹，你是我的妹妹呀！难道你出家了，就连一声'心亮哥'都不想喊了吗？"我唏嘘起来。

小快依然保持着行礼的姿势，却没有吱声。

"小快，事到如今，我并没有干涉你的意思。我今天找你，主要是来向你辞行的。"我静了静，说。

小快的双手分明地抖了一下。

"小快，荒山被政府收走了，剃山佬们也回到老家去了，我的果园梦，成了实实在在的黄粱梦。所以，想来想去，我决定去北京发展了。北京是一个文化都市，那里有我的同学，我去投奔他，争取干一番事业。等我挣了钱，再回来孝敬你的父母。这是我的誓言，请你放心！"

"阿弥陀佛，施主！心慈说过了，心慈已不管不问尘世上的任何事了。施主请走吧。"小快的声音有些颤抖了。

"好吧，既然这样，我就走了。小快，你要好好地活着呀，不然的话，我也不活了。"我流着眼泪说。

说完，我抹了一把泪水，转身走了。刚走到前厅入口，突然听见身后有人轻声喊:"心亮哥。"

我的心一惊,立即站住了,并快速回过头来。

我看见小快站在院子中间,虽然放下了双手,却已泪流满面。

我朝她走去,轻声喊:"小快妹。"

"保重啊!"小快简单地说了一声,然后调转头,迅速朝禅堂跑去,留下一个蓝色的跳动的身影,在我的泪光中闪烁。

许久许久,我知道一切都已经结束了!真正地结束了!便长长地叹了口气,伸手擦干脸上的泪水,怅然走出了圆心寺!

第十二章 绿叶在泪光中飘落